睡美人·舞姬

[日] 川端康成 著

经典六卷本

刘佳欣 译

中国画报出版社·北京

图书在版编目（CIP）数据

睡美人·舞姬 /（日）川端康成著；刘佳欣译. -- 北京：中国画报出版社，2023.4
ISBN 978-7-5146-2205-8

Ⅰ. ①睡… Ⅱ. ①川… ②刘… Ⅲ. ①中篇小说—小说集—日本—现代 Ⅳ. ①I313.45

中国国家版本馆CIP数据核字(2023)第040686号

睡美人·舞姬

[日] 川端康成 著　刘佳欣 译

出 版 人：方允仲
策划编辑：钱　丽
责任编辑：程新蕾
封面设计：刘　军
版式设计：段文婷
责任印制：焦　洋

出版发行：中国画报出版社
地　　址：中国北京市海淀区车公庄西路33号
邮　　编：100048
发 行 部：010-88417360　010-68414683（传真）
总编室兼传真：010-88417359　版权部：010-88417359

开　　本：32开（880mm×1230mm）
印　　张：8
字　　数：201千字
版　　次：2023年4月第1版　2023年4月第1次印刷
印　　刷：北京中科印刷有限公司
书　　号：ISBN 978-7-5146-2205-8
定　　价：52.00元

目录

睡美人 … 001

舞姬 … 083
- 皇宫的护城河 … 084
- 母亲的女儿 父亲的儿子 … 101
- 睡醒 觉醒 … 124
- 冬之湖 … 149
- 爱情的力量 … 167
- 山的彼岸 … 191
- 佛界与魔界 … 214
- 深刻的过去 … 235

睡美人

一

　　旅馆的女人叮嘱江口老人：请不要胡来，也不要将手指伸入熟睡的姑娘口中。

　　这里称不上旅馆。二楼只有两间房，一间是江口同女人谈话的八张草席大小的房间，还有隔壁的一间房，那大概是卧室。看起来狭窄的楼下，似乎也没有客厅。这里并未挂出旅馆的招牌。再说，这房子的秘密怕是没法让那样的招牌挂出来吧。房子里静寂无声。除了到落锁的门前迎接江口老人后还在说话的这个女人外，别无他人。这个女人是这房子的主人？还是仆人？初来乍到的江口并不知晓。总之，客人还是不要多问为好。

　　女人四十来岁，身材矮小，嗓音稚嫩，好像故意操着缓慢的腔调说话。她薄薄的嘴唇嗫嚅着，几乎没有张开，不怎么看对方的脸。她那漆黑的瞳仁，不仅蕴含着令对方放松警惕的神色，还透着习以为常的沉着稳重，仿佛她也毫无戒心。桐木火盆上坐着铁壶，壶里的水烧开了，女人用这滚水沏了茶。茶水的品质和烹煮的火候，在这种地方、这种场合，实在是出人意料，再好不过了，这令江口老人感到身心舒畅。壁龛里挂着川合玉堂的画作——无疑是复制品，却是一幅温情的山村风景画，画里万叶红遍，层林尽染。这间八张草席大小的房间，并未透露出隐藏着异常的迹象。

"请不要将姑娘叫醒。因为无论您怎么呼唤她，她也绝不会睁开眼睛……姑娘沉睡了，她什么也不知道。"女人又重复了一遍，"姑娘会一直沉睡，从开始到结束，她什么也不知道。和谁一起睡觉也……这件事您无须顾虑。"

江口老人满腹狐疑，却并未说出口。

"这是个漂亮姑娘呀。我们也只招待可以放心的客人……"

江口没有扭过脸去，而是低头望了望手表。

"现在是几点？"

"差一刻钟十一点。"

"都到这时候了呢。上了年纪的人都睡得早，早晨也起得早，您请便……"女人说着站起身，打开了通往邻室的门锁。她大概是左撇子，用左手开了锁。江口受到开门的女人影响，屏住了呼吸。女人只将脑袋伸进房间，窥探着里面。毫无疑问，女人早已习惯这样窥探邻室，她本来不足为道的背影，在江口看来却非常怪异。她的和服腰带上的太鼓结的花纹是只巨大的怪鸟。不知是什么鸟。如此装饰性的鸟，为何要安上写实风格的眼睛和爪子呢？当然，这并不是一只可怖的鸟，不过是花纹的做工欠佳罢了。然而，这种场合下的女人的背影，要说汇集了令人毛骨悚然的气氛的，就是这只鸟。腰带的底色是近乎白色的浅黄色。邻室微暗不明。

女人照原样将门关上，没有上锁，钥匙放在了江口面前的桌上。她并未透露出检查了邻室的神色,说话的腔调也一如既往。

"这是钥匙,请您舒舒服服地睡吧。若是难以入睡,枕边放着安眠药。"

"没什么洋酒吗?"

"是的,这里并不备酒。"

"睡前喝些酒也不行吗?"

"是的。"

"姑娘在隔壁的房间里吗?"

"她已经熟睡了,等着您呢。"

"是吗?"江口有些吃惊。那姑娘是什么时候进邻室的?她是什么时候入睡的?方才女人眯缝着眼睛窥探里面,难道是在确认姑娘睡熟了吗?虽然江口是从熟悉这家情况的老年朋友处听说了姑娘会熟睡着等待客人,并且不会醒来,然而,他现在来到这里,反而难以置信了。

"您需要在此处更衣吗?"仿佛若是需要,女人将会帮忙。

江口沉默不语。

"这里能听见浪涛声,还有风……"

"浪涛声嘛。"

"请您歇息吧。"女人说着退下了。

房间里只剩下江口老人独自一人,他环视了这间毫无玄机的八张草席大小的房间,目光停留在通往邻室的门上。那是一扇二尺七寸大小的杉木板门。这扇门似乎并不是当初建房子时就有的,而是后来安上去的。发觉到这件事后,他心想,隔挡的墙壁原先是隔扇,为了建造"睡美人"的密室,后来才改建成墙壁的吧。那处的墙壁颜色同别处的墙壁很协调,色彩却还是更新些。

江口拿起了女人留下的钥匙。这是一把极其简单的钥匙。拿起钥匙理应是准备到邻室去,可江口并未起身。方才女人也说过,波涛汹涌。听起来像是浪涛在拍击高耸的山崖,这栋小房子像是坐落在悬崖的尽头一般。风是凛冬将至的讯号。江口老人之所以感觉风声是凛冬将至的讯号，或许是由于这家店的缘故，又或许是他自身的心理缘故，但因为有火盆，这里并不寒冷。这里也属于温暖地区。房内并未听到风吹落树叶的动静。江口深夜才来到这家店，因而不了解四周的地形，可他闻到了海的气味。一穿过房门，映入眼帘的是比房子宽敞得多的庭院，以及院子里数量众多的松树和槭树。昏暗的天空里，黑松的针叶遒劲有力。这房子原先大概是别墅吧。

江口用攥着钥匙的手点燃了一根烟，只抽了一两口，就在烟灰缸里掐灭了。随后，他点燃第二根烟，慢悠悠地抽着。与其说他在嘲讽自己内心隐隐的忐忑与不安，不如说他的内心涌起了一股强烈且令人厌恶的空虚感。平日江口总要喝些洋酒才入眠，然而他的睡眠很浅，还时常做噩梦。江口记得一位年纪轻轻就罹患癌症逝世的女诗人的和歌，其中写道，在夜不能寐的夜晚，她创作了"长夜予吾备，敢问何物乎？蟾蜍并黑犬，水中溺亡人"。这首和歌，江口至今仍记忆犹新。此刻，江口又回想起这首和歌，隔壁房里熟睡的，不，被人弄睡的，不就是"溺亡人"一般的姑娘吗？

想到这里，他踌躇不前了。尽管他并未询问是用什么方法让姑娘熟睡的，然而，姑娘似乎陷入了不自然的、不省人事的昏睡当中。譬如说或许她有着一具吸食了毒品似的身躯，皮肤呈浑浊的铅灰色，眼圈发黑，肋骨外翻，骨瘦如柴。或许她是个肥胖浮肿、身体冰凉的姑娘。又或许她是一副外翻出带着令人生厌的紫色污秽的牙龈、轻声打鼾的模样。

江口老人在六十七年的生涯中，当然经历过同女人丑态毕露地在一起的夜晚。并且，这样丑态毕露的经历反倒难以忘怀。那并非是姿容的丑陋，而是女人的人生不幸的扭曲所带来的丑陋。江口已然到了这把年纪，不愿再添一次同女人那样丑陋地幽会的经历。江口到这家店来，到了关键时刻，他就是这么想的。然而，还有比一个老人躺在被人弄得昏睡不醒的姑娘身旁睡一夜更丑陋的事吗？江口不正是为了寻求这种老年人的丑陋的极致，才到这家店来的吗？

方才的女人曾说"可以安心的客人"，然而到这家来的似乎都是些"可以安心的客人"。告诉江口这家店的，也是这样的老人。一个已经完全算不上男人的老人。这个老人似乎深信江口也已同他一样进入年老体衰的迟暮之年了。这家的女人恐怕业已习惯招待这样的老人，因此她既未对江口投以怜悯的目光，也未流露出试探的眼色。然而，江口老人沉湎于寻欢作乐，拜此所赐，他还称不上女人所说的"可以安心的客人"，但他可以靠自己做到那样的事。这便取决于届时自身的心情、场所以及对象了。在这件事上，他觉得老年人的丑陋在迫近自身，自己距离这家店的老年客人们那样的悲惨也为时不远了。到这家店来，也正是这种变化的征兆。正因如此，江口绝不想揭破这里的老年客人们的丑陋，或者说打破悲哀的禁令。若是想不打破，也是能不打破的。这里或许可以称为秘密俱乐部，不过老人会员很少，江口不是来这里揭露俱乐部的罪恶的，也不是来扰乱规矩的。江口的好奇心并非十分强烈，这正显示他自己已然是个悲惨的老人。

"有客人说，入眠以后做了美梦呢。还有客人说，回忆起了往昔的青春岁月呐。"江口老人的脑海中浮现出方才女人的话，脸上挤不出一丝苦笑，他一只手扶住桌子站起身来，而后打开了通往邻室的杉木门。

"啊。"

令江口出声感叹的，是深红色的天鹅绒窗帘。房间里昏暗的亮光，使得窗帘的颜色显得更浓重了，并且，窗帘前方有一层淡淡的微光，让人感觉仿佛踏入了幻影之中。房间的四周都悬挂着窗帘。江口方才穿过的杉木门原本也被窗帘掩盖住了，这一处的窗帘底端因此扎起来了。江口将门上锁,一边拉上这里的窗帘,一边俯视着熟睡的姑娘。姑娘并非在装睡,他确实听到了她熟睡的呼吸声。姑娘那出乎意料的美丽,让江口不由得屏息凝神。出人意料的,不仅仅是姑娘的美丽,还有姑娘的年轻。她的脸朝着这边,左半边身体朝下侧卧在床上。只能看见她的脸庞,看不见身躯,她大概还不到二十岁吧。江口老人的胸膛内似乎还有另一颗心脏要振翅高飞了。

姑娘的右手腕从棉被里伸了出来,左手似乎在被子里斜斜地伸直了,只有右手的拇指半掩在脸颊的下面,她是这样一副姿态。姑娘的睡脸安放在枕头上,熟睡时她的指尖柔软娇嫩,稍稍朝里弯曲,手指的根部有着可爱的洼坑,让人不易察觉地弯曲着。温暖的血色从手背蔓延到指尖,愈发浓重。这是一双光滑白净的手。

"睡着了吗?不起来吗?"江口老人像是为了触摸那双手才这样说话,他将姑娘的手握在掌心里,轻轻地摇了摇。他清楚姑娘是不会睁眼醒来的。他就这样握着姑娘的手,心想,这到底是一个怎样的姑娘呢?他瞧了瞧姑娘的脸庞。眉毛并未因化妆变得杂乱皲裂,闭合的睫毛也非常整齐。姑娘的秀发透着芳香。

许久以后江口才听见了汹涌澎湃的浪涛声,这是他的心被姑娘夺去了的缘故。不过,他决心要更衣。此时他才察觉到房间里的亮光是从上方照射下来的,他抬头一看,天花板上开着两个天窗,电灯的光线透过那里的和纸散射开来。深红色的天鹅绒同这种光线很相称吧,又或者是在深红色的映衬下姑娘的肌肤焕发出虚幻的美丽吧,连精神紧张的江口都气定神床地思索起来。姑娘的脸色并未映照上天鹅绒的色彩。江口的眼睛渐渐适应了这房间里的光线,对平日习惯在黑暗中入眠的江口来说,这光线太过明亮了,然而,他没办法关掉天井的灯光。他一看便知道这是一床品质上乘的羽绒被。

江口唯恐惊醒本不会睁眼醒来的姑娘，轻慢地钻进了被窝。姑娘似乎一丝不挂。并且，老人钻进被窝的时候，姑娘并未做出诸如瑟缩胸部、蜷曲腰身的动作。对一个年轻女人来说，即便是在熟睡中，也会做出敏锐的反射性动作，这姑娘毫无反应，大概是她的睡眠非同寻常吧。如此一想，江口反倒伸直了身体，像要避免触碰到姑娘似的。姑娘的膝盖稍稍向前弯曲，江口的腿拘束地挤在一块。将左手压在身下入眠的姑娘并不是右膝朝前叠放在左膝上的防守姿态，而是将右膝向后张开，右腿尽量伸直的姿态。江口即便看不见姑娘的身躯，也能明白这事。左侧肩膀的角度同腰部的角度由于身躯的倾斜而变得不同。姑娘的个子似乎并不高。

　　方才江口老人握住姑娘的手摇了摇，她的指尖也在睡熟，一直保持着江口刚才放下它们时的形状。老人将自己的枕头一抽开，姑娘的手就从枕头的一端滑落下来。江口将一只胳膊撑在枕头上，一边凝望姑娘的手，一边喃喃自语道："简直是活生生的呀。"这是活生生的手自然是毋庸置疑的，他的自语的确是在感慨这双手的可爱，然而，这句话说出口来，却残存着令人毛骨悚然的余韵。被弄睡到不省人事的姑娘，即便不是停止，却也丧失了生命的时间，身陷永无止境的无底洞中，难道不是这样吗？没有活着的人偶，所以她不会变成活着的人偶，然而，为了使那些已算不上男人的老人不感到羞耻，她已经被造成了一个活着的玩具。不，并非玩具，对那些老人来说，也许这就是生命。也许这就是可以安心地去触碰的生命。在江口的一双老眼里，姑娘的手更加柔软美丽了。抚摸这手，就感到柔软细腻，看不到纤细的皮肤纹路。

　　姑娘耳垂的颜色，同流往指尖、愈发浓重的温暖的红色一样，这色泽映入老人的眼帘当中。他透过姑娘发丝的缝隙，窥见了她的耳朵。耳垂的血色在诉说着姑娘的娇艳美丽，这血色简直像要刺进老人的胸膛似的。尽管江口是在好奇心的驱使下，犹豫不决地到这家秘密的店来了，但他觉得，或许越是年老体衰的人，越是怀揣着强烈的喜悦和悲哀到这店来了吧。姑娘的长发是天然长成的。也许是为了供老人们摆弄才留长的吧。江口一边将脑袋枕在枕头上，一边绾起姑娘的秀发，让她的耳朵露出来。耳后阴影处的皮肤非常白净。脖颈和肩膀也娇气妩媚。没有女人圆润的胸脯。老人将视线移开，环视了一圈房间内部。自己脱下的衣物放在浅衣箱里，四处都没看到姑娘脱下的衣物。也许是刚才的女人拿走了，但说不定姑娘是一丝不挂地到房间里来的，想到这里，江口大吃一惊。姑娘的身体一览无余。事到如今，没有什么惊人的事了，尽管江口知道姑娘就是为了给人看才被弄睡的，但他还是用被褥遮盖住姑娘柔软的肩膀，闭上了眼睛。姑娘飘荡的芳香中，一股婴儿的气味冷不防地扑鼻而来。这是吃奶的孩子的乳臭味。这味道比姑娘的芳香更浓郁。

"难道……"这姑娘应该不会是生了孩子，奶水胀出来，从乳头渗出来了吧。江口凝视姑娘的额头、脸颊，以及从下颌到脖颈的少女曲线，他将姑娘重新端详了一番。仅凭这些足以判别了，但他还是掀开了遮盖住肩膀的被褥，窥探姑娘的身体。显然乳房不是喂过奶的形状。他用指尖轻轻触碰了乳房，并没有濡湿。再说，即便这姑娘还不到二十岁，乳臭未干这样的形容也不合适，她的身体理应没有婴儿一般的乳臭味。事实上，只有女人的气味。然而就在刚才，江口老人的确嗅到了乳儿的乳臭味。难道是刹那间的幻觉吗？为什么会产生那样的幻觉？江口感到诧异，不得其解。也许是从自己突然产生的空虚的缝隙当中浮现出了乳儿的乳臭味吧。

江口那样思索着，陷入了悲哀的寂寞当中。与其说是悲哀或是寂寞，不如说是老年人冰冻似的悲惨。并且，面对身旁稚嫩温暖、散发芳香的姑娘，这种悲惨演变成了怜悯与可爱的情感。也许这种情感突然将冷酷的罪恶感掩饰了,老人从姑娘的身上感受到了音乐在鸣响。音乐是满怀爱意的东西。江口像要逃跑似的,环视了一圈四周的墙壁,然而房间被天鹅绒窗帘包裹着,似乎完全没有出口。天井投射下来的光照在深红色的窗帘上,窗帘非常柔软,却纹丝不动。它将被弄睡的姑娘和老人一并关起来了。

"醒醒?醒醒?"江口抓住姑娘的肩膀晃动着,又抬起她的头,"醒醒?醒醒?"

江口的内心涌现出对姑娘的感情,这使得他做出那样的动作。姑娘熟睡,无法说话,不知晓老人的面容乃至声音,也就是说,这些事情,以及对象是江口这个人,姑娘全然不知。老人逐渐无法忍受,他从未想过,老人的存在,姑娘竟一无所知。姑娘是不会睁眼醒来的,她沉甸甸的脖颈枕在老人的手上,她双眉微微颦蹙,这让江口相信她确实是活生生的人。江口静静地停住手。

若是这样程度的晃动就能让姑娘睁眼醒来,给江口老人介绍这店的木贺老人所说的"像是与秘藏佛像同眠"的所谓这家的秘密,也便荡然无存了。唯有绝不会睁眼醒来的姑娘,对这些被称作"可以安心的客人"的老人们来说,无疑是可以放心的诱惑、冒险和逸乐。木贺老人他们曾对江口说过,"只有在昏睡的姑娘身旁时才觉得自己生机勃勃的"。木贺拜访江口家时,从客厅里看见一个红色的玩意儿掉落在庭院里枯萎的苔藓上,他心想:"那是什么?"立刻到庭院里将它捡了起来。原来是常绿树的红色果实,总是稀稀落落地掉个不停。木贺只拾起了一颗,将它夹在指缝中间,一边摆弄,一边谈论这个秘密之家的事。木贺说,他无法忍受衰老的绝望时,就到那家店去。

"早在很久以前,我就对所有的女人绝望了。就告诉你吧,有人给我们安排睡不醒的姑娘哩。"

酣然熟睡,什么话也不说,什么也听不见的姑娘,对已不能作为男人成为女人的对象的老人来说，或许她什么都会同他们说，什么都会听从他们吗？然而江口老人第一次同这样的女人打交道。姑娘一定多次招待过这样的老人了。一切任人摆布，一切浑然不知，像假死似的昏睡，躺在床上，一副天真无邪的表情，安详地呼吸着。也许有的老人爱抚了姑娘的全身，也许有的老人自哀自怜地呜咽号啕。不论是何种情况，姑娘都全然不知。一想到这些，江口什么也做不了了。就连将手从姑娘的脖颈下抽出来，都像对待易碎物品似的小心翼翼，然而，想要粗鲁地唤醒姑娘的心情仍未平复。

　　江口老人的手从姑娘的脖颈下抽离时，姑娘的脸庞缓缓转动了，肩膀也随之挪动，变成了仰卧的睡姿。江口以为姑娘醒过来了，将身子向后退去。仰卧的姑娘的鼻子和嘴唇，在天花板投射下来的亮光的映照下闪闪发光。姑娘将左手举到了嘴边。这个动作看起来像是要吮吸食指，江口心想：这或许是她睡觉时的癖好吧。然而她的手只是轻轻地贴在嘴唇上。她的嘴唇松开，牙齿露了出来。原本是用鼻子呼吸，不过现在成了用嘴呼吸，呼吸有些急促。江口以为姑娘很痛苦。但又不像是痛苦的样子，因为姑娘的嘴唇松弛，面颊看起来像浮出了微笑。拍击悬崖的浪涛声又传到了江口耳边。听海浪退去的声音，悬崖下似乎有一块巨大的礁石。冲击到岩石后面的海水也紧随着退去的海浪消逝了。姑娘用嘴呼吸的气息的气味，比用鼻子呼吸的气息的气味更大。不过并没有乳臭味。为什么会忽然闻到乳臭味呢？老人感到不可思议，他心想：自己果然是在这个姑娘身上感受到了女人的韵味吧。

　　江口老人如今也有一个散发着乳臭味的还在吃奶的外孙。外孙的姿态浮现在他的脑海里。三个女儿都出嫁了，都生了孩子。他不仅记得外孙们乳臭未干时的事，还记得自己抱着还是吃奶的婴儿时的女儿们的事。这些亲骨肉的婴孩时期的乳臭味，大抵是为了责备江口自身，才忽然重新浮现起来的吧。不，大概是江口怜爱昏睡的姑娘,这气味是他的心灵的味道。江口也面朝上仰卧着,不触碰姑娘的任何部位,闭上了眼睛。还是将放在枕边的安眠药吃下吧。这些安眠药的药效肯定没有让姑娘吃下的那么强劲。自己一定会比姑娘更早醒来。倘若不是这样的话,这家的秘密和魅惑都崩溃殆尽了。江口打开枕边的纸包,里面装着两粒白色药片。吃下一粒,就会睡眼迷蒙、晕晕乎乎,吃下两粒,就会陷入昏死的熟睡。倘若真有这样的事,不是很好吗?江口凝望着药片的时候,脑海中浮现出令人生厌的有关乳房的回忆以及狂热的往事。

"乳臭味啊,散发着奶水的气味呀,是婴儿的气味。"收拾江口脱下的外衣的女人,脸色勃然大变,愤怒地瞪着江口,"是你家的婴儿吧。你出门前抱过婴儿吧。是不是?"

女人的手哆哆嗦嗦地打抖。"啊,讨厌,讨厌。"她站起身来,将江口的西服扔过来。"真讨厌啊。出门前抱婴儿做什么。"她的声音骇人,面目更为可怖。这女人是江口熟识的艺妓。她非常清楚江口已有妻儿,但江口身上留下的乳儿的余味,成了女人强烈的厌恶,她的内心燃起了忌妒的火焰。从此以后,江口同这位艺妓之间便心生隔阂了。

艺妓讨厌的气味,是江口的小女儿的乳儿留下的余味,在结婚以前,江口也有情人。妻子对他严格看管,偶尔同情人幽会,情感就非常激烈。有一次,江口把脸挪开,就看到乳头周围渗出薄薄的血。江口大吃一惊,却装作若无其事的样子,这回他温柔地将脸贴近,将血舔舐干净。昏睡的姑娘,全然不知有这样的事。这是狂乱过后发生的事,即便江口对姑娘说了,她也不会感到疼痛。

如今两种回忆都浮现出来,实在是不可思议,那已经是陈年往事了。那样的回忆深藏在心底,从这里昏睡的姑娘身上突然闻到乳臭味是不可能的。虽说那些回忆已经是陈年往事,然而试着想想，人的记忆以及回忆，依据它们的新旧，恐怕无法断定它们真正的时间远近吧。六十年前的幼年时代的往事，或许比昨天发生的事记得更加鲜明，回忆起来更加栩栩如生。人老了尤其是这样，难道不是吗？再说，幼年时代的往事，会塑造这个人的性格，引导他的一生，不是也有这样的情况吗？也许是不足为道的事，然而，第一次教会江口男人的嘴唇可以令女人身体的几乎所有部位出血的，就是那个乳头渗出鲜血的姑娘。虽然在那个女人之后，江口反倒避免让女人渗出血来，然而他觉得，那个姑娘给他送来了礼物，这礼物强化了男人的一生。这种思绪，在他年满六十七岁的今天仍未消散。

这或许是一件更加不足为道的事。江口年轻的时候，曾有一位大公司的董事夫人，一位人到中年、被称作"贤夫人"的传闻中的夫人，并且是一位社交广泛的夫人，她曾告诉江口："我在晚上就寝之前，闭上双眼，数数有多少同我接吻也不令我生厌的男人。掰手指数着呐。我很高兴呀。倘若不到十个人，我会寂寞的。"彼时，夫人正同江口跳华尔兹。夫人突然对他做了这样一番告白，让江口觉得，听起来好像自己就是她所说的接吻也不令她生厌的男人之一，年轻的江口突然松开了握住夫人的那只手。

"我只是数数……"夫人不以为意地说，"江口你这么年轻，就寝的时候不会感到寂寞吧。即便是有这样的事，只要将太太拉到身边就好了。不过，偶尔也试试吧。我有时也会带来好处呐。"或许是因为夫人的声音是干燥的，江口没有应答。夫人只不过说"只是数数"而已，然而江口不由得怀疑她或许一边数数，一边在脑海中想象男人的脸庞和身躯吧。数十个人要费相当的时间，这时候也在想入非非吧，江口这样想，他感觉到刚刚度过女人最为美好的青春年华的夫人催情药一般的香水味，骤然间强烈地扑鼻而来。作为夫人入睡前数过的接吻也不令她生厌的男人，夫人如何想象江口，完全是她的秘密和自由，这与江口无关，他无法防备，也无可抱怨，然而，自己在全然不知的情况下成了中年女人心中的玩物，这使他感到肮脏龌龊。夫人所说的话，时至今日他也没有忘记。后来，江口不是没有怀疑过，夫人的那番话，也许是在不露痕迹地挑逗年轻的江口，又或许是为了调戏嘲弄自己而编造的谎言。自那以后多年过去了，唯有夫人的话残存在江口的内心。如今夫人早已逝世了。江口老人也不再怀疑她的话。那位贤夫人临死之前大概还在幻想自己不知要同几百个男人接吻吧。

随着江口日渐衰老，在难以入眠的夜晚，他偶尔回想起夫人的话，也会掰指计算女人的数目。然而，他的思绪并非轻而易举就停留在计算接吻也不令他厌烦的女人上，容易去追寻同自己打过交道的女人们的往日回忆。今夜昏睡的姑娘所诱发的乳臭味的幻觉，使他的脑海中浮现出昔日的情人。或许是昔日情人乳头的鲜血才使他突然闻到这个姑娘身上不可能散发出来的味道。他一边抚摸沉睡不醒的美女，一边沉湎于一去不复返的往昔女人的回忆当中，这也许是老人的悲哀的慰藉。不过，倒不如说江口看似寂寞，内心却平静温和。江口只不过轻轻地触摸姑娘的乳房看是否濡湿了，江口的内心并未涌起让晚于自己醒来的姑娘在睁开眼睛的时候，被自己乳头渗出的鲜血吓坏这样疯狂的念头。姑娘乳房的形状似乎很美丽。然而老人不由得思索起来，在所有的动物当中，为什么只有人类女性乳房的形状，在漫长的历史进程中逐渐臻于完美呢？令女性的乳房逐渐变得完美，这难道不是人类历史的辉煌荣光吗？

女人的嘴唇大概也是如此。江口回想起入睡前化妆的女人以及入睡前卸妆的女人，也有女人擦拭掉口红后，嘴唇的颜色就褪变得黯淡无光，显露出衰颓的污秽。如今熟睡在自己身边的姑娘的脸在天花板上投射下来的柔光以及周围天鹅绒的映照下，无法辨别姑娘是否化了淡妆，但她没有将睫毛弄得卷翘却是确实的。

嘴唇和露出的牙齿都闪耀着纯真无邪的光亮。这姑娘不可能具备诸如将香料含在口中的技巧，江口闻到的是年轻姑娘用嘴巴呼吸的芳香。江口不喜欢色浓、肥大的乳晕，他悄悄地掀开了盖住肩膀的被褥，姑娘的似乎还很娇小，是桃粉色的。姑娘仰面躺着，所以可以将胸脯贴在她的身上接吻。她算不上是妾吻也不令人生厌的女人。江口这样的老年人能同这样年轻的姑娘待在一起，付出多大的代价也是值得的，哪怕倾其所有也不足为惜，江口还想，大概到这家来的老人们都沉湎于欢喜当中吧。老人中似乎也有贪婪者，江口的脑海里也不是没有浮现过那种贪婪的欲望。然而姑娘沉睡着，什么也不知道，姑娘的容貌或许像此时此地看到的这样，既不龌龊，也未崩坏。江口之所以未落入恶魔一般丑陋的放荡，是姑娘沉睡的姿态非常美丽的缘故。江口与其他老人不同，也许是因为还能够做出男人的行为吧。为了那些老人，姑娘不得不陷入无尽的昏睡当中。江口老人已经两次试图唤醒姑娘，尽管他的动作很轻。倘若出了岔子，姑娘真的睁眼醒来的话，老人也不知道自己打算如何是好，这大概是出于对姑娘的爱吧。不，也许是出于老人自身的空虚和恐惧。

　　"她在睡吗？"老人意识到自己口中絮絮叨叨的，正是"用不着唠唠叨叨的"，他便又说了一句，"不可能永远沉睡下去的啊。姑娘也好，我也罢……"一如往常的每个夜晚，在这个非同寻常的夜晚，姑娘也是为了翌日早晨活着睁眼醒来才闭上眼睛的。姑娘将食指贴在唇边，弯曲的胳膊肘非常碍事。江口握住姑娘的手腕，将她的手展平放在侧腹处。正好触碰到了姑娘手腕的脉搏，江口顺势用食指和中指按住了她的脉搏。姑娘的脉搏惹人怜爱且有规律地跳动着。姑娘熟睡时的呼吸很平稳，比江口的呼吸还稍稍缓慢些。风一阵阵地从屋顶上刮过，听起来却不是方才那种让人感到凛冬将至的风声。拍击悬崖的浪涛声更加汹涌了，然而听起来却非常柔和，浪涛的余韵宛如从海上奏响了来自姑娘体内的音乐。其中似乎还掺杂了姑娘手腕的脉搏以及心脏的律动。老人的眼眸里,看到了洁白的蝴蝶和着乐声翩跹起舞。江口松开了按住姑娘脉搏的手。如此一来,他便未触碰姑娘的任何部位。姑娘口中的气味、身体的气味以及头发的气味都并不强烈。

江口老人又回忆起自己同那位乳头周围渗出鲜血的情人一起,经由北陆道私奔逃往京都的那些日子。如今往日的情景历历浮现在眼前,也许是纯真无邪的姑娘体内的温暖隐隐约约地感染了江口吧。从北陆到京都的铁道沿路上有许多小隧道。火车驶进隧道的时候,姑娘或许是由于害怕惊醒了,她依偎在江口的大腿上,握住了他的手。火车一钻出隧道,就能看到一道彩虹架在小山或小海湾的上空。

每当看到小小的彩虹,姑娘都会发出"真可爱啊""啊,好美"之类的赞叹声,可以说,火车每次钻出隧道的时候,她就左顾右盼地寻找彩虹,也每次都能找到。彩虹的色彩浅淡微弱,若隐若现,出现的次数多得令人感到不可思议,姑娘觉得这是不吉利的兆头。

"咱们会不会被人追上呢?一到京都好像就会被人抓住。一旦被带回去,就再也不能从家里逃出来了呀。"大学毕业刚刚就职的江口没法在京都讨生活,他明白,除非二人双双殉情,否则迟早是要回到东京去的。江口的脑海里浮现出姑娘观赏小小的彩虹的情景,以及她美丽的秘密之地,这些回忆在脑海里挥之不去。那是江口在金泽河边的一处旅馆看到的。那是一个细雪飘散的夜晚。年轻的江口被那种美丽打动了,他惊得倒吸一口凉气,几乎要流下眼泪了。此后的数十年里,他再也没有在女人身上看到那样的美丽,他越发懂得那种美丽,他领悟到秘密之地的美就是那位姑娘的心灵美,尽管他也会嗤笑自己在想"那样的蠢事",但那逐渐变成了流淌着憧憬的真实,在年老力衰的如今更是无法磨灭的深刻回忆。在京都,姑娘被她家派来的人带回去后，不久便让她出嫁了。

偶然在上野的不忍池畔相遇的时候，姑娘正背着婴儿行走。婴儿戴着白色的毛线帽。那是不忍池的莲花枯萎凋零的季节。今夜，在沉睡的姑娘身旁，江口的眼眸里浮现出翩跹起舞的白色蝴蝶，他心想，大概是那个婴儿的白色帽子引发了他的遐想吧。

在不忍池畔相遇的时候，江口只问了一句"你幸福吗？""嗯，我很幸福呐。"姑娘立刻应答道。除此以外她没有别的回答了。

"怎么一个人背着婴儿在这种地方行走呢？"面对这样滑稽可笑的问题，姑娘一言不发，望着江口的脸。

"是男孩？还是女孩？"

"你这话问得！是女孩啊。看不出来吗？"

"那个婴儿，不是我的孩子吧？"

"呀！不是啊，不是啊。"姑娘目露愠色，摇了摇头。

"是吗？倘若是我的孩子，现在不说也好，几十年后再说也无妨，你想说的时候再告诉我吧。"

"不是你的孩子啊。真的不是你的孩子。我不会忘记自己曾爱过你，但请你不要连这孩子都要怀疑。会给这孩子惹麻烦的。"

"是吗？"江口没有强行要窥看孩子的脸，他久久地目送着女人的背影。女人走了一段路，一度回过头来。女人看到江口在目送自己，骤然加快脚步匆匆远去了。此后再也不曾碰面。

江口听说那女人在十多年前就已逝世了。六十七岁的江口已有许多的亲人、知己归天弃世了，有关这个姑娘的回忆却尤为清晰。婴儿的白色帽子、秘密之地的美丽、乳头的鲜血被绞拧在一起，至今仍记忆犹新。这美丽是无与伦比的，在这个世上，除了江口以外，恐怕没有其他人知道这件事了。江口老人心想，自己离死也不远了，自己死了，这件事便从这个世上彻底消失无踪了。姑娘虽然腼腆,却还是坦率温顺地给江口看了,也许姑娘的性格如此,不过姑娘自己是断然不知道那种美丽的。因为姑娘看不见。

抵达京都以后,江口和这姑娘一大早就漫步在竹林小道上。竹叶在晨曦的照耀下闪烁着银色的光芒,随风飘荡。人至老年,回忆起来,竹叶轻薄柔软,简直就是银叶,竹竿也像是银子制成的。竹林一侧的田埂上,盛开着山蓟和鸭趾草的花。从季节上来说似乎不切实际,然而这样的道路却浮现出来了。穿过竹林小道,循着清流溯源而上,便看见一道瀑布奔泻而下,飞溅的水花在阳光的照耀下闪闪发光,水花里站着一位赤身裸体的姑娘。尽管不可能有这样的事,但不知从什么时候起,江口老人的回忆中确实有这么一回事。上了年纪以后,有时看到京都附近小山上的一群赤松的树干,有关这个姑娘的回忆又复苏了。然而,像今天这样清晰鲜明地回忆起她的情况,很是罕见。也许是受到沉睡姑娘的青春朝气的诱惑了吧。

江口老人精神兴奋,毫无睡意。除了眺望小小的彩虹的姑娘以外,他不想再回忆其他女人。他也不想抚摸熟睡的姑娘,或是赤裸裸地看遍她的全身。他俯卧着,又将枕边的药包打开了。这家的女人说这是安眠药,可究竟是什么药?和姑娘吃下的药相同吗?江口踌躇不定,只将一片药送入口中,喝了许多水。他喜好睡前喝酒,或许是平日没服用过安眠药的缘故,吃下药以后很快就入眠了。老人做了梦。他梦见自己被女人抱住,那女人有四条腿,她用这四条腿缠绕着自己。另外还有胳膊。江口朦朦胧胧地睁开眼睛,他觉得四条腿好生奇怪,却并不感到害怕,这四条腿给他带来的魅惑,远比两条腿强烈。他心不在焉地思索,"这药会让人做这样的梦呐。"姑娘背朝着他翻了一个身,腰部顶着江口。比起这个,姑娘的头转向了另一边,这让江口感到可怜。他在似梦非梦的甜蜜中,将手指伸入姑娘披散的长发中,像替她梳理似的，又一次进入了梦乡。

第二次的梦，是个实在令人生厌的梦。在医院的产房里，江口的女儿生下了一个畸形儿。究竟畸形成什么样子，老人醒来后也不大记得了。之所以记不清，大抵是因为不想记吧。总之，畸形得厉害。产妇立刻将婴儿藏了起来。然而，产妇站在产房里的白色窗帘后面，将新生的婴儿剁碎了——为了抛弃它。医生是江口的友人，他穿着白色的上衣站在一旁。江口也站在那里望着。江口像被噩梦魇住似的，这回他清清楚楚地睁开眼睛醒过来了。他看着将四周掩映起来的深红色天鹅绒窗帘，吓了一跳。他用双手捂住脸，揉了揉额头。多么可怕的噩梦啊！这家的安眠药里，不至于隐藏着邪魔吧。难道是自己为了寻求畸形的放纵享乐来到了这家店，做了畸形的放纵享乐的梦的缘故吗？江口老人不知道在梦中见到的是三个女儿当中的哪一个。因为，三个女儿生下的都是五体健全的孩子。

倘若此刻能够起床离开，返回家中的话，江口也想这么做。然而，为了睡得更熟，他吞下了枕边剩下的另一片安眠药。冰冷的水滑过了食道。沉睡的姑娘依旧背朝着他。这个姑娘不久以后也未必不会生下何等愚蠢、何等丑陋的孩子，想到这里，江口老人将手搭在姑娘松软圆润的肩膀上，说："朝着我这儿吧。"

姑娘像是听见了似的，转了过来，并出乎意料地将一只手贴在江口的胸前，像是冷得瑟瑟发抖似的将腿也靠了过来。这个温暖的姑娘理应不会感到寒冷的。姑娘不知是从嘴巴里，还是鼻子里发出了细微的声音。

"你不是也做噩梦了吗？"

然而江口老人早已沉睡了。

二

　　江口老人从未想过竟会再度来到"睡美人"之家。至少先前初次来到这里的时候,没有想过会再次前来。就连翌日清晨起床回家的时候也还是这样。

　　江口致电询问:"今晚可以去店里吗?"这是距离初次过去半个月以后的事。对方的声音听来似乎是那个四十来岁的女人,电话那头的声音是从更寂静的地方传来的,听起来像在淡漠地低声私语。

　　"您说这就来,请问您约莫几点钟会到这里呢?"

　　"是啊,大概九点多钟吧。"

　　"您那么早来可就难办了呀。因为对方还没来,即便是来了也还未入眠……"

　　"啊……"老人吓了一跳。

"我会让她在十一点前沉睡的,请您到那时再来吧,我们恭候您的大驾光临。"女人的语调慢慢悠悠,老人的内心却已急不可待了。"那就到时候再来。"他的声音冷冰冰的。

江口本想半开玩笑地说:"姑娘还未熟睡不是很好吗,我还想在她入睡之前见见她呢。"尽管这并非江口的真心话,而且这种程度的玩笑话说出来也无妨,但这句话堵在喉咙里没说出口。这会触犯这家店的秘密戒律。虽是奇怪的戒律,但必须严格遵守。倘若这条戒律被打破了,哪怕只是一次,这家店就会变成寻常的妓院。这些老人们可怜的愿望,连同诱惑的梦也会一并消逝吧。电话那头告诉江口晚上九点太早了,姑娘还未入眠,十一点前会让她沉睡的时候,他的内心突然震颤着灼热的魅惑,这是他自己也完全没有预料到的。这也许是突然受到诱惑的惊愕吧,诱惑他去往日常的现实人生之外的梦境。因为姑娘沉睡以后绝不会睁眼醒来。

本以为不会再来,可半个月过后又决定前往这家店,对江口老人来说,这个决定为时过早,还是为时已晚呢?总之,他并没有不断地强行将这种诱惑压抑下去。不如说他无意去重复老年人丑陋的游戏,况且江口还没有像造访这家店的其他老人那样年老体衰。不过,初次造访这家店的那个夜晚,并未留下丑陋的回忆。即便这显然是一种罪恶,然而江口感受到,在自己六十七年的往昔岁月里,同女人一起度过那般纯洁的夜晚这样的事是前所未有的。早晨醒来之后也是这样。好像是安眠药起了作用,他八点才醒,比平时更晚。老人的身体并未触碰姑娘的任何部位。他在姑娘的青春温暖以及温柔的芳香里,如同婴儿一般甜蜜地睁眼醒来了。

姑娘面向老人沉睡了。她的脑袋稍稍向前伸,胸脯往后缩,稚嫩纤长的脖颈和下颌之间浮现出似有若无的青筋。长长的青丝披散至枕后。江口将视线从姑娘漂亮地贴合在一起的嘴唇上移开，他一边端详姑娘的睫毛和眉毛，一边深信她是个处女。江口那双昏花的老眼凑得太近了，都没法一根根地看见姑娘的睫毛和眉毛，他的老花眼也看不见姑娘的胎毛。姑娘的肌肤柔软娇嫩，散发出光泽。从脸庞到脖颈，没有一颗黑痣。老人连夜半的噩梦都忘却了，他感觉姑娘实在是可爱极了，情绪到了这种程度，他内心甚至有一种思绪在涌动：自己像是一个被姑娘疼爱珍视的幼儿。他抚摸着姑娘的胸脯，轻轻地握在手心里。它闪现出不可思议的触感，就好像这是江口母亲身怀江口以前的乳房。老人将手缩回去，这种触感却从手腕贯穿到肩膀上。

传来了打开隔壁房间的隔扇的声音。

"您醒了吗？"这家的女人呼唤他，"早餐已经给您备好了⋯⋯"

"嗯。"江口应答道。晨曦透过挡雨板的缝隙投射进来，明亮的光线照在天鹅绒窗帘上。然而房间里只有天花板上投射下来的微弱灯光，并未增添朝阳的光亮。

"我来替您收拾吧。"女人催促他。

"嗯。"

江口支起一只胳膊，一边起身，一边用一只手轻轻地抚摸姑娘的秀发。

老人知道，要趁姑娘还未睡醒之前将客人叫醒，女人从容不迫地伺候客人用早餐。她究竟要让姑娘睡到什么时候？然而不能过问太多，江口不露声色地说："这是个可爱的孩子啊。"

"是啊，您做好梦了吗？"

"她让我做了个美梦。"

"今天早上风平浪静，可以说是个小阳春天气呀。"女人岔开话题。

时隔半月，江口老人又来到了这家店，比起初次来时的好奇心，如今更加强烈地驱使他去往这家店的，是内心的愧疚以及羞耻。从九点等到十一点的焦躁，进而成了蛊惑人心的诱惑。

打开门锁迎他入内的，是先前的女人。壁龛里依旧挂着那幅复制的画。煎茶的味道也一如从前。江口的心情比初次前来的那一晚更加激动，但他却像熟客似的坐着。

他回头端详那幅红叶漫山的山村风景画，说道："这一带很暖和，槭树的叶子还未红透就皱缩枯萎了。庭院昏暗，看得不大清楚……"他在说胡话。

"是吗？"女人漫不经心地回答，"天气变冷了呐。我给您备好了电热毛毯，双人用的，有两个开关，您可以根据喜好自行调节温度。"

"我没用过电热毛毯呢。"

"倘若您不喜欢，可以将您那边的关掉，但姑娘那边的要是不开的话，可就……"老人明白，她这么说是因为姑娘身上一丝不挂。

"一张毛毯，两个人可以调节成各自喜欢的温度，这种设计手法很有意思啊。"

"因为这是美国货……不过，请不要使坏，请不要关掉姑娘那边的开关。不管多冷她都不会睁眼醒来的，这件事您是知道的。"

"啊……"

"今晚的姑娘比上次的更成熟呢。"

"怎么？"

"这也是个漂亮的姑娘。您是不会胡来的，这要不是个漂亮姑娘……"

"不是之前那个姑娘吗？"

"嗯，今晚的姑娘……不同的姑娘不也挺好的吗？"

"我不是那种风流放荡的人。"

"放荡？您说的风流韵事，您不是什么也没做吗？"女人平缓的语调里，似乎带有侮辱嘲讽的冷笑，"来这儿的客人谁都不会做什么的。来的都是些可以放心的客人。"

薄唇的女人没有看江口的脸。江口羞愧难当得像在颤抖似的，他不知说何是好。对方只不过是个冷血、老练的老鸨罢了，难道不是吗？

"再说，即便您觉得是风流放荡，可姑娘在沉睡，她并不知道自己与谁同床共眠。之前的姑娘连同今晚的姑娘，她们谁都对您的事全然不知，所以您说放荡之类的，实在……"

"的确。这并非是人与人之间的交往啊。"

"为什么呢？"

到这家店来了以后，却说什么已经算不上老年男人同让人弄得昏睡不醒的姑娘的交往，并非是"人与人之间的交往"，这样的话实在可笑。

"您不是也能风流放荡吗？"女人像要用稚嫩的声音让老人放松似的，奇怪地笑了，"您要是这么喜欢上次的姑娘，下回您来的时候，我让她和您同眠，不过，往后您又要说还是今晚的姑娘好呀。"

"是吗？你说她成熟，怎么个成熟样儿？一直沉睡不醒吗。"

"呀，这个……"

女人站起身，打开了邻室的房门，伸出脑袋往里头窥探了一番，随后将房门的钥匙放在江口老人面前，"请您歇息吧。"

只剩下江口独自一人，他将铁壶里装的开水斟到小茶壶里，慢条斯理地喝煎茶。他本想慢慢悠悠地喝茶，可手里的茶碗却颤抖了。并非是年龄的缘故，哼，我还未必是可以放心的客人，他自言自语道。我若是替那些在这家遭受侮蔑和蒙受耻辱的老人们报仇，索性将这家的禁令打破如何？这样做对姑娘来说难道不是相当富有人情味的交往吗？虽然不知道她们给姑娘服用了药效多强的安眠药,然而自己身上或许还有能够令姑娘睁眼醒来的男人的粗暴野性吧。江口老人思绪万千,然而内心却鼓不起那一股干劲儿。

那些到这家店来寻欢作乐的可怜老人们的丑陋的衰老,往后要不了几年,这种丑态也会降临到江口身上。在江口六十七年的往昔岁月里,对性不可估量的广度和高深莫测的深度,究竟触及了多少呢?并且,在老人们的周围,女人全新的肌肤、年轻的肌肤以及长相标致的少女们在源源不断地诞生。可怜的老人们未竟的梦中的憧憬,对岁月不居、时节如流的悔恨,不是都蕴含在这秘密之家的罪恶当中吗?江口以前也想过,一直沉睡不醒的姑娘正是给予老人们的没有年龄拘束的自由。沉睡不语的姑娘也许会投其所好地同老人们攀谈吧。

江口站起身来,打开了邻室的房门,一阵温暖的芳香袭面而来。江口微微一笑,自己在闷闷不乐些什么呢?姑娘两只手都伸了出来,安放在被褥上。指甲染成了桃粉色。口红涂得很浓。姑娘仰面躺着。

"很成熟吗?"江口喃喃自语,走近姑娘身边,她不仅面颊绯红,毛毯的暖和气儿还让她的脸庞涨出了红彤彤的血色。芳香浓郁。上眼睑圆鼓鼓的,面颊也很丰满。在天鹅绒窗帘鲜红色泽的映衬下,脖颈看起来非常洁白。从她闭目的姿容来看,宛如一个沉睡的年轻妖妇。江口离开她的身边,背对着她更衣的空当,姑娘温暖的芳香还不断地袭来。房间里弥漫着她的芳香。

江口不再像对待上一个姑娘那样拘谨节制了。无论是睡是醒,姑娘都自然而然地诱惑了男人。即便江口打破了这家的禁令,也只能认为是姑娘的缘故。江口像是为了享受接下来的愉悦似的,闭目凝神,光凭这样,他的身体内就有一股朝气蓬勃地升腾直上的暖流。旅馆的女人说,今晚的姑娘更好,她竟能找来这样的姑娘,江口愈发觉得这家旅馆很奇怪。江口实在舍不得触碰姑娘，他沉浸在芳香当中，心醉神迷。江口不懂香水，可这股芳香一定是姑娘本身的香味。倘若能这样甜蜜地入睡，那可是再幸福不过的事了。江口甚至想要试一试。老人轻轻地将身体靠过去，同姑娘挨得更近些。姑娘似乎在回应江口，她柔软地转过身来，把手伸进被褥里，仿佛要抱住江口似的舒展开来。

"啊，你醒了？醒了吗？"江口将身体向后缩，摇晃着姑娘的下颌。摇晃下颌的时候，江口老人的手指也许多使了点劲，姑娘像要避开似的把脸趴到枕头上，她的嘴角微微张开，江口的食指尖触碰到了姑娘的一两颗牙齿。江口没有抽开手指，他一动不动。姑娘的嘴唇也没有蠕动。姑娘当然不是在装睡，而是沉沉睡去了。

江口没料想到上次的姑娘与今晚的姑娘不同，虽然无意中对旅馆的女人发了牢骚，可也没必要去思虑这回事，这样连夜不断地用药让姑娘昏睡，一定会损伤姑娘的身体吧。也可以认为使得江口这些老人们"风流放荡"的，正是姑娘们的健康。然而，这家的二楼不是只能接待一位客人吗？楼下的情况如何，江口无从知晓，不过，即便是有供客人使用的房间，顶多也只有一间吧。由此看来，在这里陪老人同眠的沉睡姑娘并不多。这几位姑娘，大概都和第一夜以及今夜同江口共眠的姑娘一样，各有千秋，千娇百媚吧。

江口的手指触碰到了姑娘的牙齿，牙齿上一点点的黏液濡湿了他的手指。老人的食指摸索着姑娘牙齿排列的形状，在双唇之间探索。来来回回摸了两三次。嘴唇的外侧有点儿干燥，然而内侧流出的湿润气息使外部变得光滑了。右边有一颗龅牙。江口又伸出拇指，用两颗手指一起按了按那颗龅牙。随后，江口本打算将手指伸进姑娘的口腔里，可姑娘熟睡的时候，上下两排牙齿还紧紧地贴合在一起，没有张开。江口将手指抽出来，上面泅染上了红色的液体。要用什么擦拭掉这些口红呢？若是蹭在枕套上，权当是姑娘趴在枕头上沾上的，倒也说得过去，可是蹭之前不舔一舔手指是没法擦干净的。奇怪的是，江口觉得将红色的指尖伸进嘴里非常肮脏。老人将这只手指在姑娘的额发上擦了擦。江口老人用姑娘的秀发不断擦拭食指和拇指的时候，五根手指在摆弄姑娘的秀发，他将手指伸入姑娘的发丝中，不一会儿就把姑娘的秀发搅得零乱不堪，动作也越发粗暴了。姑娘的秀发劈劈啪啪地释放出静电，传到了老人的手指上。秀发的芳香越发浓烈了。也许是电热毛毯的暖气的缘故，姑娘身下的芳香也越发浓郁了。江口用各式各样的手势把玩姑娘的秀发，他看到姑娘的发际，特别是修长的脖颈后侧的发际，宛如描摹似的美妙绮丽。姑娘将后侧的头发剪短，向上梳拢，拾掇整齐了。额前长长短短的秀发以自然的姿态垂落下来。老人将她额前的秀发撩上去，端详姑娘的眉毛和睫毛。他将一只手的手指深深地探入姑娘的发丝中，直至触摸到她的头皮。

"果然还没醒。"江口老人说着，抓住姑娘脑袋的正中间晃了晃，姑娘看起来像是痛苦地皱了皱眉，身体半翻过来俯卧着。这样她的身体就和老人靠得更近了。姑娘伸出两只胳膊，右胳膊放在枕头上，右侧的脸颊贴在右手背上。这种睡姿，江口只能看见她的手指。小手指在睫毛的下方，食指从嘴唇的下方露了出来，手指一点点地张开。拇指藏在下颌的下面。稍稍向下的嘴唇的红色同四根手指的长指甲上的红色汇聚在洁白的枕套上。姑娘的左胳膊也从肘部开始弯曲，手背几乎要伸到江口的眼睛下方了。姑娘的脸颊圆鼓鼓的，非常丰满，然而手指却纤细修长，这甚至使得老人猜想她的双脚也是这般纤长。老人用脚掌去摸索姑娘的脚。姑娘左手的手指也微微张开，舒适地放在床上。江口老人将一侧的脸颊贴在姑娘的手背上。姑娘察觉到了它的重量，甚至肩膀都动了动，然而她没有力气将手抽出来。老人的脸颊就这样一直压在她的手上，一动不动。姑娘的两只胳膊都伸了出来，肩膀也稍稍抬起，手臂的上端鼓起了娇嫩圆润的肩肌。江口将毛毯拉到肩膀处，一边掌心温柔地揽住圆润的肩肌。嘴唇从手背向胳膊移动。姑娘肩膀的芳香、后颈的芳香引诱着他。姑娘的肩膀到背部的下方蜷缩着，但很快就放松了，老人被姑娘的这般姿态吸引了。

此时此刻，江口就要在这个被弄得昏睡不醒的女奴隶身上，替遭受侮蔑和屈辱的老人们实施复仇。他要打破这家店的禁令。他知道，那之后他就不能再来这家店了。不如说，江口就是为了让姑娘睁眼醒来，刚才粗暴地对待她。然而，转眼间，江口的动作就被清晰明了的处女的象征打断了。

他"啊"地惊呼一声，松开了姑娘。他的气息紊乱，心脏剧烈地跳动。与其说是突然停下了动作，不如说是遭受惊吓的状态更甚。老人闭上眼睛，使自己平静下来。他与年轻男子不同，要冷静下来并非难事。江口一边轻轻地抚摸姑娘的秀发，一边睁开了眼睛。姑娘依旧是俯卧的姿态。正值青春貌美的大好韶华，这姑娘竟是个未经人事的妓女。即便如此，她无疑是个妓女，难道不是吗？想到这些，如同一场暴风雨过后，老人对姑娘的感情、老人对自己的感情都完全改变了，再也没法恢复如初了。他毫不可惜。对一个沉睡不醒、一无所知的女人，无论做些什么，都不过是无聊的事罢了。可是，那突如其来的惊愕究竟是什么呢？

江口为姑娘妖妇一般的容貌所蛊惑，以至于做出了错误的行为，然而，他转念一想，这家的老年客人们，不都怀着远比自己想象的更加可悲的欢愉、强烈的饥渴、深切的悲哀到这家店来的吗？即便这是老后的悠闲自在的玩乐、唾手可得的返老还童，但在它的最深处，也许还潜藏着一种追悔莫及、自寻烦恼亦无法治愈的东西吧。所谓"成熟"的今晚的妖妇，至今依旧保留着处子之身，与其说是老人们尊重姑娘，坚守誓约，不如说这就是他们凄惨衰老的确凿证据。仿佛姑娘的纯洁反倒是老人们的丑陋。

也许是姑娘垫在右颊下的手压得发麻了,她将手举到头上,缓缓地弯曲又伸直,这样做了两三次。她的手触碰到了江口正在摆弄头发的手。江口抓住了她的那只手。手有点凉,手指很柔韧。老人使劲抓住它,像要将它攥坏似的。姑娘抬起左肩,翻了半个身,比画了一下左胳膊,将手甩了出去,仿佛要搂住江口的脖颈似的。然而这只胳膊柔弱无力,没有缠住江口的脖颈。姑娘的睡脸正对着江口,她的脸靠得太近,江口都看得老眼昏花了。姑娘的眉毛过于浓密,眼睫毛的黑色阴影也画得太过浓重,眼睑和圆鼓鼓的脸颊、修长的脖颈,依旧和看到她第一眼时的印象一样,是个妖妇。乳房稍稍下垂,却非常丰满,作为日本姑娘来说,她的乳晕非常肥大,还鼓鼓的。老人顺着姑娘的脊梁骨一直抚摸到腿部。姑娘腰部以下的身体紧绷绷地伸直了。她的上下身显得很不协调,或许因为是处女的缘故吧。

江口已在平心静气地端详姑娘的脖颈和脸庞了。天鹅绒窗帘的红色隐约映照在姑娘的脸庞上,这红色同她的肌肤十分相称。正如这家的女人所说的那样,姑娘"很成熟",即便她的身体已遭老人们玩弄过了,可她依旧是个处女。这是因为老人们年老体衰,也是姑娘让人弄睡得太深的缘故。这个妖妇一般的姑娘今后将会度过怎样变化万千的一生呢?江口的内心涌起一股父母慈悲似的关切情思。这也是江口业已衰老的证据。姑娘肯定只是为了钱才在这里睡的。然而对这些付钱的老人们来说,能够躺在这样的姑娘身边,无疑是一种凡尘俗世里不存在的快乐。姑娘绝不会睁眼醒来的,所以年老的客人们不必为自己的年老体衰而感到自卑,他们可以不受拘束、自由自在地放任自己沉湎在关于女人的幻想和追忆当中。即便要支付比清醒的女人更高的价钱他们也在所不惜,这就是其原因所在吧。沉睡不醒的姑娘对老人们一无所知,这也使他们感到放心吧。老人们对姑娘的生活状况和人品也一无所知。似乎也没有任何可以感知这些情况的线索,就连姑娘的穿着他们都不知道。对老人们来说，这不仅仅只是使他们免去事后的麻烦这样简单的理由。其理由就像无尽的黑暗深渊里的一道奇异的亮光。

然而，江口老人不习惯和不说话的、不睁眼看人的姑娘，也就是对其一无所知的姑娘交往，因而无法消解内心的空虚和不满足。他想看看这个妖妇一般的姑娘的眼睛。他想听听她的声音，想同她交谈。于江口而言，仅仅只是抚摸沉睡不醒的姑娘的这种诱惑并不是那么强烈，倒不如说随之而来的是悲惨的思绪。不过，江口没有想到姑娘是个处女，这令他颇为震惊，从而打消了打破禁令的念头，遵循老人们的规矩来办事。今夜的姑娘和上次的姑娘一样沉睡不醒，然而今夜的姑娘更有生气，这一点倒是确实的。姑娘的芳香、触摸的手感、身体的动作，都是实实在在的。

一如上次，枕头旁边备好了给江口准备的两片安眠药。不过江口今晚并没有早早就服下安眠药入睡，他想多看姑娘一会儿。姑娘睡熟了，可却经常翻动身体。一晚上翻身二三十次。姑娘背对着江口，可旋即又转过身来面朝着他。她还用胳膊摸索着江口。江口将手搭在姑娘一条腿的膝盖上，把她拉了过来。

"唔……不要。"姑娘似乎发出了含糊不清的声音。

"醒了吗？"老人以为姑娘睁眼醒来了，更用劲地拽她的膝盖。姑娘的膝盖柔弱无力，朝这边弯折。江口将手腕伸到姑娘的脖颈下面，把她的头稍稍抬了起来，轻轻地晃了晃。

"啊，我要去哪儿？"姑娘说。

"你醒啦，把眼睛睁开吧。"

"不要，不要。"姑娘将脸滑落在江口的肩膀上。她像是要避开江口的摇晃。姑娘的额头挨在老人的脖颈上，额发扎进了他的鼻子里。这些头发很硬，甚至扎得江口发痛。姑娘身上的香味也浓得呛人，江口把脸扭到另一边。

"你干什么,讨厌。"姑娘说。

"我什么也没干呐。"江口应答道。姑娘原来是在梦呓。是姑娘在睡梦当中强烈地感受到江口的动作让她不适,还是她梦见了其他的夜晚里老年客人对自己恶劣的戏弄呢?总之,即便是姑娘在前言不搭后语、断断续续地说梦话,江口好歹是像在同姑娘交谈,他感到兴奋激动。清晨时分或许还能将姑娘唤醒。然而此刻江口只不过是在同姑娘搭话,沉睡的姑娘是否能听见,就不得而知了。比起说话,老人用动作来刺激姑娘的身体更能让她说些梦话吧,难道不是吗?江口曾想过要恶狠狠地揍她一顿,或是掐死她,然而他只是焦躁不安地将她抱了过来。姑娘没有反抗,也没有作声。姑娘准会喘不上气来。姑娘甜美的气息呼到老人的脸上,呼吸紊乱的却是老人。任人摆布的姑娘再一次引诱着江口。倘若姑娘知道自己打明天起就不再是处女了,她该会遭受多大的痛苦悲伤啊。她的人生会变成什么样子啊。不论她将来的人生变化如何,总之,直到明天早晨,姑娘对这一切都是一无所知的。

"妈妈。"姑娘像是在低声呼唤。

"哎哟,哎哟,你走了吗?饶了我吧,饶了我吧……"

"你做了什么梦?是梦,是梦呀。"江口老人听见了姑娘的梦话,将她抱得更紧了,试图让她从睡梦中清醒过来。姑娘呼唤母亲的声音里所蕴含的悲伤,渗透到江口的胸膛里。姑娘的乳房紧紧地压在老人的胸前,几乎要压扁了。姑娘挥舞着胳膊。她是不是在睡梦中把江口错当成母亲来拥抱呢?不,即便她是被人弄得熟睡不醒,即便她是个处女,她也毫无疑问是个妖妇。江口老人在六十七年的人生当中,还未曾这样完完全全地拥抱一个年轻的妖妇。倘若有妖艳的神话,那她就是神话中的姑娘吧。

她不是妖妇,而像是一个被施展了妖术的姑娘。因此,她"沉睡地活着",也就是说,她的心灵被人弄得沉沉地熟睡了,可是她作为女人的身体反倒觉醒了。她变成了这副样子:没有人心，只有女人的躯体。正如这家店的女人所说的"成熟"，姑娘对作为老人们的对象一事，恐怕非常熟识吧。

江口将紧紧抱住姑娘的胳膊放松，温柔地抱住她，姑娘裸露的胳膊也重新变换成拥抱江口的姿势，此时姑娘真正温柔地抱住江口了。老人就这样静静地一动不动。他闭上了眼睛，陶醉在姑娘的温暖当中。他几乎处于一种无欲无求的恍惚境界里。他似乎能够领悟那些到这家来的老人们的快乐和幸福的感觉。对老人们自身来说，这里并不全是衰老的悲哀、丑陋和凄惨，而是充满了青春鲜活的生命所带来的恩泽。对一个已完全衰老的男人来讲，没有什么时刻比得上被年轻姑娘完完全全地抱在怀里更使人忘我的了。然而，姑娘为此成了被人弄得熟睡不醒的牺牲品，老人们是将她当作无罪的商品吗？还是说内心隐秘的罪恶思绪，反倒增添了他们的欢愉？已然忘我的江口老人似乎也忘却了姑娘是一个牺牲品，他用脚去摸索姑娘的脚趾。因为只有那里他还未触碰。姑娘的脚趾修长柔韧，轻快地活动着。脚趾的各个关节时而弯折收缩，时而舒展伸直，同手指的动作相像，也只有那里才是姑娘作为一个奇异的女人传递给江口强烈的诱惑。沉睡不醒的姑娘能够用脚趾同江口互诉衷肠。然而，老人将姑娘脚趾的动作只当作是稚嫩生疏却娇艳妖媚的音乐来赏玩，并久久地追寻这种乐声。

姑娘似乎在做梦，这场梦或许已经做完了吧。江口心想，姑娘也许不是在做梦，而是随着老人粗暴地触碰她的身体，她便用梦话来同老人交谈，从而形成了一种进行抗议的习惯吧。即便不说话，姑娘在沉睡时也能用身体同老人交谈，洋溢着娇艳妖媚。即便是前言不搭后语的梦话也无所谓，只要能够发出声音同他交谈就足矣，这样的愿望之所以纠缠着江口，或许是因为他还未充分适应这家的秘密吧。江口老人感到不知所措，他不知道该说些什么，也不清楚按压哪个部位，姑娘就会说梦话来回应他。"已经不做梦了吗？梦见妈妈去哪儿了是吗？"江口说着，顺着姑娘的脊柱摩挲她的身体。姑娘摇了摇肩膀,又趴着熟睡了。看样子这是姑娘喜欢的睡姿。她的脸仍旧朝着江口这边,右手轻轻地抱住枕头的边缘,左胳膊压在老人的脸上。不过姑娘什么也没说。柔和的呼吸暖暖地拂面而来。不过压在江口脸上的胳膊在挥动着,似乎在寻求一个安定舒适的姿势,老人伸出双手将姑娘的胳膊放在自己的眼睛上。姑娘细长的指甲尖轻轻地扎了一下江口的耳垂。姑娘的手掌根在江口右眼皮的上方弯折下来,纤细的手腕盖住了他的右眼皮。老人希望姑娘的手臂就这样放在脸上,于是就在自己双眼上方的位置,压住了姑娘的手。姑娘肌肤的芳香渗透到他的眼珠里,甚至又给江口带来了新鲜、丰富的幻想。他的脑海里浮现出了适逢当下时节的画面:大和古寺高大的石墙下,两三朵冬牡丹花迎着小阳春的阳光绽放;诗仙堂边缘附近的庭院里,盛放着白色的山茶花;正值春日时节,椿寺里开满了奈良的马醉木花和紫藤花,山茶花散落一地。

"是啊。"这些花里蕴藏着江口对三个已婚女儿的回忆。他带三个女儿或其中一个女儿去旅行的时候曾见过这些花。已为人妻母的女儿们也许不大记得这件事了,但江口却记得非常清楚,他时不时回想起来,还会同妻子谈论有关花的往事。母亲在女儿出嫁以后,似乎并不会像父亲那样感到同女儿分离了,事实上做母亲的还和女儿维系着亲密的交往,因此同结婚前的女儿一起旅行时看见的花之类的事她不太会放在心上。再说,有的时候母亲并没有跟着去旅行,有些花是在这样的旅途中看到的。

姑娘的手贴在江口的眼睛上,这只眼睛的深处浮现出许多花的幻象,旋即消失,而后又再度浮现,他任凭幻觉时隐时现。女儿出嫁不久后的好一段时日里,江口甚至觉得别人的女儿都十分可爱,记挂在心上,此时他感觉到这种昔日的情感复苏了。他觉得这个姑娘就像是当年别人家的女儿中的一个。老人放开了手,可姑娘的手还搭在江口的眼睛上,一动不动。江口的三个女儿当中,只有小女儿看到了椿寺里飘散的山茶花——那是小女儿出嫁前半个月所做的告别旅行。此刻在江口的脑海中,山茶花的幻觉最为强烈。特别是小女儿在婚姻问题上有许多痛苦和忧虑。有两个年轻人在争夺小女儿。不仅如此,在这样的争夺当中,小女儿失去了处子之身。江口为了重新转换小女儿的心情才带她去旅行的。

据说山茶花从枝头"吧嗒"一声掉落下来是不吉利的,不过椿寺有一棵巨大的山茶树,树龄说是有四百年,一棵树上交杂绽放出五种颜色的花,这种重瓣的花不是一下子整朵凋落下去,而是花瓣散落凋零的,似乎因此还被称作是"散落的山茶花"。

"落英缤纷的时候,一天能飘落五六簸箕的花瓣呢。"寺院的年轻太太告诉江口。

据说比起从向阳的方向观赏大山茶花,从背阳的方向观赏反倒更加美丽。江口和小女儿歇坐的外廊朝向西边,已是日斜西山了。他们在背阳逆光处,春日的阳光穿不透大山茶树繁茂的枝叶和盛放的花朵的重重叠层。太阳的光辉蕴藏在山茶树的树冠里,山茶树的树影边缘仿佛飘荡着晚霞。椿寺坐落在喧嚣嘈杂的凡俗城镇里,庭院里除了这一棵大山茶树外,似乎没有其他值得一看的景致。再说,江口的眼里满满的都是大山茶树,其他的什么也看不见,他的心被花夺走,连城镇的喧闹声也听不见了。

"花开得真好呀。"江口对女儿说。

寺院的年轻太太应答说:"有时早晨醒来,散落的花瓣都铺满整个地面了。"说罢她起身离去,把江口和女儿留在那里。一棵树上是否盛开了五种颜色的花朵?树上确实有红花,有白花,还有色彩混杂的花朵,江口无意追究这些,他已经被整棵山茶树迷住了。这棵有着四百年树龄的山茶树,竟能盛放出如此美丽、如此丰富的花朵。夕阳的余晖仿佛都被这棵山茶树吸收进去,花树的树冠枝繁叶茂,树干似乎饱含柔情与温暖。虽然不觉得有风，可有时边缘的花枝会轻轻地摇曳。

不过，小女儿并不像江口那样被这棵名树——"散落的山茶花"所吸引。她耷拉着眼皮，与其说她在观赏山茶树，不如说她是在窥视自己的内心。三个女儿当中，江口最疼爱这个女儿。小女儿也爱向父母撒娇，两个姐姐出嫁以后她更是如此。两个姐姐曾向母亲流露出忌妒的情绪，她们以为父亲要把老幺留在家里，招个入赘女婿呢，这件事江口还是从妻子那里听来的。小女儿的性格开朗活泼。她有很多男朋友，在父母的眼里看来这非常轻浮，可这些男朋友拥簇在女儿身旁时，她看起来朝气蓬勃，充满活力。不过，在这一众男友里，她喜欢的有两个人，这件事，父母二人，尤其在家中招待过这些男朋友的母亲是最清楚的。其中有个人夺走了小女儿的贞洁。小女儿有好一阵子在家中都沉默寡言，更衣时的动作也变得焦躁不安。母亲立刻就察觉到小女儿一定发生了什么事情。母亲稍加询问，她就毫不犹豫地坦白了。那个年轻人在百货商店工作，住在公寓里。女儿好像是应邀到他的公寓去的。

"你要同他结婚吗？"母亲说。

"不，我绝不要和他结婚。"小女儿答道。这让母亲不知如何是好，心想这个年轻人一定是做出了强迫的举动。她向江口坦白了这事，并和他商议。江口感觉像是掌上明珠遭受了侵害，然而当他听到小女儿同另一个年轻人急匆匆地订下婚约时，他更加震惊了。

"你觉得怎么样？这样好吗？"妻子关切地凑上前问。

"女儿把这件事告诉她的未婚夫了吗？开诚布公地坦白了吗？"江口的声音变得尖锐。

"哎，我没有问她。因为我也吓了一跳……问问她吧？"

"不行。"

"这样的错误还是不要向结婚对象坦白为好，沉默可保平安无事,这是世间成年人的想法。不过,还是要看女儿的性情和心情啊。为了瞒住这件事,女儿要独自一人无比痛苦地度过一生啊。"

"首先,女儿的婚约父母是否认可,这件事还没确定,不是吗?"

被一个年轻人侵犯,突然又和另一个年轻人订立婚约,江口当然不会认为这是自然而然做出的稳妥决定。父母也知道这两个人都喜欢女儿。江口也知晓这两个年轻人,他甚至曾经想过,两人当中的任何一个同小女儿结婚似乎都很好。然而,女儿如此匆忙地订立婚约,难道不是冲击的反作用吗?因为对一个人生出了愤怒、憎恶、怨恨和懊悔的心绪,在游移不定的状态下才向另一个人倾斜吗?或者是试图从一个人的幻灭和自我的心慌意乱中解脱出来,才依靠另一个人吗?由于遭受侵犯而对那个年轻人完全死心,反而被另一个年轻人更加强烈地吸引住了,这样的事未必不会发生在小女儿身上。也许这未必不能说是复仇,但多半是自暴自弃的不纯行为。

不过,江口从未想过这样的事会发生在自己的小女儿身上。也许天底下所有的父母都是这样的。即便如此,小女儿在男友们的拥簇下,过得快活自在,她又向来好胜要强,所以江口似乎也对她感到放心。不过,事情发生后,江口似乎也并不意外。即便是他的小女儿,她的生理结构和世上的女人也没有什么不同之处。她也会被男人强迫。江口的脑海里猛地浮现出那样场合下小女儿丑陋的身姿,一股强烈的羞耻和屈辱感侵袭而来。他把另外两个女儿送去新婚旅行的时候,也不曾体会到这种感受。事到如今江口才想到,在这件事里,纵然是男人燃起了爱情的欲火,小女儿的生理结构也无法抗拒这种火焰。作为父亲来说,这或许是一种非同寻常的心理吧?

江口没有立即认可小女儿的婚约,也没有一开始就拒绝婚约。父母亲是在这件事过去相当长一段时间后才知道，有两个年轻人在激烈地争夺小女儿。并且，江口带她到京都观赏繁花满枝的"散落的山茶花"时，已经快到小女儿的婚期了。大山茶树的花簇里掩藏着一股微弱的呜呜声，大概是蜂群吧。

小女儿结婚两年后，生下了一个男孩。女婿似乎非常疼爱孩子。有时星期天，这对年轻夫妇到江口家来，妻子跟丈母娘一道进厨房干活的时候，丈夫就娴熟地给孩子喂牛奶。江口看到此情此景，觉得他们两夫妻的日子也安稳下来了。虽然同是住在东京，可结婚以后女儿很少回娘家来。女儿独自一人回娘家来时，江口问她："怎么样？"

"怎么样？哎，我很幸福呀。"小女儿应答说。也许夫妻之间的事她不太想和父母说，不过，按照小女儿这样的性格，本该将丈夫的事更多地告诉父母的，江口总觉得美中不足，多少有些放心不下。然而小女儿仿佛一朵绽放的少妇之花，变得愈发娇美了。即便将这种变化只当作是女儿从少女到少妇的生理性的转变，在这种转变的过程中，倘若有心理阴影的话，小女儿恐怕不会显露出这种花朵般的明媚吧。生过孩子以后的小女儿，全身甚至身体内部都像被洗涤过似的，她的肌肤光滑透亮，人也变得沉着稳重了。

或许是因为这些原因，在"睡美人"之家，江口将姑娘的胳膊压在自己双目的眼帘上时，眼前才浮现出繁花似锦的"散落的山茶花"的幻象。当然，江口的小女儿，还有在这里沉睡的姑娘，她们都没有山茶花那样丰满。然而，人世间的姑娘身体的丰腴，单单只是观看，或只是温顺地睡在身旁，是无法领会的。这不是能同山茶花做比较的东西。从姑娘的胳膊上传递到江口眼眸深处的，是生命的交流、生命的旋律、生命的诱惑，以及于老人而言——生命的恢复。姑娘的胳膊压在江口的眼皮上太久，他的眼珠有些沉重，就将姑娘的胳膊拿下来了。

姑娘的左胳膊无处安放，它顺着江口的胸膛艰难地伸直了，或许是觉得不舒服吧，姑娘朝着江口的方向将身体半翻过来，双手弯折放在胸前，十指交叉相握。手指触碰到了江口老人的胸膛。不是合掌的手势，却像是祈祷的姿势。犹如一场温柔的祷告。老人用自己的双手握住了姑娘十指交握的双手。老人就这样握住她的手，他感觉自己也像在祈祷些什么似的，闭上了双眼。然而，这只不过是老人抚摸沉睡的年轻姑娘的手时生出的悲哀愁绪。

深夜开始下雨，雨点滴落在寂静的海面上，这声音传到了江口老人的耳朵里。远处的响声不是汽车的声音，似乎是冬日的雷鸣声，但声音高远，难以捕捉。江口掰开姑娘交握的手指，除了拇指以外的四根手指，他都一根根地掰直，静静地端详它们。他想把姑娘纤长的手指放进嘴里咬一咬。倘若小指上留有牙印，还渗出鲜血，这个姑娘明天睁眼醒来会怎么想呢？江口将姑娘的胳膊放在腰肢旁，舒展伸直了。而后又端详姑娘丰满的乳房，姑娘的乳晕肥大，圆鼓鼓的，颜色也很浓重。江口托起姑娘微微下垂的乳房。乳房是温热的，不像姑娘睡在电热毛毯上的身体那样温暖。江口老人想将额头贴在两个乳房之间的低凹处，但他的脸刚刚凑近，姑娘的芳香就使他犹豫了。他趴下身子，将枕边的安眠药服下，今晚他一口气吃下了两片。先前头一次到这家来的晚上，他先服用了一片，被噩梦惊醒后又服了一片。他知道这只是普通的安眠药。江口老人很快就入眠了。

姑娘抽噎着，又号啕大哭起来，哭声惊醒了老人。哭声又变成了笑声。笑声持续了很久。江口的手在姑娘的胸脯上来回摸索，还摇了摇她。

"是梦呐，是梦。又在做什么梦了。"

姑娘久久的笑声止住之后的寂静让人觉得毛骨悚然。然而安眠药在起作用，江口老人好不容易才把枕边的腕表拿起来看了看，三点半了。老人将胸脯紧贴姑娘，把她的腰搂过来，温暖地入睡了。

清晨，他又被这家店的女人唤醒了。

"您醒了吗？"

江口没有应答。这家店的女人会不会靠近密室的房门，将耳朵附在杉木门上呢？这样的情形让老人感到毛骨悚然。或许是电热毛毯太热，姑娘将赤裸的肩膀露在被褥外面，一只胳膊伸在头上。江口给她盖上了被褥。

"您醒了吗？"

江口依旧没有应答，他把脑袋缩进了被褥里。下颌碰到了姑娘的乳头。江口仿佛突然燃烧起来，他抱住姑娘的后背，脚也在扒拉姑娘。

这家店的女人轻轻地叩了三四次杉木门。

"客人，客人。"

"起来了！现在在更衣。"倘若江口老人不回答，女人怕是会开门闯进来。

隔壁房间里已经备好了洗脸盆及牙刷等物件。女人一边服侍江口用早饭，一边问："怎么样？是个好姑娘吧。"

"是个好姑娘呀，确实……"江口点了点头，"那姑娘几点会醒过来？"

"呀，几点呢？"女人佯装不知地回答。

"我不能在这里等她醒来吗？"

"这……我们这儿可没这回事呀。"女人有些慌张，"再熟的客人也不能这么做。"

"可是这姑娘实在太好了。"

"请您不要自作多情，只当是同一个沉睡的姑娘有过交集，这样不好吗？这个姑娘对和您共眠的事一无所知，她不会给您添任何麻烦的。"

"可是我记住了她呀。若是在路上碰见了她……"

"哎呀！您还打算和她打招呼吗？请您别这么做。这难道不是一种罪过吗？"

"罪过？……"江口老人重复了女人的话。

"是啊。"

"是罪过吗？"

"请您不要产生这种逆反心理，就把她当作沉睡的姑娘，多多关照吧。"

江口老人本想说："我还不是那么悲惨的老人。"可话到嘴边又咽下去了。

"昨晚好像下雨了。"

"是吗？我一点也不知道。"

"确实是雨声。"

透过窗户眺望大海，只见海岸附近的细波在朝阳的照耀下闪闪发光。

三

江口老人第三次到"睡美人"之家来,是距离第二次过去八天以后的事。第一次和第二次之间相隔了半个月,这次约莫缩短了一半的时间。

江口也渐渐被沉睡姑娘的魅力迷住了吧。

"今晚是个见习的姑娘,您也许不甚喜欢,还请多多包涵。"这家的女人一边斟煎茶一边说。

"又是不同的姑娘吗?"

"您临来才给我们打电话,只能挑选来得及的姑娘……您如果有心仪的姑娘,得提前两三天告知我们,不然的话……"

"是吗?不过,你说的见习的姑娘,她是怎样的姑娘?'

"她是个新人,年纪很小。"

江口老人吓了一跳。

"她说自己还不习惯,所以有些害怕,不知道两个人在一起会怎么样,不过,客人您要是不愿意也行。"

"两个人吗?两个人也不要紧呀。何况沉睡得像死了一样,害怕什么的不是统统都不知道吗?"

"话虽如此,可姑娘还不习惯,请您手下留情。"

"我不会做什么的。"

"这我知道。"

"见习吗?"江口老人喃喃自语。定是有什么蹊跷。

女人一如往常,她把杉木门开一条小缝,往里面窥探了一番,说:"姑娘已经熟睡了,请进。"

说罢她走出房间离开了。老人自己又斟了一杯煎茶,随后曲肱而枕,躺了下去。他总觉得有些寂寞和空虚。他不情愿地站起身来,轻轻地打开了杉木门,朝天鹅绒包裹的密室里窥看了一番。

"年纪很小的姑娘"是一个脸蛋小巧的女孩。原本绑成马尾辫的头发解开了,凌乱地披散在一边的脸颊上,一只手背贴在另一边的脸颊和嘴唇上,她的脸看起来似乎更小巧了。天真无邪的少女沉睡了。虽说是手背,手指却舒展伸直了,手背的一端轻柔地触到眼下附近,因此弯曲的手指从鼻子旁边覆住了嘴唇。纤长的中指微微越过了嘴唇,直伸到下颌的下方。这是她的左手。她的右手放在棉被上,手指温柔地抓住被子。她一点儿妆都没化。也不像是入睡前卸过妆。

江口老人悄悄地从旁边钻进了被窝里。他小心翼翼地不去触碰姑娘身体的任何部位。姑娘的身体纹丝不动。她身体的温暖和电热毛毯的暖气不同,老人沉浸在这份温暖当中。这像是一种未成熟的野生的温暖。也许是姑娘的秀发和肌肤的芳香让江口产生了这种感觉,但又不仅仅是这个缘故。

"大概十六岁吧。"江口喃喃自语。到这家来的客人,都是些已经无法将女人当作女人来对待的老人，然而同这样的姑娘平静地共眠，他们也可以追寻一去不复返的人生的欢愉，从而获得短暂的慰藉吧。这件事，对第三次到这家来的江口来说十分清楚。恐怕也有老人暗中期望自己能永远长眠在被人弄得沉睡不醒的姑娘身旁。姑娘年轻的肉体诱惑着老人死去的心，似乎有一种悲哀的愁绪。不，江口是到这家来的老人中多愁善感的那类人，也许大多数到这家来的老人，只是为了从沉睡的姑娘身上汲取青春和朝气，在熟睡不醒的女人身上找乐子。

枕边依旧放着两片白色安眠药。江口老人捏起来看了看，药片上没有文字或标记，所以不知道是什么药名。当然肯定和让姑娘服用或注射的药不同。江口心想，下回来时，向这家的女人要和姑娘相同的药试试看吧。她恐怕是不会给的，但倘若真要到了，自己也像死一般地沉睡的话，会怎样呢？同死一般沉睡的姑娘一道死一般地沉睡，老人感觉这是一种诱惑。

"死一般沉睡"这句话，唤起了江口对女人的回忆。三年前的春天，老人曾将一个女人带回了神户的一家西式旅馆。因为是从夜总会出来的，到旅馆时已是深更半夜了。老人喝了房间里备好的威士忌，还劝女人喝了。女人喝了和江口一样多的酒。老人换上了旅馆的浴衣睡袍，然而没有备女人的那份，他只好将身着内衣的女人抱入怀中。江口把胳膊环绕在女人的脖颈上，温柔地抚摸她的后背，正当意乱情迷之时，女人坐起半个身子，说："穿着这个我睡不着。"说罢就将身上的衣物全部脱光，丢到镜子前的椅子上。

老人有些吃惊，心想：这也许是和白人同眠的习惯吧。然而，这女人却意想不到地温顺。

江口松开女人，说："还没呐？……"

"狡猾。江口先生，狡猾。"女人重复说了两遍，但依旧很温顺。酒劲上来了，老人很快就入睡了。第二天早晨，江口被女人的动静吵醒了。女人面朝镜子理了理头发。

"你起得真早啊!"

"因为有孩子。"

"孩子?"

"嗯,有两个,还小呐。"

女人急匆匆地,老人还没起床她就已经离开了。

这个身姿修长、体格矫健的女人已经生了两个孩子,江口老人对此感到非常意外。她的身姿不像是生过孩子的,乳房也不像是喂过奶的。

江口出门之前想换件新衬衫,便打开旅行皮包,里面的物品拾掇得整整齐齐的。在十天的旅途里,他将换下的衣服揉成团儿塞进去,倘若要从里头拿些什么,就得把皮包翻个底朝天。神户买的东西、别人送的礼物、土特产等,他都一股脑地塞进包里,乱七八糟的东西把皮包撑得鼓囊囊的,连盖子都关不上了。大概是盖子翘起来了,所以能窥见里面,又或许是老人从包里取出香烟时,女人看见里头的东西杂乱无章吧。即便如此,她为什么有意替老人收拾呢?再说,她是什么时候拾掇的呢?连换下的内衣裤都整整齐齐地叠好了,女人的手再怎么灵巧,肯定也要花些时间。大概是昨夜江口入睡以后,女人睡不着就起床替他拾掇了包里的物品吧。

"嗯?"老人凝望着拾掇得井井有条的皮包,"她想干什么呢?"

翌日日暮时分,女人穿着和服来到了约定的日本饭馆。

"你也会穿和服吗?"

"嗯,有时会穿……不相称吧。"女人羞怯地嫣然一笑,"中午的时候,有个朋友来电话了,对方吓了一大跳呢,还跟我说,'你这样做好吗?'"

"你说啦?"

"嗯，我毫无保留地都说出来了。"

二人在城镇里漫步，江口老人给女人买了一身和服衣料和腰带料，随后折回了旅馆。透过窗户，可以看见进港的船舶上的灯光。江口一边站在窗边同女人接吻，一边关上了百叶窗和窗帘。他把昨天夜里的威士忌酒瓶拿给女人看，可她摇了摇头。女人不愿醉酒失态，极力克制住了。她沉沉睡去了。

翌日清晨，江口起床以后，女人也醒了。

"啊，睡得像死了一样呀，真的像死了一样啊！"

女人睁开眼睛，一动不动。这是一双铅华洗尽、朦胧湿润的眼睛。

女人知道江口今天要回东京。女人的丈夫在外国商社工作，派驻到神户期间，他同女人结了婚，不过近两年他回了新加坡。下个月他又会回到神户的妻子身边。这些事都是女人昨晚告诉他的。在听到这些事之前，江口不知道这个年轻女人是有夫之妇，而且是一个外国人的妻子。他轻而易举地就将这个女人从夜总会诳出来了。

江口昨晚一时兴起去了夜总会，邻桌的客人是两个西洋男人和四个日本女人。其中有个中年女人是江口的熟人，两人便寒暄了一番。他们似乎都是这个女人邀请来的。两个外国人都去跳舞以后，女人建议江口："不去和那个年轻女人跳舞吗？"在第二支舞曲的中途，江口邀这个年轻女人偷偷溜出去。她似乎觉得这样的恶作剧很有意思。女人无所顾忌地来到了饭店，江口老人走进房间以后倒有些不自在了。

江口同一个有妇之夫，而且是一个外国人的日本妻子私通了。女人的品性如此：她把年幼的孩子托付给乳母或保姆，自己则在外厮混，夜不归宿。虽然已是有夫之妇，可女人没有显露出丝毫的愧疚，所以江口也未感受到违背人伦的真实感来势汹汹地向自己逼迫而来，然而他的内心依旧遭受了无休无止的谴责。不过,女人说他熟睡得像死了一样,这种愉悦犹如朝气蓬勃的乐音残留在他的心里。彼时,江口六十四岁,女人在二十四五至二十七八之间。老人心想,这或许是最后一次和年轻女人共享鱼水之欢吧。仅仅两夜,实际上,即便只有一夜也好,像死一样的沉睡,这是他与无法忘记的与女人共度的夜晚。女人曾给江口去信,信上写道:您若是到关西来,我还想见您。那之后又过了一个月,女人又来信说:我丈夫已回到了神户,可即便如此也不要紧,我还是想见您。一个多月以后,他又收到了同样的信件。从那以后便杳无音信了。

"啊,那女人许是怀孕了,第三次……肯定是那样吧。"江口老人喃喃自语。时隔三年后,他躺在睡得像死了一样的姑娘身旁时,回忆起了这个女人,说出了方才那番话。在此之前,这种事他连想都没想过。此刻,为什么会突然想起这件事呢?江口自己也觉得不可思议,然而,一旦回想起来,总觉得一定是那样。那女人不再来信,是因为她怀孕了吗?是这样吗?想到这些,江口老人的脸上浮出了一丝微笑。女人迎接了从新加坡回来的丈夫,而后怀孕了,这些事,将促使女人冲刷洗净二人的私通行径,老人也由此获得了安宁。这样一来,老人脑海中又浮现出女人那令人怀念的身姿来。这种回忆并不伴随着色情。她矫健紧致、细腻光滑、极其舒展的身姿,让人觉得这是年轻女人的象征。怀孕虽是江口突然的想象,但他坚信这就是千真万确的事实。

"江口先生,您喜欢我吗?"女人曾在饭店里这样问他。

"喜欢呀。"江口回答,"女人总爱这么问。"

"可是,还是……"女人吞吞吐吐地,没再往下说了。

"你不问问我喜欢你哪里吗?"老人揶揄道。

"行了,不说了。"

然而,女人问江口"您喜欢我吗?"的时候,他斩钉截铁地回答说喜欢。三年后的今天，江口老人依旧没有忘记女人曾这样问过他。那个女人生下第三个孩子以后，她的身姿大概还是像没有生过孩子一样吧？江口陷入了对女人的怀念当中。

老人几乎忘却了身边沉睡不醒的小姑娘，然而，让老人回忆起神户的女人的，正是这个小姑娘。姑娘的手背贴在脸颊上，胳膊肘朝旁边伸开，非常碍事，因此老人抓住她的手腕，将她的手放进被窝里伸直了。电热毛毯太过温暖，连姑娘的肩胛骨都裸露在被褥外面。姑娘纤巧娇嫩的肩膀就在江口老人面前，近得几乎要触及他的眼睛。这圆润的肩膀像要让老人的手掌抚摸似的，江口本想握住它，却还是放弃了。她的肩胛骨没什么肉，清晰可见。江口本想顺着肩胛骨抚摸她的身体，但也放弃了。他只将披散在姑娘右边脸颊上的长发轻轻地拨开了。天花板上投射下来的微弱灯光洒落在姑娘的脸上，在四周深红色窗帘的映衬下，她的睡颜看起来柔和温暖。姑娘的眉毛未经修饰，纤长的眼睫毛整齐分明，像是用手指就能捏住似的。下唇的中间微微厚实一些。看不见她的牙齿。

江口老人觉得，在这家旅馆里，再没有什么比少女天真无邪的睡脸更美的了。这就是人世中幸福的慰藉吗？无论是怎样的美人，都无法掩饰睡颜的年龄。即便不是美人，青春的睡颜也是美丽的。或许这家挑选的都是睡颜娇美的姑娘。江口只是近距离地端详姑娘小巧玲珑的睡颜，自己的生涯和平日的劳苦仿佛都温柔地消逝了。仅仅只是怀着这份思绪服下安眠药入眠，也必定能度过一个上天恩赐的幸福夜晚，老人静静地闭上眼睛，一动不动地躺在床上。这姑娘让他回想起了神户的女人，或许她还会让自己想起别的什么，为此，江口似乎舍不得入眠了。

神户那个年轻的有夫之妇，迎接了睽违两年归家的丈夫，立马就怀孕了——这种突然的想象，江口认为无疑是确凿的事实，这种犹如必然的真实感突然离不开江口老人了。同江口私通一事，不会让女人怀胎生下的孩子蒙受耻辱，也不会让孩子变得肮脏龌龊。老人将女人的妊娠和分娩当作事实，他感受到了祝福。那个女人的身体里孕育着幼小的生命。直到现在，这些思绪才让江口知道自己垂垂老矣。然而，那个女人为何毫无芥蒂和愧疚，温顺地委身于自己呢？江口老人近七十年的人生里，似乎未曾有过这样的事。那个女人身上没有娼妇的气韵，也不轻浮。比起在这家躺在怪异的、被人弄得熟睡不醒的少女身旁，不如说同她在一起江口更没有罪恶感。到了早晨，她干净利落、匆匆忙忙地返回幼小孩子所在的家，江口老人满足地在床上目送她离去。江口老人心想，这或许是和这个女人最后一次邂逅，她成了江口无法忘怀的女人，不过，女人恐怕也忘不了江口。这样的邂逅并未狠狠伤害到他们，即便被终生埋藏在心底，二人也不会忘却彼此吧。

然而，此时此刻，让老人清清楚楚地回想起神户女人的，是这个"睡美人"，这个见习的小姑娘，真是不可思议。江口睁开了眼睛。他用手指温柔地抚摸小姑娘的眼睫毛。姑娘颦蹙双眉，将脸躲开，张开了嘴唇。她的舌头贴在下颚上，卷得小小的像要缩进去似的。这娇嫩的舌头正中间有一道可爱的沟。江口老人感受到了诱惑。他窥视姑娘张开的嘴巴。要是掐住姑娘的脖颈，这小巧的舌头会抽搐吗？老人回想起自己曾碰到过比这个姑娘更年幼的娼妇。江口没有这种兴趣，那是他作为客人时人家给他安排的姑娘。那个小姑娘的舌头薄薄的，纤细瘦长，还湿润润的。江口觉得无趣。城镇里传来了大鼓声和笛声，听起来让人心潮澎湃。好像是个祭典的夜晚。小姑娘的眼角细长而清秀，一副倔强好胜的神色，她的心思不在客人江口身上，却又非常急躁。

"是祭典吧。"江口说，"你想快点去参加祭典吧。"

"哎呀，您真清楚呐。是这样的，我已经跟朋友约好了，可又被叫过来了。"

"你去吧。"江口避开小姑娘湿润冰冷的舌头,"行了,你快去吧……是敲响大鼓的神社吧。"

"可是,我会被这儿的老板娘责骂的。"

"放心吧,我会帮你圆过去的。"

"是吗?真的?"

"你多大了?"

"十四。"

姑娘面对男人毫无羞耻之心。她并不感到屈辱,也不会自暴自弃,什么都不当回事。她草草地打扮了一番,就急匆匆地去参加城镇的祭典了。江口一边抽烟,一边听大鼓声、笛声和摊贩的叫卖声,他听了好一会儿。

那个时候自己是多大年纪,江口已经不大能回想起来了,算是到了毫不留恋地让小姑娘去参加祭典的年纪,但也不是如今这样的老人。今晚的姑娘比那个姑娘大个两三岁吧,比起那个姑娘,她的身体丰腴,更有女人味。不过,一个巨大的不同是:今晚的姑娘沉睡时绝不会睁眼醒来,即便祭典大鼓的声音响彻云霄,她也听不见。

侧耳倾听,后山仿佛吹来了一阵微弱的秋风。一股温和的气息从姑娘微微张开的嘴唇里呼到了江口老人的脸上。映照在深红色天鹅绒上的朦胧亮光,甚至照进了姑娘的嘴巴里。江口心想,这个姑娘的舌头,或许不像那个姑娘的舌头那样湿润冰冷。老人感受到了更加强烈的诱惑。在这个"睡美人"之家,沉睡时能让人看见舌头的,这个小姑娘算是头一个。与其说老人想将手指伸进姑娘的嘴里触摸她的舌头,不如说似乎有一股躁动不安的邪念在他的心中晃荡。

不过,这种邪念是伴随着极度恐怖的残暴事物的,此刻它还未以清晰明了的样态浮现在江口的脑海中。所谓男人侵犯女人的极恶,究竟是什么呢?譬如江口和神户的有夫之妇及十四岁娼妇之间的事，不过是漫长人生中的过眼云烟，转瞬间就消逝得无影无踪了。同妻子结婚，养育女儿们，表面上是一种善举，然而在这漫长的岁月里，江口束缚了她们，他掌握着女人们的人生，或许连她们的性格都被扭曲了，从这点来看，不如说这是一种恶行。世人只顾俗世的习惯和秩序，罪恶的思想或许都麻木了。

躺在沉睡不醒的姑娘身旁，无疑也是一种罪恶吧。倘若将姑娘杀死，罪恶就更清楚明晰了。扼住姑娘的脖颈，捂住姑娘的嘴和鼻子令她窒息，这些或许都是轻而易举的事。然而，小姑娘沉睡时张开了嘴，江口得以窥见她娇嫩的舌头。倘若江口老人将手指放在那上面，这舌头会像婴儿吮吸乳房那样卷成圆圆的吧。江口用手捏住了姑娘的人中和下颌，合上了她的嘴。他一松手，姑娘的嘴唇又张开了。沉睡时，即便嘴唇微微张开也非常可爱，老人由此看到了姑娘的青春朝气。

姑娘太年轻，反倒让江口心中飘荡着邪念。偷偷地到"睡美人"之家来的老人们，不仅仅是为了孤寂地忏悔逝去的青春岁月，也有人是为了忘却一生中所做的恶才来的，难道不是吗？告诉江口这家店的木贺老人，他不会泄露其他客人的秘密，这点自不用说。会员客人恐怕为数不多吧。江口也能察觉到，在世俗的层面上，这些老人们是成功者，而非落伍者。然而，他们的成功是作恶以后获得的，也有人不断地作恶才得以延续自己的成功。他们并非心灵的安泰者，不如说他们是恐惧者、落魄者。抚摸着沉睡不醒的年轻女人裸露的肌肤躺下的时候，从心底汹涌而来的，也许不仅仅是濒死的恐惧和青春流逝的哀绝，或许还有自身违背道德的悔恨，成功者常有的家庭的不幸。老人们恐怕没有屈膝叩拜的佛。即便他们紧紧地搂住赤身裸体的美女，流下冰冷的泪水，哭得死去活来，呼天抢地，姑娘也根本不会知道，她绝不会睁眼醒来。老人们不会感到羞耻，他们的自尊心也不会遭受伤害。这完全是自由地忏悔，自由地哀痛。若是这样的话，"睡美人"不就是佛一般的事物吗？而且是一具活着的肉体。姑娘年轻的肌肤和芳香，也许会宽恕和慰藉这些凄惨的老人吧。

这些思绪翻腾的时候，江口老人静静地闭上了眼睛。在迄今为止的三个"睡美人"中，今夜这个最为年幼、身体丝毫未衰的姑娘突然诱发了江口的思绪，这有些不可思议。老人紧紧地抱住姑娘。在此之前，他避免接触姑娘身体的任何部位。姑娘仿佛被老人的身体整个儿包裹起来了。姑娘的气力被掠夺了，她无法反抗。她的身子瘦得令人可怜。姑娘在沉睡时或许感知到了江口的存在，她合上了张开的嘴唇。突出的腰骨硬邦邦地碰到了老人。

江口心想："这个小姑娘会探索出怎样的人生道路呢？即便没有获得所谓的成功和出人头地，可到底能不能度过安稳的一生呢？"但愿她往后在这家旅馆里慰藉和拯救老人们所积攒的功德，能让她日后获得幸福。江口甚至在想，或许就像昔日的神话那样，这个姑娘是什么佛的化身吗？不是也有神话说，娼妓和妖妇是佛的化身吗？

江口老人一边温柔地抓住姑娘的垂发，一边平心静气，试图忏悔自己过去的罪孽和不道德。然而，浮现在心头的却是过去的女人们。值得庆幸的是，老人回忆起来的，并非是他们交往时间的长短、女人容貌的美丑、头脑的聪愚、人品的好坏。譬如神户的有夫之妇曾说过："啊，睡得像死了一样呀，真的像死了一样啊！"江口回想起来的是这样的女人们。这些在江口的爱抚下忘却自我，敏感地回应他的动作，不知不觉中欣喜若狂的女人。与其说这是女人的爱的深浅造成的，不如说是她们与生俱来的身体的缘故。这个小姑娘不久以后成熟了会怎么样呢？老人用搂住姑娘后的手向下摩挲她的肌肤。然而仅仅依靠抚摸姑娘，是无法知道结果的。先前在这家旅馆躺在妖妇般的姑娘身旁时，江口曾思索：在过去的六十七年里，凡人的性的广度、性的深度，自己究竟触及了多少呢？这样的思绪让他感受到了自己的年迈衰老，可今晚的小姑娘反倒活生生地唤醒了江口老人的性的过往，这真是不可思议。老人轻轻地将嘴唇覆在姑娘闭合的嘴唇上。没有任何味道，干巴巴的。似乎没有味道反倒更好。江口或许不会同这个姑娘再度相遇了。这个小姑娘的嘴唇为性的滋味湿润而嗫嚅时，江口或许已经逝世了。这也不必感到寂寞。老人移开了亲吻姑娘双唇的嘴唇，又去吻姑娘的眉毛和眼睫毛。姑娘也许是有些发痒，她微微动了动脸庞，将额头贴近老人的眼睛旁。一直合着眼皮的江口把双眼闭得更紧了。

江口的眼帘里仿佛浮现出纷繁迷乱的幻象，旋即消失了。没多久，这幻象初具雏形了。好几支金黄色的箭从近处飞过。箭头上粘着深紫色的风信子花。箭尾带着五颜六色的卡特米兰花。漂亮极了。可是，箭飞得如此之快，花难道不会掉下来吗？花没掉下来真是不可思议。这种心神不宁的思绪使江口老人睁开了眼睛。他开始打盹儿了。

枕边的安眠药还未服用。看看药旁边的腕表，指针已转向十二点半了。老人将两粒安眠药放在手掌上，今夜他并未遭受厌世和寂寞的侵扰，就这样入睡实在令人惋惜。姑娘的呼吸安详平静。他们给她服用了什么吗？还是给她注射了什么吗？她没有显露出丝毫的痛苦。安眠药的剂量或许很多吧，或许是微量的毒药，江口也想像这样沉沉地熟睡一次。江口轻轻地钻出了被窝，他从悬挂着深红色天鹅绒窗帘的房间走到了隔壁的房间。他打算向这家店的女人讨要和姑娘相同的药，他按下了电铃，铃声一直响个不停，使江口感受到了这家里里外外的寒气。深更半夜让秘密之家的电铃久久地鸣响，对这种事江口也有所顾忌。因为这里是温暖地区，冬日的落叶还萎缩地残留在枝丫上，即便如此，庭院里仍传来了若有若无的风吹落叶的声音。拍击悬崖的海浪今晚也很平静。无人的寂静让人觉得这家就像幽灵的宅邸，江口老人的肩膀冷得打抖。老人穿着浴衣式睡衣就径直走出来了。

回到密室，只见小姑娘的脸颊红彤彤的。电热毛毯的温度业已调低了，大概因为是姑娘年轻吧。老人紧紧地贴近姑娘，将自己冰冷的身体弄暖和。毛毯的暖和气儿热得姑娘挺起胸脯，将脚尖伸到草席上了。

"会感冒呀。"江口老人说，他感受到了年龄的巨大差距。姑娘娇小温暖的身体，江口搂抱在怀里正合适。

翌日早晨，江口被这家店的女人服侍着用早饭时，说："昨天晚上，你没有听到电铃的声响吗？我想要和姑娘相同的药。我想像她那样沉睡。"

"那种行为是禁止的。首先，对老年人来说很危险。"

"我心脏很强健，你不用担心。倘若永远沉睡不醒，我也不后悔。"

"您只来了三次，就说这么任性的话。"

"在这家店，可以说的最任性的话是什么呢？"

女人用不悦的眼神看了看江口老人，露出了一丝冷笑。

四

　　清晨时冬日的天空乌沉沉的，日暮前下了一场冰冷的小雨。江口老人踏入"睡美人"之家的大门后，才发觉这场小雨已变成了雨夹雪。依旧是那个女人，她悄悄地关好门，还上了锁。女人拿着手电筒照亮脚下的路，凭借手电筒昏暗的亮光，可以看见雨里夹杂着白色的东西。白色的东西零零星星地飘荡在空中，似乎很柔软。它一落在通往正门的踏脚石上就融化了。

　　"石头淋湿了，请您当心。"女人一只手打着伞，一只手握住老人的手。中年女人令人毛骨悚然的手温，透过老人的手套上方传了过来。

　　"我没事的。"江口甩开了女人的手，"我还没老到要人搀扶的地步呢。"

　　"石头很滑呀。"女人说。石板周围凋零的红叶还未清扫。

有的落叶萎缩褪色了,被雨濡湿后显得润泽光亮。

"一只手或一条腿瘫痪了,必须靠你搀扶或是抱着才能走过来——这样的老东西也会到这里来吗?"江口问女人。

"别的客人的事您不该过问。"

"不过,那样的老人往后冬天很危险啊,要是在这儿脑出血或是心脏病发作死了可怎么办。"

"倘若发生了这种事,这家店也完了,尽管对客人来说或许是往生极乐了。"女人冷淡地应答。

"你可脱不了干系呀。"

"是的。"女人从前不知是干什么的,她的神色分毫未变。

来到二楼的房间,里头的陈设一如既往。壁龛里的山村红叶图到底还是换成雪景图挂上了。这无疑也是复制品。

女人娴熟地斟好了上等煎茶,说:"您又突然打电话来。先前的三个姑娘,您都不中意吗?"

"不,三个我都非常满意。真的。"

"若是这样的话,您至少提前两三天预约好哪个姑娘就好了……您真是个风流人物啊。"

"说得上风流吗?对沉睡不醒的姑娘也算吗?对方的事,姑娘不是完全一无所知吗?找谁都是一样的。"

"虽然是沉睡了,可毕竟还是个活生生的女人呀。"

"也有姑娘会问起昨晚的客人是个怎样的老人吗?"

"这些是绝不许说的,这是规矩,这是我们的金规铁律,还请您放心吧。"

"关于这家店的(风流),我今晚对你说的这些话,先前你曾说过一样的,还记得吧。今晚情况完全颠倒过来了。真是奇妙啊。你也显露出女人的本性来了?"

女人薄薄的嘴唇边上,露出一丝讥笑。

"您打年轻时起,就让不少女人哭过吧。"

女人突然话锋一转,江口老人被她吓了一跳,说:"哪里的话。这可不是闹着玩的。"

"您这么较真,才可疑呀。"

"我要是你说的那种男人,就不会到这儿来了。到这里来的,净是些留恋女人的老人吧。后悔也好,挣扎也罢,事到如今已经无法挽回了。净是些这样的老人吧。"

"呀,您觉得如何呢?"女人神色不动。

"上回来的时候我也问过您,在这里,老人被允许做的最任性的事是什么?"

"哎,就是让姑娘熟睡。"

"我不可以服用和姑娘相同的安眠药吗?"

"上回我已经拒绝您了吧。"

"那么,老人们做过最坏的事是什么呢?"

"这家没有坏事。"女人压低声音说道,她仿佛在提醒江口似的。

"没有坏事吗?"老人喃喃自语。

女人乌黑的眼眸里显露出镇静的神色。

"如果想要掐死姑娘,容易得跟扭转婴儿的手一样……"

江口有些不快,"就算把她掐死,她也不会醒吗?"

"我想是这样。"

"对逼着对方和自己双双殉情来说,这倒正合适。"

"您觉得独自一人自杀太过寂寞的时候,就请吧。"

"在比自杀还要寂寞的时候呢?"

"老人中有这样的人吧。"女人依旧非常镇静,"您今晚喝酒了吧,净说些奇怪的话。"

"我喝了比酒更坏的东西。"

听到这番话,就连女人都不禁偷偷地瞟了一眼江口老人的脸,可她还是不屑一顾似的说:"今晚的姑娘是个温暖的女孩。

在这么寒冷的夜晚,她正合适呐,她可以让您暖和起来。"

说罢,女人便下楼离开了。

江口打开密室的门,房间里女人甜美的芳香比往常更加浓郁。姑娘背对着江口熟睡。虽然算不上是在打鼾,可她的呼吸非常深沉。好像是个大个头的姑娘。在深红色天鹅绒的映衬下,虽然看得不甚清楚,不过她浓密的秀发似乎有些发红。厚实的耳朵到粗壮的脖颈的肌肤似乎非常洁白。正如女人所说的,好像很温暖。可面色却不红润。老人溜到姑娘的背后,不自觉"啊"地喊了一声。暖和确实暖和,不过,姑娘的肌肤光滑细腻,像要吸引江口似的。姑娘散发的芳香带着湿气。江口老人久久地闭上眼睛,一动不动。姑娘也纹丝不动。她的腰部以下很丰盈。与其说她的温暖渗透到老人的身体里,不如说它将老人包围住了。姑娘的胸脯也鼓鼓的,乳房扁扁的但很大,乳头出奇的小。方才这家店的女人说"掐死",让江口回想起这句话并为这种诱惑戢栗的,正是姑娘的肌肤。若是掐住姑娘的脖颈,她的身体会散发出怎样的气味呢?江口硬逼着自己想象姑娘白天走路时丑陋的姿态,努力地从恶念中摆脱出来。他的思绪稍稍平静下来。不过,姑娘走路的姿态不像样又如何?有一双纤纤玉足又如何?对一个已经六十七岁的老人来说,仅有露水之缘的姑娘,她聪慧或愚笨、教养高或低,这些又算什么呢?如今他只不过是在抚摸这个姑娘罢了,不是吗?而且姑娘被人弄得沉睡不醒,不知道衰老丑陋的江口在抚摸她,不是吗?即便是明天,她也不会知道。她纯粹是个玩物呢,还是个牺牲品?江口老人到这家来还只是第四次,然而随着次数的增多,自己的内心却愈发麻木不仁,特别是今晚,他深刻地感受到了这一点。

今晚的姑娘或许也被弄得习惯这些了吧?她也许根本不把可怜的老人们当作一回事吧,面对江口的抚摸,她连动都没动。任何非人的世界都会由于习惯变成人的世界。诸多违背道德的行为都隐藏在世间的黑暗当中。只是江口和到这家店来的老人们有些不同。也可以说是全然不同。给江口介绍这家的木贺老人，以为江口老人和他们一样，这是他估计错误，江口还算是个男人。因此可以认为，到这家来的老人们真正的悲哀、愉悦、懊悔或寂寞，江口无法痛切地体会到这些。对江口来说，让姑娘绝对不会苏醒地沉睡，这种事未必是必需的。

譬如第二晚到访这家时，面对那个妖妇一般的姑娘，江口险些打破禁令，好在他惊讶于姑娘还是个处子之身，最终控制住了自己。从此以后，他发誓要严守这家店的禁令，或者说是守护"睡美人"们的安稳。他发誓不会破坏老人们的秘密。可即便如此，这家店似乎净招些纯真的处女，究竟是何居心呢？或许这也可以说是老人们悲哀的期望吧。江口觉得好像明白了，又觉得还是糊涂。

不过，今晚的姑娘有些古怪。江口老人无法相信。老人挺起胸膛，将胸口压在姑娘的肩膀上，凝望姑娘的脸庞。如同身体的姿态那样，姑娘的容貌也不端正，然而却出乎意料地天真无邪。鼻头有些肥大，鼻梁很低。脸蛋又大又圆，前额的发际垂下来形似富士山。眉毛短短的很浓密，十分普通。

"真可爱。"老人喃喃自语，将自己的脸颊贴在姑娘的脸颊上。这里也很滑腻。姑娘或许是觉得肩膀太沉重，她转过身体仰面睡了。江口缩回身体。

老人就这样久久地闭着双眼。也可能是姑娘的芳香格外浓郁的缘故。常言道，在这个世上，再没有比气味更能唤醒往昔记忆的了。而且大概是姑娘的芳香太过甜美的缘故，净令他回忆起婴儿的乳臭味来。这两种味道本是截然不同的，或许是因为它们都是人类某种根源的气味吧。自古以来就有老人认为，少女散发的香气可以当作长生不老的灵药。这个姑娘的气味似乎不是这种馨香。倘若江口对这个姑娘做出触犯这家店禁令的举动，就会引起一股令人生厌的腥臊味。不过，江口有这种想法，不正是他业已衰老的象征吗？这个姑娘这样浓郁的气味，以及腥臊味，不正是人类诞生的本来味道吗？她像是个容易怀孕的姑娘。即便她被人弄得沉睡不醒，生理机能却并未停止，明天她就会醒来吧。纵使怀孕了，姑娘也处在全然不知的状态中。江口老人已六十七岁，在这人世间留下一个这样的孩子将会如何呢？将男人引诱到'魔界"的，似乎就是女人的身体。

然而姑娘已经被迫失去了所有的防御能力。为了老年客人，为了可怜的老人，她一丝不挂，绝不会醒来。江口觉得自己也变得无情、心理病态起来，他嘟嘟囔囔地说些意想不到的事：老者待死，芳华寻恋，死唯一度，缱绻万千。虽然是些意想不到的事，却使江口平静下来。他的情绪本就不太兴奋。外面隐约传来雨雪交加的声音。海浪声似乎也听不见了。雨夹雪飘融在海水里，老人看见了黑暗广阔的大海。一只像巨大的鹫一般的猛鸟叼着血淋淋的食物，几乎擦着黑色的波浪在盘旋。它口中的食物不就是人类的婴儿吗？不可能会有这种事。既然如此，那是人类违背道德的幻觉吧？江口在枕头上轻轻地摇摇头来消除这种幻觉。

"啊，真暖和。"江口老人说。这不只是电热毛毯的缘故。姑娘将被子往下拉，半露出宽阔丰满却稍稍扁平的胸脯。深红色天鹅绒的色泽隐约映在姑娘白皙的肌肤上。老人一边端详姑娘美丽的胸脯，一边用一根手指的指尖沿着她前额形如富士山的发际线描画着。姑娘仰面躺下后，继续静静地呼出悠长的气息。小小的嘴唇里，长着怎样的牙齿呢？江口揿住姑娘下唇的正中间，微微掀开看了看。比起小巧的嘴唇，牙齿就显得不是很小，不过也不大，整齐漂亮。老人松开手指，姑娘的嘴唇不像刚才那样紧闭起来，而是微微张开，略略可以看见牙齿。江口老人的指尖被口红染红了，他用这根手指去捏姑娘厚实的耳垂，将口红擦在上面，残留的口红就蹭到姑娘粗壮的脖颈上。白皙的脖颈上染了若有若无的红线,实在可爱。

江口心想,她或许还是处女吧。江口第二次到这家来时,对当晚的姑娘产生了怀疑,他对自己下流卑鄙的行径感到震惊和懊悔,所以就无意去检查这个姑娘了。对江口老人来说,她是不是处女,又算得了什么呢?不过,一想到未必是这样,江口老人好像感到自己的身体里有个声音在嘲讽自己。

"嘲笑我的,是恶魔吗?"

"恶魔?可没这么简单呀。你只顾小题大做地思索该死未死的你的感伤和憧憬,难道不是吗?"

"不,比起自己,我只是作为可怜的老人们的同伴来思索这些问题罢了。"

"哼。说什么!你这个背德者。你这把责任推卸到别人头上的背德者实在是让人作呕。"

"你说我是背德者?那就这样吧。不过,处女是纯洁的,不是处女的姑娘为什么就不纯洁呢?我到这家来,可不是盼着处女什么的。"

"因为你还未真正懂得老东西的憧憬。你别再来了。万一,万一姑娘半夜醒过来,老人们也不会觉得有多羞愧,你不觉得吗?"江口的脑海里浮现出自问自答似的思绪,当然,他并非为了这种事才总是让处女沉睡不醒。江口老人虽然只是第四次到这家来,可这里的姑娘净是处女,这让他感到奇怪。这真的是老人们的愿望和期盼吗?

不过,"若是醒过来"这个念头此刻非常诱惑江口。何种程度的刺激,或是怎样的刺激,才能让沉睡的姑娘——即便是朦胧混沌的样子也好——睁眼醒来呢?譬如将她的一只胳膊砍下来,或是深深地扎穿她的胸口或腹部,这样她恐怕就没法继续睡下去了吧?

"想法越来越邪恶了。"江口老人自言自语道。大概要不了多久,江口也会像到这家店来的老人们那样无刀吧。一种戕暴的思绪涌现出来:破坏掉这样的旅馆,让自己的人生也完全毁灭吧。不过,这是姑娘——今晚这个不是所谓的周正的美女,却是个可爱美人——那白皙宽阔的胸脯所显露出来的亲切的缘故。不如说这是忏悔心的逆反表现,即将怯懦地终结的一生中也有忏悔。自己或许连共同去椿寺观赏"散落的山茶花"的小女儿那样的勇气都没有。江口老人闭上了眼睛。

——庭院里踏脚石两旁修割过的低矮杂草丛中,两只蝴蝶在翩跹嬉戏。时而隐入草丛当中,时而掠过草丛飞舞,好不快活。两只蝴蝶在草丛上方略高些的地方缱绻飞舞,姿态轻盈,草丛里又出现了一只蝴蝶,而后再出现了一只。江口正想:这是两对蝴蝶夫妇啊,此时变成了五只掺杂在一起。它们看来似乎在斗争时,其他蝴蝶从草丛里陆陆续续地飞出来,庭院里上演着白色蝴蝶的群舞。蝴蝶飞得都不高。低垂延展的红叶枝头在若有若无的微风中摇曳。红叶的枝头纤细,却垂挂着硕大的叶片,因此容易招风。白蝴蝶越来越多,宛如一片白色的花田。江口看着净是槭树的地方,心想:这种幻象莫非与这个"睡美人"之家有关吗?幻象当中的红叶时而变黄,时而变红,将蝶群的洁白衬托得更加鲜明。然而这家的红叶已然落尽——尽管枝头还残存着数片萎缩的枯叶,雪夹杂着雨降落下来。

江口完全忘却了屋外雨雪交加的寒冷。倘若是这样的话,产生白色蝴蝶成群飞舞的幻象,也许是躺在身旁的姑娘袒露出丰满雪白的胸脯的缘故吧。这个姑娘的身上或许有某种东西可以驱散老人的邪念吧。江口老人睁开了双眼。他端详着宽阔的胸脯上桃红色的小乳头。这似乎是善良的象征。江口将半边脸颊贴在姑娘的胸脯上。眼帘里好像暖呼呼的。老人想在这个姑娘身上留下自己的印记。倘若打破了这家店的禁令,姑娘醒来后必定会烦恼苦闷的。江口老人在姑娘的胸脯上留下了好几道渗出血色的痕迹,身体打了个寒战。

"会冷呀。"江口说着将被褥拽上来。他温顺地服下枕头旁边一如既往的两片安眠药。"真沉啊,下身可真够胖的。"江口举起双手抱住姑娘,让她面朝自己这边。

翌日清晨,江口老人两次被这家的女人唤醒。第一次,女人"梆梆"地叩响杉木门。

"先生,已经九点啦!"

"嗯,我醒了,这就起来。那边的房间很冷吧。"

"我早就生好火炉把房间弄暖和了。"

"还在下雨夹雪吗?"

"已经停了,不过天阴沉沉的。"

"是吗?"

"您的早饭早就备好了。"

"嗯。"老人含糊地回答,又迷醉地闭上了双眼。他一边贴近姑娘罕见的肌肤,一边说:"地狱的鬼怪来催命了。"

那之后过了不到十分钟,女人第二次来了。

"客人。"她使劲地敲杉木门,"您又睡着了吗?"声音也变得尖锐刺耳。

"门没锁。"江口说。女人走了进来。老人无精打采地爬起来。女人帮精神恍惚的江口更衣,连袜子都帮他穿好,可手法却惹人讨厌。她走到隔壁房间后,一如既往地熟练地斟好了煎茶。然而,江口老人在慢悠悠地品味煎茶时,女人用冰冷怀疑的白眼看着江口,说:"昨晚的姑娘,您相当称心吧?"

"嗯,还行吧。"

"太好了。您做好梦了吗?"

"梦?什么梦都没做,香甜地睡了一觉。这些日子不曾睡得这么好。"江口一副想打哈欠的样子,"我还没完全清醒呢。"

"您昨天累着了吧。"

"或许是那个姑娘的缘故吧。那个姑娘很抢手吗?"

女人低下头,表情严肃。

"我有件事想诚恳地拜托你。"江口老人一本正经地说,"早饭后,可以再给我一些安眠药吗?拜托你了。我会给你报酬。不知那个姑娘什么时候会醒过来……"

"哪里的话!"女人青黑色的脸煞白,连肩膀都僵硬了,"您这是在说些什么呀!说话总得有分寸呐。"

"分寸?"老人想笑,却又笑不出来。

女人也许怀疑江口对姑娘动了什么手脚吧,她慌慌张张地站起身,走进了邻室。

五

正月刚过,汹涌的浪涛发出寒冬的声响。陆地上的风也并不是那么大。

"啊,这么冷的夜晚您还来了,欢迎……""睡美人"之家的女人打开门锁迎接江口。

"不就是觉得冷才来的嘛。"江口老人说,"在这么寒冷的夜晚,用年轻的肌肤来暖和身体,倘若猝死了不也是老人的极乐吗?"

"您这话说得可真讨厌。"

"老人是死亡的邻人嘛。"

二楼往常的那个房间里生好了火炉,暖呼呼的。女人照旧斟好了上等煎茶。

"总觉得好像有股贼风吹进来。"江口说。

"啊?"女人环顾四周,"这儿没有缝隙。"

"房间里是不是有鬼?"

女人的肩膀不由得一哆嗦,她看着老人,面色煞白。

"再给我沏满满一杯茶好吗?用不着晾凉,给我热乎的吧。"老人说。

女人一边按照老人说的做,一边用冷冰冰的声音问道:"您听说什么了?"

"哎,没什么。"

"是吗?您既然听说了,还到这儿来?"女人也许感觉到江口知道那回事,似乎决定不再强行隐瞒了,可她的神情实在不悦。

"虽说您特意来了,但我劝您还是走吧。"

"我知道却还来了,不是很好吗?"

"哼哼哼……"这声音听起来像恶魔的笑声。

"那种事总归会发生的。因为冬天对老人来说很危险……这家店只在隆冬时节歇业不好吗?"

"……"

"我不知道来的是些怎样的老人,不过,倘若他们接二连三地死去,你怕是脱不了干系吧。"

"这种事,请您同我们的老爷说去吧,我有什么罪过?"女人的面色更加惨白了。

"有罪啊。你们不是将老人的尸首运到附近的温泉旅馆了吗?趁着夜深人静悄悄地……你肯定也帮忙了。"

女人两只手抓住膝盖,摆出一副僵硬的姿态。

"这是为了那位老人的名誉啊。"

"名誉?死人也有名誉吗?这大概也关乎体面吧。这么做恐怕不是为了死去的老人,而是为了遗属吧。虽说似乎是不偬一提的事……那家温泉旅馆和这家是同一个主人?"

女人没有应答。

"在这家里,那个老人死在赤身裸体的姑娘身旁——报纸恐怕不至于连这些都揭露吧。倘若我是那个老人,尸首不运出去就照原样留在这里,我觉得这样更幸福。"

"那就要应付验尸和种种麻烦的调查,房间也有些不同寻常,所以会给其他常来光顾的客人添麻烦啊。对陪睡的姑娘们也……"

"姑娘在不知道老人死去的状态下沉睡着吧。老人们临死前的轻微挣扎不会使她睁眼醒来吧。"

"是的,那是……不过,若是让老人们在这里死去的话,就必须将姑娘运出去,藏在某个地方。即便这样做,也不免生出某些事端让人知道有姑娘在死者身旁啊。"

"怎么,将姑娘迁走了吗?"

"话是这么说,可这不是显然构成了犯罪吗?"

"老人死去,连尸首都变凉了,这种时候姑娘都不会睁眼醒来吧。"

"是的。"

"姑娘对老人在自己身旁死去这事简直一无所知啊。"江口又说了一遍相同的话。那个老人死了以后,沉睡姑娘温暖的身体依靠在冰冷的尸体上不知过了多长时间。尸体被搬了出去,姑娘都全然不知。

"我的血压和心脏都没问题,不用担心。不过,万一出了事,请不要把我抬到温泉旅馆,让我就那样躺在姑娘的身旁,可以吗?"

"这可使不得。"女人张皇失措,"您要是这么说,还请回去吧。"

"开个玩笑嘛。"江口老人笑了。正如他对女人说过的那样,他不认为猝死会逼近自己。

尽管如此，报纸刊登了在这家去世的老人的讣告，上头只写了他是"猝死"的。江口在殡仪馆碰见了木贺老人，两人附耳私语一番，了解了详情。老人是因心绞痛过世的。

"那家温泉旅馆嘛，不是这个老人会投宿的旅店呀，他有经常投宿的旅馆。"木贺老人对江口老人说，"因此也有家伙偷偷议论说，福良董事长会不会是安乐死的。当然，那些家伙完全不清楚任何情况。"

"嗯。"

"看起来或许疑似安乐死，但并不是真的安乐死，可能比安乐死更痛苦吧。我与福良董事长是关系亲密的好友，一听说这事我马上就明白了，立刻进行了调查。不过，我没跟任何人说这事。他的遗属也不知道。那则报纸讣告不是很有意思吗？"

报纸上并排刊登了两则讣告。头一则是福良的妻子和他的嗣子署名的。另一则是公司刊登的。

"福良就是这个样子。"木贺装出一副粗脖子、大胸脯、腆着个大肚子的样子给江口看，"你也小心点好啊。"

"我没有这种顾虑。"

"不管怎样，他们在深夜把福良那具硕大的尸体运到温泉旅馆去了。"

是谁搬的呢？当然肯定是用汽车运走的。不过对江口来说，这事相当瘆人。

"这次的事不为人知地就过去了，不过，要是再发生这种事，我想那家店恐怕也日子不长了。"木贺老人在殡仪馆悄声嘀咕。

"也许吧。"江口老人应答说。

今晚，女人估计江口知晓福良老人的事，她似乎也无意隐瞒，但却谨小慎微地防范他。

"那个姑娘真的不知道吗？"江口老人故意对这个女人提出

了一个刁难的问题。

"姑娘不可能知道那回事。不过,看起来那位老者临死前有些痛苦,姑娘的脖颈到胸脯都有抓伤的痕迹。姑娘什么都不知道,所以第二天醒来后她还说,真是个讨厌的老头子。"

"是个讨厌的老头子吗?哪怕是临终时的痛苦也……"

"抓痕还不到伤痕的程度,顶多是好些地方渗出了血色,有些红肿……"

女人似乎什么都对江口说。如此一来,江口反倒无意打听了。不过是一个迟早会在某个地方猝死的老人罢了。对老人来说,这未尝不是一种幸福的猝死。只不过木贺所说的将一具硕大的尸体运到温泉旅馆这回事刺激了江口的想象,"老东西的死真是丑陋不堪啊。哎,或许是脱离俗世接近极乐净土了……不不,那老人准是堕入魔界了。"

"……"

"陪睡的姑娘是我也认识的姑娘吗?"

"这我无可奉告。"

"是嘛。"

"姑娘的脖颈到胸脯都留下了鲜红的血道子,所以我让她休息了,直到痕迹完全消退……"

"请再给我来杯茶,嗓子有些干。"

"好的。我换换茶叶。"

"发生了这样的事件,即便把尸体秘密处理掉了,可这家店的日子恐怕也不长了。你不这么想吗?"

"会这样吗?"女人缓慢地说,头也不抬地在斟茶。

"先生,今晚可能会出现幽灵呐。"

"我还想同幽灵亲密交谈一番呢。"

"您想谈什么呢?"

"关于男人可怜的老年生活啊。"

"刚才我是在开玩笑呀。"

老人啜饮着芳香可口的煎茶。

"我知道是开玩笑,不过,我的身体里也有幽灵呐,你的体内也有。"江口老人伸出右手指了指女人。

"不过,你怎么知道老人死了呢?"江口问。

"我总觉得听见了奇怪的呻吟声,就上二楼瞧了瞧,老人的脉搏和呼吸都停止了。"

"姑娘一无所知吧。"老人又说。

"姑娘不会因为这种小事醒过来的。"

"这种小事吗?……老人的尸体被搬出去,她当然也不知道吧。"

"是的。"

"要是这样的话,姑娘才是最厉害的呐。"

"没什么厉害的呀。客人,请您别说这些不必要的话,快到隔壁房间去吧。迄今为止,您都认为沉睡的姑娘是最厉害的吗?"

"姑娘的青春,对老人来说或许是最厉害的。"

"瞧您这是在说些什么呀……"女人淡淡一笑,站起身来,稍稍打开了通往隔壁房间的杉木门,"姑娘已经沉睡着等候您呐,请进……这是钥匙。"女人从腰带间掏出钥匙递给江口。

"对了,对了,我说晚了,今晚有两个姑娘。"

"两个?"

江口老人吓了一跳,他猜想这或许是由于姑娘们也知道福良老人猝死的缘故吧。

"您请。"女人离开了。

江口打开杉木门,初来乍到时的那种好奇和羞耻的感觉已然减弱了,可他还是感到惊异。

"这也是见习的吗?"

不过，这个姑娘同先前那个见习的"小姑娘"不一样，这姑娘看起来简直是野蛮。她野蛮的姿态让江口几乎忘却了福良老人的死。两个姑娘躺在床上，挨靠在一起，靠近入口处的就是这个睡熟的姑娘。或许是不习惯电热毛毯这种老派的东西，又或者是她的体内充满了热气，不把冬日的寒夜当回事，姑娘将被褥踢到了胸口处。她的姿态就像一个"大"字。她仰面躺着，两只胳膊尽情伸展开来。乳晕很肥大，紫得发黑。天花板投射下来的亮光映照在深红色的天鹅绒上，乳晕的色泽显得不太美丽。不过，脖颈到胸脯的色泽也谈不上美丽，但却乌黑发亮。似乎有轻微的狐臭。

"这就是生命啊。"江口喃喃自语。这个姑娘给一个六十七岁的老人注入了生机活力。江口有些怀疑这个姑娘是不是日本人。姑娘的乳房很大，乳头却没有鼓出来，从这个特征看来，她才不过十来岁。姑娘并不肥胖，身形挺拔紧致。

"哼。"老人握住姑娘的手看了看，手指纤长，指甲也长。身材也一定是时兴的修长形吧。她究竟会发出怎样的声音，说话的方式又是如何呢？江口喜欢广播和电视里好几个女人的声音，这些女演员出场时，他会把眼睛闭上，只听她们的声音。江口想听听这个沉睡姑娘的声音，这种诱惑愈发强烈了。绝不会睁眼醒来的姑娘不可能正儿八经地说话的。要怎么做才能让她说梦话呢？不过，说梦话的声音和往常的声音不同。再说，女人一般有好几种语调，不过，这个女人恐怕只会用一种腔调说话吧。从她的睡姿也可以看出，她不识礼节，也没什么架子。

江口老人坐下来，摆弄姑娘长长的指甲。指甲竟是如此坚硬的东西吗？这就是年轻健康的指甲吗？指甲下面的血色鲜活生动。直到现在他才注意到，姑娘戴着一条细线似的金项链。老人微微一笑。在这个寒冷的夜晚，姑娘的胸脯都裸露在外面，可她前额的发际似乎冒出了一些汗珠。江口从衣兜里掏出手帕替姑娘擦拭汗水。手帕沾染上了馥郁的芳香。姑娘的腋下也擦拭了。他不能将这样的手帕带回家,所以把它揉成一团扔在房间的角落里。

"哎呀,她擦了口红。"江口嘟嘟哝哝着。虽然这是理所当然的事,这个姑娘连擦口红的样子也惹人发笑,江口老人盯着姑娘的嘴唇,说:"做过唇裂手术呀。"

老人拾回扔掉的手帕,擦了擦姑娘的嘴唇。那不是做过唇裂手术的痕迹。她的上嘴唇只有正中间的部位凸了起来,富士山形的线条特别鲜明美丽。这意外地惹人怜爱。

江口老人猛地回忆起四十多年前的接吻。江口站在姑娘面前,将手极其轻柔地搭在她的肩膀上,冷不防地贴近她的嘴唇。姑娘把脸往右避开,又向左躲开。

"不要,不要,人家不要嘛。"姑娘说。

"好了,吻过了。"

"人家才没有呢!"

江口揩了揩自己的嘴唇,给姑娘看了看沾着一点口红的手帕。

"这不是吻过了吗?这个……"

姑娘接过手绢瞧了瞧,一声不响地塞进自己的手袋里。

"人家没有亲呀。"姑娘低下头,噙着眼泪,默不作声。从那以后,江口就没再见过她了。——姑娘如何处理那方手帕了呢?不,比起手帕,更重要的是四十多年后的今天,那个姑娘还活着吗?

那位昔日的姑娘,江口老人已不知忘却她多少年了,直到今天看到了沉睡的姑娘上唇美丽的山形线条他才回想起来。倘若将手帕放在熟睡的姑娘枕边,手帕上沾染了红色,姑娘自己的口红也褪色了,等到姑娘睁眼醒来时,她也许会认为自己果然被老人偷偷亲吻了吧。当然在这家店,接吻这种事无疑是客人的自由，并非违规。再怎么衰老的老糊涂也是能接吻的。只不过姑娘绝不会躲避，也绝不会知晓罢了。沉睡的嘴唇是冰凉的，也许还水润润的。心爱女人的尸体的嘴唇不是更能传递情感的战栗吗？江口一想起到这里来的老人们凄惨的衰老，就更产生不了这种欲望了。

然而，今晚的姑娘那罕见的唇形稍稍勾起了江口老人的欲望。他想，竟还有这样的嘴唇吗？老人用小指的指尖轻轻触碰了姑娘上唇正中间的部位，非常干燥。表皮好像也很厚实。不过姑娘开始舔舐嘴唇，直到舔得非常湿润才停了下来。江口将手收了回来。

"这姑娘一边睡觉一边接吻吗？"

然而，老人不过是抚摸了姑娘耳际的头发罢了。头发又粗又硬。老人站起身来，更衣去了。

"精神头再好，这样也会感冒的呀。"江口将姑娘的胳膊放进被窝里，随后将被褥拉到姑娘的胸脯上方，然后紧紧地贴近她。姑娘转过身来，"唔"的一声，两只胳膊猛地一推，老人一下子就被推出了被窝。老人感到滑稽可笑，笑个不停。

"的确是个勇猛的见习生啊。"

姑娘陷入了绝不会醒来的沉睡当中，她的身体像是麻痹了，任凭他人摆布。不过，江口老人已然丧失了拼尽全力去对付这样一个姑娘的劲头。或许这种事太过久远，他已然忘却了。他本是由温柔的风韵和温顺的允诺进入温柔乡的，本是由女人的亲密进入温柔乡的，他不必再为冒险和斗争而气喘吁吁了。此时此刻，他突然被沉睡的姑娘推了出来，老人一边笑一边回忆这些事。

"果真是岁月不饶人啊。"江口喃喃自语。他其实还不具备其他到这家店来的老人们那样真正可以前来的资格。然而，自己身上残存的男性的生命不是也时日不多了吗？或许是这个肌肤黝黑发亮的姑娘，使他思索起这个不同寻常却切实的问题吧。

对这样的姑娘施展暴力，似乎正能够唤醒青春。江口对"睡美人"之家也有些厌倦了。尽管厌倦,可来的次数反倒多了起来。一股翻涌的血性在大肆鼓动江口,煽动他对姑娘施展暴力,打破这家的禁令,破坏老人们丑陋的秘乐,将这些当作同这里的诀别。然而根本不需要暴力和强制,沉睡的姑娘的身体恐怕不会反抗吧。勒死她恐怕也是轻而易举的事吧。江口老人泄了气,黑暗的虚无在他的心底蔓延开来。附近的巨涛声听起来遥远缥纱。这也是陆地上无风的缘故。老人想象着昏暗的大海黑暗的底层。江口撑起一只胳膊肘,把脸靠近姑娘的脸庞。姑娘深深地吸了一口气。老人也停止接吻,放倒了胳膊肘。

江口老人被皮肤黝黑的姑娘的胳膊推出了被窝,所以他的胸膛也袒露在外面。他钻进了旁边姑娘的被窝里。背对江口的姑娘朝这边扭过身来。姑娘熟睡着温柔和善地迎接了江口,她是一个娇媚风韵的姑娘。她将一只手搭在老人的腰部。

"配合得不错。"老人一边摆弄姑娘的手指,一边闭上了眼睛。姑娘纤细的手指非常柔韧,好像真的怎么弯折也折不断似的。江口甚至想将它伸进嘴里。乳房小小的,却浑圆挺拔,可以整个纳入江口老人的掌心。腰部圆润,似乎也是这种形状。老人心想,女人拥有无尽的风韵,他感到一丝悲哀,睁开了眼睛。姑娘的脖颈修长,纤细美丽。虽然身材修长,却没有日式的古典气质。她闭合的眼睛是双眼皮,不过线条很浅,或许一睁开眼睛就成了单眼皮了。或许时而是单眼皮,时而是双眼皮吧。或许一只眼睛是双眼皮,一只眼睛是单眼皮吧。在房间四周的天鹅绒的映衬下,无法准确知晓姑娘肌肤的颜色。不过,她的脸庞略略显出小麦色,脖颈洁白,脖颈根部又稍带些小麦色,胸脯极其白皙。

江口知道肌肤黝黑发亮的姑娘是个高个子,他猜想这个姑娘或许也是高个子吧。江口用脚去探摸姑娘的身体。首先触碰到的是黑姑娘皮肤厚实坚硬的脚掌,而且还是汗脚。老人慌张地把脚缩回来,但姑娘的汗脚反倒成了一种诱惑。江口的脑海里突然闪现出一个念头：据说福良老人因心绞痛发作而死，陪他的姑娘会不会是这个皮肤黝黑的姑娘呢？因此今晚才让两个姑娘陪睡吧？

然而这是不可能的。这家的女人刚才不是和他说过了吗，福良老人临终前痛苦地挣扎，把陪睡姑娘从脖颈到胸脯挠得划痕累累，她就让姑娘休息到抓痕完全消失。江口老人再次用脚去触碰姑娘皮肤厚实坚硬的脚掌，并向上摩挲她黝黑的肌肤。

仿佛有一股"赐予我生的魔力吧"的战栗传递到江口的全身。姑娘将盖着的棉被——不如说是棉被下的电热毛毯踢开，一只脚伸到被褥外。老人一边想将姑娘的身体推到隆冬时节的草席上，一边端详她的胸脯到腹部。他将耳朵贴在姑娘的心脏上方，倾听它的跳动。他本以为声音铿锵有力，不想却出乎意料地轻柔可爱，而且心律似乎有些紊乱。难道不是吗？也许是老人的耳朵靠不住的缘故。

"会感冒的呀。"江口用被褥盖住姑娘的身体，关掉了她那边电热毛毯的开关。他好像又觉得女人生命的魔力也算不了什么。要是扼住姑娘的脖颈会怎样呢？这可是脆弱的东西。这种卑劣行径连老人干起来都不费吹灰之力。江口用手帕擦拭方才贴在姑娘胸脯上的那一侧脸颊。仿佛姑娘肌肤的油脂沾到了他的脸颊上。姑娘的心跳声还萦绕在江口的耳朵深处。老人将手放在自己的心脏上方。或许是自我抚摸的缘故，他感觉自己的心脏在强劲有力地跳动。

江口老人背对皮肤黝黑的姑娘，翻身朝向温柔的姑娘一侧。姑娘长得恰到好处的漂亮鼻子端庄高雅地映现在江口的老眼里。横陈的脖颈纤长美丽，江口情不自禁地想伸手托起它搂到身旁。伴随着脖颈轻柔的晃动，一股甜美的芳香荡漾开来。这股芳香和老人身后那个姑娘浓烈的野性气味混杂在一起。老人紧紧地贴住皮肤白皙的姑娘。姑娘的呼吸变得急促起来。然而无须担心她会睁眼醒来，江口就这样挨靠在她身旁好一阵子。

"她会原谅我吧。作为我这一生中最后的女人……"老人身后那个皮肤黝黑的姑娘仿佛在煽动他。老人伸出手去摸索。那里也同姑娘的乳房一样。

"冷静下来，聆听寒冬的浪涛声冷静下来吧。"江口老人努力克制着自己的心绪。

"姑娘像麻痹似的沉睡不醒。他们给她喝了毒药或烈性药。她是为了什么呢？难道不是为了钱吗？"想到这些，江口老人踌躇起来。即便他知道女人一个个都不一样，然而，倘若自己硬要侵犯这个姑娘，给她的一生带来惨不忍睹的悲痛、无法治愈的创伤，她恐怕也会随之改变吧。六十七岁的江口愈发觉得所有女人的身体都是一样的。而且这个姑娘无法允诺，不会抗拒，也不曾回应他。与尸体不同的只是她有温热的血液和正常的呼吸。不，若是到了明天，活生生的姑娘就会睁眼醒来，她与尸体有着如此巨大的差距吗？然而姑娘没有爱，没有羞耻，也没有戒栗。睁眼醒来以后只剩下怨恨和懊悔。她也不知道是哪个男人夺走了自己的贞洁，顶多只能察觉是一个老人而已。这件事，姑娘恐怕连这家店的女人都不会告诉。即便这个老人之家的禁令遭到破坏，姑娘也必定会隐瞒下去，所以除了姑娘以外，任何人都不会知道，这件事就这样过去了。温柔姑娘的肌肤紧紧贴靠住江口。皮肤黝黑的姑娘这半边的电热毛毯的电源被切断了，或许是因此觉得冷，她的身体从后面使劲地推老人。皮肤黝黑的姑娘将一只脚伸到了皮肤白皙的姑娘脚边，把她的脚也一起钩过来了。江口感到滑稽可笑，浑身没了力气。他摸索着枕边的安眠药。他被两个姑娘夹在中间，连手都不能自由活动。他将手心覆在肌肤白皙的姑娘的额头上，盯着一如往常的白色药片。

"今晚不吃药看看如何吧。"他喃喃自语。这无疑是药效有些强劲的安眠药，吃下去没多久就昏睡得不省人事。江口老人初生疑窦，这家的老年客人们，果真都听从女人的吩咐，老老实实地服用了这些安眠药吗？然而，若是有人不吃安眠药，舍不得入睡的话，这不是在老丑的基础上变得更加老丑了吗？江口认为自己尚未加入老丑的同伙，成为他们当中的一员，于是今晚也将安眠药服下。他想起自己曾说过，希望可以服用那种让姑娘沉睡不醒的药。"这种药对老人来说很危险。"这是女人的答复。因此他也不再强求了。

然而，所谓"危险"是指沉睡中死去吗？江口只不过是一个地位平庸的老人，可他毕竟是个人，有时也会感到空虚孤独，堕入寂寞的厌世愁绪中。这家店不就是难得的赴死之地吗？与其勾起人们的好奇心，遭受世人的轻蔑，倒不如死后留名，不是吗？想必相识的熟人会大吃一惊吧。尽管会给遗属造成不可估量的伤害，然而，譬如像今晚这样在两个年轻姑娘中间沉睡而死，这不就是年老衰迈之身的夙愿吗？不，这么做不行。自己的尸体恐怕会像福良老人那样，从这家店运往破旧的温泉旅馆，于是就会被当作是吞服安眠药自杀了。没有遗嘱，也不知晓死因，老人无法忍受风烛残年的虚幻无常才自行了断——这件事最终会以此收场吧。这家女人那一副冷笑的嘴脸浮现在他的眼前。

"什么！别做些无聊愚蠢的妄想。真不吉利。"

江口老人笑了，但似乎不是开朗的笑。安眠药已有些起作用了。

"好，我去敲门叫醒那个女人，跟她要和姑娘一样的药来吧。"江口自言自语。不过女人不可能会给他的。再说，江口懒得爬起来，他也没这个心思。老人仰面躺着，两只胳膊分别搂着两个姑娘的脖颈。一个姑娘的脖颈柔软芳香，另一个姑娘的脖颈僵硬油腻。老人的体内涌现出某种东西。老人望了望右边和左边的深红色窗帘。

"啊。"

"啊。"皮肤黝黑的姑娘唤了一声，仿佛在答复他。皮肤黝黑的姑娘用手顶住江口的胸膛。她大概是感到痛苦吧。江口松开一只胳膊，翻身背对她。另一只胳膊伸向皮肤白皙的姑娘，搂住她的腰部。而后合上了眼帘。

"一生中最后的女人吗？为什么是最后的女人？一刻也不……"江口老人思索着，"那么，自己最初的女人是谁呢？"老人的头脑与其说是懒倦疲惫，不如说是迷醉恍惚。

最初的女人。"是母亲。"江口老人的脑海里闪现出这个念头，"除了母亲别无他人了，不是吗？"一个完全出乎意料的回答浮现出来。"母亲是自己的女人？"而且，年至六十七岁的今天，江口躺在两个赤身裸体的女人中间，这种真实感第一次突如其来地从心底的某个角落涌现出来。这是冒渎还是憧憬呢？江口像拂去噩梦那样睁开了眼睛，眼皮不停地眨巴。然而安眠药强劲的药效发作，他难以清醒地睁开眼睛，迟钝的头脑似乎瘫起来了。江口意识模糊，恍惚中他想去追寻母亲的面影，他叹息一声，将掌心覆在右边和左边两个姑娘的乳房上。一个光滑细腻，一个油腻黏糊，老人就这样闭上了双眼。

在江口十七岁那年冬天的一个夜晚，母亲去世了。父亲和江口分别握住了母亲的左右两只手。长期遭受结核病折磨的母亲，胳膊只剩下一把骨头，但她的握力还很强劲，江口的手指甚至都发痛了。母亲手指的冰冷甚至侵袭到江口的肩膀上。给母亲按揉脚的护士突然站起身离开了。大概是去给医生挂电话吧。

"由夫，由夫……"母亲断断续续地呼唤他。江口立刻觉察到了，他刚轻柔地抚摸母亲喘气的胸口，母亲就吐出了大量的鲜血，鲜血还从鼻子里咕噜咕噜地溢出来。母亲断气了。这些血没法用枕边的纱布和手巾擦拭干净。

"由夫，用你的汗衫袖子擦吧。"父亲说，"护士小姐，护士小姐，洗脸盆和水……哦，对了，新枕头、新睡衣，还有褥单也……"

江口老人想起"最初的女人是母亲",脑海里就浮现出母亲临死前的样子,这是理所应当的。

"啊。"江口觉得围绕在密室四周的深红色窗帘,就像鲜血的颜色一般。即便是紧紧地闭上双眼,眼里的红色也无法消失。而且在安眠药的作用下,头也变得昏昏沉沉的,并且两只手的掌心还覆在两个姑娘纯真无邪的乳房上。老人的良心和理性的抵抗也半麻木了,他的眼角似乎噙着泪水。

"在这种地方,为什么会将母亲想成是最初的女人呢?"江口老人感到奇怪。然而,将母亲当作最初的女人的话,之后就不可能回想起他消遣玩弄过的女人们了。而且,事实上最初的女人是妻子吧。倘若是这样就好了,他年迈的妻子已经生了三个女儿,她们都出嫁了。在这个冬日的夜晚,她一人独眠。不,恐怕还难以成眠吧。家中虽然不像这里一样有浪涛声,可是夜晚的寒气也许比这里的更加严酷难熬。老人心想,自己掌心下的两个乳房是什么东西呢?即便自己死了,这东西也依旧会流动着温热的血液活下去。不过,这是什么东西呢?老人的手使出疲软的力气抓住它。姑娘们的乳房也在沉睡,毫无反应。母亲弥留之际,江口抚摸她的胸口时,当然触碰到了她干瘪的乳房。那是让人感受不到是乳房的东西。如今都想不起来了。可以回想起来的是幼年时期抚摸着年轻的母亲乳房酣睡的日子。

江口老人愈发被浓重的睡意吞没了,为了摆个舒服的睡姿,他将手从两个姑娘的胸脯上抽了回来。他将身体朝向皮肤黝黑的姑娘这侧,因为这个姑娘的气味非常浓烈。姑娘的呼吸粗重,气息都呼到了江口的脸上。她的嘴唇微微张开。

"哎呀,可爱的龅牙。"老人用手捏住了那颗龅牙。她的牙齿都很大颗,可这颗龅牙却很小巧。如果不是姑娘的气息直呼过来,江口或许早就亲吻那颗龅牙附近的部位了。然而,姑娘沉重的呼吸妨碍了老人的睡眠,所以他翻过身去。尽管如此,姑娘的气息还是呼到了江口的后颈上。虽然不是鼾声，呼吸时还是发出了声响。江口把脖颈缩起来，额头却恰好挨到了皮肤白皙的姑娘的脸颊上。皮肤白皙的姑娘也许颦蹙了双眉，不过看起来像是在微笑。身后触碰的油性肌肤让他放心不下，皮肤的触感冰冷滑溜。江口老人睡着了。

也许是被两个姑娘夹在中间难以入睡的缘故，江口老人连续做噩梦。这些梦毫无关联，却是令人厌烦的色情之梦。在梦境的最后，江口梦见自己新婚旅行后回到家中，房子里绽放着红色大丽花那样的鲜花，荡漾摇曳的花朵几乎将整个屋子都淹没了。江口怀疑这不是自己的家，踌躇不决不敢入内。

"哎呀，回来啦，你干吗站在那种地方呀。"本已离世的母亲出来迎接他，"新娘子害羞吗？"

"母亲，这些花是怎么回事？"

"是啊。"母亲平静下来，"快上来吧。"

"嗯，我还以为走错地方了呢。虽然不可能走错，可这么多花……"

客厅里摆放着欢迎新婚夫妇的喜宴。母亲接受了新娘的贺词后，到厨房热汤去了。烤鲷鱼的香味也飘散出来。江口走到走廊里眺望花海。新婚妻子也跟来了。

"啊，好漂亮的花呀。"她说。

"嗯。"江口为了不让新婚妻子害怕，没有说出"我们家从没有这种花……"江口注视着花海中一朵硕大的花，一滴红色的水珠从一片花瓣滴落下来。

"啊？"

江口老人惊醒了。他摇了摇头，可在安眠药的作用下他的脑袋昏昏沉沉的。他翻过身来，面向皮肤黝黑的姑娘。姑娘的身体冰凉。老人感到毛骨悚然。姑娘没了呼吸。他将手按在她的心脏上面，心脏也停止了跳动。江口从床上一跃而起。他的脚打了个趔趄，栽倒下去。他哆哆嗦嗦颤抖着走到了邻室。他向四周环视了一圈，看见壁龛旁边有一个电铃。他使劲地用手指按住电铃好长一阵时间，听见楼梯上传来了脚步声。

"会不会是我在熟睡时不自觉地勒住了姑娘的脖颈？"

老人爬也似的回到了房间，看着姑娘的脖颈。

"出什么事了？"这家的女人走了进来。

"这个姑娘死了。"江口吓得浑身发抖。

女人从容不迫，她揉着眼睛说："死了吗？不可能有这种事。"

"是死了啊，呼吸停止了，脉搏也没有了。"

女人禁不住变了脸色，她跪坐在皮肤黝黑的姑娘枕边。

"是死了吧。"

"……"女人掀开棉被，查看姑娘的身体，"客人，您对姑娘做了什么吗？"

"什么也没做！"

"姑娘没有死，客人您也无须担心……"女人竭力冷漠镇静地说话。

"她死了啊！快叫医生来呀！"

"……"

"你究竟给她吃了什么？也有特别的体质。"

"请您不要声张。我们绝不会给您添麻烦的……也不会供出您的名字……"

"她死了呀！"

"她不会死的。"

"现在几点了？"

"四点多钟了。"

女人摇摇晃晃地抱起了赤身裸体的黝黑姑娘。

"我来帮你。"

"不用了,楼下还有男帮手……"

"这姑娘很沉吧。"

"请客人不要多管闲事,好好休息吧,还有另一个姑娘呀。"

再没有比"还有另一个姑娘呀"这种说法更刺痛江口老人的了。的确,隔壁房间的床上还剩下一个皮肤白皙的姑娘。

"我怎么还睡得着呢?"江口老人的声音里蕴含着愤怒,还夹杂了胆怯和恐惧,"我这就回去了。"

"请您别这么做。您这时候从这里回家,若是遭人怀疑,可就麻烦了……"

"我怎么能睡得着呢?"

"我再给您拿些药来。"

传来了女人在楼梯上把黝黑姑娘生拉硬拽拖下楼的声音。老人穿着一件浴衣,此时才察觉到寒气逼人。女人将白色的药片拿到楼上来。

"您请。吃下它,您就能舒舒服服地睡到明天早晨。"

"是吗?"老人打开邻室的房门,刚才慌慌张张踢开的被褥似乎还保持着原样,白皙的姑娘裸露的身姿躺在床上,闪耀着美丽的光辉。

"啊。"江口端详着她。

听来像是搬运黝黑姑娘的车子的声音走远了。福良老人的尸体安置在一家可疑的温泉旅馆,或许她也被运到那里去了吧。

舞姫

皇宫的护城河

十一月中旬,东京约莫四点半的光景,正是日落时分。

出租车发出令人不悦的噪声。一停下,车尾就冒出烟来。

这辆车后方载着木炭袋和柴火袋,还挂着个歪七扭八的旧水桶。

后方的汽车鸣笛。

波子扭头看了看:"可怕,真可怕。"

她耸耸肩,贴近竹原,举起手臂,像是要把脸遮住。

竹原发觉波子指尖的颤抖,讶然一惊:"什么?什么可怕?"

"会被发现的,会被发现啊。"

"啊……"

竹原看了看波子,心想:"原来如此。"

汽车从日比谷公园后面驶入皇宫前方的广场。这儿是十字路口的正中心，车流交汇频繁，此时恰逢下班的高峰时期，他们乘坐的车后方停着两三辆车，两旁的车辆川流不息地驶过。

堵在后方的车往后倒车，灯光照进两人的车内。波子胸前的宝石熠熠生辉。

波子身着黑色西服套装，左胸前别着一枚胸针。胸针呈细长的葡萄造型，枝蔓是白金，叶片是灰蓝色宝石，上面还镶嵌着数粒钻石。

她戴着项链，搭配了珍珠耳饰。

珍珠耳饰掩映在发丝之间，若隐若现。脖颈上的珍珠在白罩衫的蕾丝装饰下，显得不太起眼。那看起来是素白的蕾丝也许是浅珍珠色。蕾丝装饰柔软雅观，缀饰至胸部下方，为波子增添了岁月的气质。

衣领也装饰着相同的花边，高度不及立领。领子从耳下附近的位置开始折叠，波形领褶延展到胸前，更加圆润。领口如柔波般在纤细的脖颈周围荡漾。

微光中，波子胸前的宝石闪烁着光芒，似乎也在向竹原倾诉衷肠。

"你说会被发现，在这种地方会被谁发现？"

"矢木，还有高男……这孩子最喜欢父亲，为此还监视着我呢。"

"你丈夫不是在京都吗？"

"我不知道，他随时都可能回来。"

波子摇摇头："都怪你让我坐这样的车。你以前就是这样，净做这种事。"

汽车发出恼人的噪声，启动了。

"啊，动了。"波子嘟囔着。

车在十字路口的正中央冒着烟，交警看见了，却没来处罚，或许是因为汽车停留的时间极短。

波子左手抚住脸颊,仿佛恐惧残留在脸颊上。

"怪怨我让你坐这种车……"竹原说,"还不是因为你慌慌张张地从礼堂出来,推开人群像要逃跑似的。"

"是吗?我自己没意识到。也许是吧。"波子耷拉着脑袋,"今天出门的时候,我突然想戴两枚戒指。"

"戒指?"

"嗯,因为是丈夫的财产。如果碰着矢木了,他看见自己不在的日子宝石还留着,会很高兴的……"

波子说话间,车子发出恼人的噪声停下了。

这回司机下车了。

竹原看着波子的戒指,说:"你为了让丈夫发现,才戴着珠宝吗?"

"嗯,倒也不尽如此……只是突然想到。"

"真让人惊讶。"

波子像是没听到竹原的声音,说:"真讨厌呀,这车准是出毛病了,真吓人。"

"一个劲儿地冒烟呢。"竹原望向后方的车窗,"像是在开炉盖生火。"

"这是前往地狱的火焰车[①]啊。能下去走走吗?"

"总之先下去吧。"

竹原推开了卡涩的车门。

这里是通往皇宫前广场的护城河桥。

竹原走到司机身旁,回头望了望波子,问:"急着回去吗?"

"不要紧。"

[①] 火焰车,佛家用语,是一种押送罪人去地狱的车辆,车体四周燃烧着烈火。

司机把一条破旧的长铁棒捅进炉子里,"喀啦喀啦"地搅动,像是要把火扇旺。

波子俯视着护城河的水,避开他人的目光。

竹原走近后,她说道:"今晚品子一个人在家。我回去晚了,那孩子就噙着眼泪问我'为什么这么晚回来''去哪了'之类的话。不过她只是出于担心,并不像高男那样监视我。"

"是吗?不过你先前那番话让我很吃惊。宝石本就是你的东西,你家的日子依旧全靠你的气力来过活吧。"

"是啊,虽然力量微薄……"

"不像话。"竹原望着波子柔弱无力的样子,说,"我没法理解你丈夫的心情。"

"这是矢木家的家风啊。自打结婚那时候起,一天也没变过,已经成习惯了。你不是早就知道吗?"波子继续说道,"或许结婚前他家就是那样子,从婆婆那辈起……公公走得早,全靠婆婆一人供他上学。"

"可现在情况不同啊。靠你的陪嫁钱舒坦过日子是战前的事了,今时不同往日,矢木应该也非常明白。"

"知道的。但他说,人各有各的悲哀。悲伤太过沉重的话,对别的事就不求甚解,还会干出无可奈何的事来。我也这么想。"

"无聊。我不懂矢木在悲伤什么。"

"矢木说,日本战败了,他内心的美好幻灭了。他就是旧日本的亡灵。"

"呵。这亡灵嘟囔着胡话,妄图对你操持家事的劳苦视而不见吗?"

"岂止是视而不见,东西一少,他就惴惴不安,为此监视我的一举一动,花零钱都要被抱怨。到了家徒四壁的那天,我想他会打算自杀。我很害怕。"

竹原感到一阵恶寒。

"所以你才戴着两枚戒指出门吗……矢木并不是亡灵，你恐怕是被亡灵附身了。不过，父亲卑劣的行为，仰慕他的高男是如何看待的？他已经不是孩子了吧。"

"嗯，他也为此烦恼。在这一点上，高男很同情我。他见我干活，说要辍学去工作。可那孩子把父亲看作学者，无条件地尊重，要是怀疑起父亲来，会变成什么样？真可怕啊。但，这种话，在这种地方，已经……"

"是吗？改日心平气和地问问他吧。不过，看你刚才害怕矢木的样子，我实在于心不忍。"

"对不起。已经没事了。我的恐怖症时常发作，像癫痫，又或者癔症……"

"是吗？"竹原将信将疑地说。

"真的，刚才车一停我就受不了。现在没事了。"波子抬起脸，"好美的晚霞。"

天空的色彩辉映在珍珠项链上。

一连两三日都是上午放晴，下午薄云笼罩。

这名副其实的薄云，在日落时分，于西方的天空中溶入晚霞。暮霭呈现微妙的色彩变幻，许是由于云的关系。

天幕轻垂，烟霭迷蒙，白昼的余热隐没其中，秋夜的凉意随之袭来，茜色晚霞也给人此感。

茜色的天空，此处呈浓烈的朱红，彼处为轻淡的鲜红，少数地方透着浅紫和浅蓝，色彩斑斓，交相辉映，溶进晚霞之中。眼见雾幕静垂，云彩流转，飘逝无踪。

皇宫森林的树梢上，残存着一条窄长的碧空，好似缎带一般。

在这碧空中，那未映照一丝晚霞的云彩，在黑沉沉的森林与红殷殷的晚霞间，划开一道鲜明的界限，那细长的碧空遥远、静谧而澄澈，凄婉动人。

"好美的晚霞。"竹原也说道。他不过是重复波子的话。

竹原记挂着波子,心想着晚霞不过如此。

波子依旧仰望着天空:"往后到了冬天,晚霞就多了。晚霞能让人回忆起童年往事,不是吗?"

"是啊……"

"冬天虽冷,我却爱在外头观赏晚霞,常被家里人斥责'要感冒的'。啊……我有时也在想,自己喜欢凝望晚霞,是不是受了矢木的影响。不过,打从孩提时起,我就是这样的。"波子回头望着竹原,"说来也奇怪,先前走进日比谷的礼堂之前,外头有四五棵银杏树,公园的出口也有五棵相同的银杏树吧。这些树并排耸立着,数量相差无几,枯黄程度却有所不同,落叶有多有少。这世道下,连树都各有其命吗……"

竹原一言不发。

"我心不在焉地想着银杏树的命运时,车摇摇晃晃停住了。被这一惊,我害怕起来了。"

波子说着望了望车。

"还没修好啊。就算要等也还是去对面等吧,站在这儿会被人瞧见的。"

竹原同司机打招呼,付过车钱,回头一看,波子已穿过了马路,只留下轻快活泼的背影。

对面护城河尽头的正面,麦克阿瑟司令部①的屋顶上,刚刚还挂着的美国国旗和联合国旗帜,这会儿已经不见了,或许正是降旗的时间吧。

司令部上空的东方天际,晚霞消失,薄云飘散远空。

---

① 麦克阿瑟司令部,即"盟军最高司令官总司令部"。第二次世界大战结束后,美国远东军司令兼驻日美军总司令道格拉斯·麦克阿瑟将军为执行美国政府"单独占领日本"的政策,以驻日盟军总司令的名义,在东京建立盟军最高司令官总司令部(General Headquarter),在日本简称为"GHQ"。

竹原知道波子容易情绪激动，望着她轻快的背影，心想，波子自己所说的"恐怖症发作"大概消失了。

竹原也到了马路对面，轻声说道："你这样轻盈地穿过车流，简直是舞蹈的步调啊。"

"是吗？你在取笑我？"波子迟疑片刻，"我也取笑你一句，怎么样？"

"笑我？"

波子点点头，把脑袋耷拉下来。

司令部的白墙倒映在护城河上，窗户的灯光也映入水中，房子白影朦胧，不经意间，仿佛只剩灯影残留在水面上。

波子嘟囔着："竹原，你幸福吗？"

竹原转过头，沉默不语。

波子脸颊通红："现在你不再这样问我了吧？从前倒问了不知多少次呢。"

"是啊，二十年前的事。"

"已经有二十年没问了，这回轮到我问你啦。"

"你就拿这个取笑我？"

竹原笑道，"现在不问你，我也明白。"

"以前你不明白吗？"

"那个嘛，我也明白。我故意问你的。对幸福的人问'你幸福吗'，人们大概不会这样吧。"

竹原边说边向皇宫的方向走去。

"我觉得你结婚，是我的过错。所以在你结婚前以及结婚后，我都问了。"

波子点了点头。

"不过，那是什么时候呢？是西班牙的女舞蹈家来的时候，你结婚约莫第五个年头吗？我们在日比谷公园的礼堂偶然相遇。你的座位在二楼前排的招待席，同你一道的是你的芭蕾舞舞伴和你的丈夫。我躲在后方的座位。你一发现我，就毫无顾忌地走过来，在我旁边坐下，落座后再没离开。我说，'这对你的舞伴和丈夫不礼貌，请你坐回原位吧'，你却说，'请让我坐在你旁边，我会安安静静的'。你就这样在我旁边的座位上一动不动地坐了两个小时，直到散场。"

"是呢。"

"我吃了一惊。矢木很在意，不时抬头望向这边，你依旧不下去。那时候我真不知该怎么办呀。"

波子突然在竹原身后站住了。

皇宫前广场的入口处，告示牌映入竹原的眼帘："公园是公共场所，请大家保持环境卫生……"

竹原读过厚生省①国立公园部的告示牌，说道："这儿也是公园吗？这儿称得上是公园吗？"

波子望着广场的远方。

"我家的高男和品子，战争期间还是小小年纪的中学生和女学生，他们常从学校来这运土、割草。一说要去宫城前面，矢木就用冷水给孩子们洗净身体。"

"那时候的矢木，是会那么做的。那宫城，如今不叫宫城，而称作皇宫了。"

皇宫上空，晚霞渐薄，灰色散漫，东方的天际反倒残留着白昼的亮光。细长的碧空仿佛为皇宫的森林镶了一道边，尚未消散。它带着铅灰色，愈发深沉。三四棵略高的松树，刺穿了这碧空。晚霞的余晖中，勾勒出黢黑的松姿。

波子边走边说："天黑得真早啊。从日比谷公园出来的时候，议事堂的塔都染上了桃粉色呢。"

国会议事堂已笼罩在晚霞当中，顶部的红灯忽明忽暗。

---

① 即厚生劳动省，是日本负责医疗卫生和社会保障的主要部门。

右边的空军司令部和总司令部的屋顶上,也闪烁着同样的红灯。

透过护城河堤上的松树,可以看见总司令部窗口闪烁的灯光。松树下,几对情侣幽会的身影依稀可见。

波子踌躇不前,停下了脚步。萧索的幽会剪影,映入竹原眼帘。

波子说:"太寂寞了。到对面的马路去吧。"

二人折返。

看着幽会的人影,两人都觉察到,他们也是以幽会的形式一同漫步的。

尽管是因为竹原将波子送往东京站的途中车子发生了故障,二人才步行至此,但这回,是波子打电话邀竹原参加日比谷公园礼堂的音乐会,从一开始两人就是幽会。

然而,两人都已年过四十了。

谈及往事,免不了谈爱情。连谈论波子的身世境遇,听来都是爱的倾诉。那些岁月,在他们之间流逝。于他们而言,这些岁月既是羁绊,又是隔阂。

波子问:"你说不知道怎么办,不知什么怎么办?"

她把话题拉了回来。

"是啊,那时候……我还年轻,不知怎么判断你的心理。你把矢木晾在一边,一直坐在我旁边,这举动相当大胆。波子你为何如此坚决?回想一下,从前你有时候就活泼奔放得让人吃惊。我想你的举动或许也是这样。肯定是吧……"

"刚才,你自己说是'发作',假使那时候和刚才,都是你感情的发作,那可大不相同。那时你无视面前的丈夫,如今他本该在京都,你却如此惧怕……"竹原说,"那时候,如果两个人悄悄从礼堂偷跑出去该多好啊,当时我还没结婚呢。"

"可是,我已经有孩子了。"

"不过，比起那件事，更重要的是我或许犯错了，只想到你的幸福。那个时候，我幼稚地相信，一旦结婚了，女人只能从其婚姻中找寻幸福……"

"现在也是如此呀。"

"话虽如此，也不尽然。"竹原轻声而有力地说，"那个时候你离开矢木，坐到我身边，是因为你的婚姻幸福美满，才能这样做吧？你信赖矢木，对他放心，才如此随心而为，不是吗？我是这么想的。你不过是见到我，突然怀念罢了。你坐到我身边，并不觉得有愧于矢木，即便如此，你一动不动地坐着也还是不正常。你什么都没说。我不能看你的脸，连旁边也不敢看。那时候，我不知所措。"

波子沉默不语。

"矢木的外表也使我不知如何是好。他是个温厚的美男子，见到他，谁也想象不到他的妻子会不幸吧？假使不幸福，人们也会认为是妻子的过错。如今也是如此吧。前年，还是大前年，我借宿你家偏房时，有一天你没钱交电灯费，我将自己的月薪袋递给你，你的泪扑簌簌落下来，说月薪袋还没启封，还说，打结婚以来，你一次都不曾见过丈夫的工资……我吃了一惊，就是那时，我也是先入为主地认为是你一直以来的做法不对。矢木看着那样体面，何况从前，你们二人路过，人们都要回头张望。尽管我认为，你们的婚姻从一开始就错了。之所以问你幸福吗，是因为我怀疑自己的眼睛。你不回答，是理所当然的事。"

"竹原，你不也没回答吗？"

"我？"

"嗯，刚才应该是我问你吧。"

"我们很平凡。"

"平凡的婚姻，有吗？你说谎。结婚的人，个个都是非凡的吧。"

"不过,我不是矢木那样非凡的人……"竹原像是要岔开话题,"不是的。我的校友们,大都这样,并不是人非凡,婚姻便也非凡。平凡的两个人结合起来,结婚也变得非凡了。"

"了不得。"

"你说'了不得'?什么时候这成口头禅了?像上年纪的人爱打岔似的,不令人讨厌吗?"

波子轻轻地扬了扬眉毛,瞥了瞥竹原的脸:"总是让你听我说家里的事。"

波子决定让他把话从自己身上岔开。

她的话像是诘问,还带着焦躁,可还是没能深入到竹原家庭的话题。

"那车还停在那冒着烟呢。"

波子笑了。

日比谷公园的上空,月亮出来了。大概是初三或初四的月亮吧,弯弯的月牙,不偏不倚地直直挂在云缝中。

两人来到了护城河边。

他们眺望着倒映在水面的灯光,停下脚步。

司令部窗里的灯光,从正面映照在水面上,摇曳着长长的光影。右岸林立的垂柳、左边稍高的石垣及松树都在灯影旁洒下昏暗的影子。

"今年的中秋圆月,在九月二十五日还是二十六日呢?"波子说。

"这里的照片上过报纸,拍的是司令部上空的满月,也有这灯影。成排窗户中的灯影倒映在水面上,上方有道突出的光影,像是圆月的影子。"

"报纸的照片能看得如此细微吗?"

"嗯。照片虽然像明信片,但我有印象。城堡似的石垣和松树也都拍下来了,相机应该是放在那边的柳树中间吧。"

竹原感受到了秋夜的凉意,像催促波子似的,边走边喃喃自语道:"你对着孩子,也说那种话吗?会让她变得脆弱呀。"

"脆弱?她有那么脆弱吗?"

"品子在舞台上很坚强,但往后要是像母亲,可就难办了。"

两人穿过护城河,往左拐去。日比谷的方向,一队巡警走来,只见他们皮带的金属扣闪闪发光。

波子让开路来,她靠近竹原,差点儿抓住他的胳膊。

"因此,希望你能保护品子,给她力量。"

"比起品子,你呢?"

"以往我已经受你许多照顾了,不是吗?多亏了你,我才在日本桥有了排练场。况且,如今你守护品子,就等同于守护我呀。"

波子避开巡警队,靠着岸边的柳树往前走。

垂柳的细叶,尚未枯落。

电车道旁悬铃木林立,这侧的树叶微黄,对侧的悬铃木叶子却已完全落光了,成了一株秃木。大概是因为那边是公园的阴面。细细一看,这边的街树,有的枝叶零落,有的绿叶葱茏,两种树混杂在一起。

竹原想起波子说的话:"树也各有其命……"

"战争没发生的话,品子这会儿应该在意大利或法国的芭蕾舞学校跳着舞,说不准我也跟着去了呢。"波子说,"那孩子,虚度了宝贵的学习光阴,已经无法挽回了。"

"品子还年轻,今后还……不过,波子你也曾想过这种逃离的办法吧。"

"逃离?"

"从婚姻中逃离,离开矢木,逃到国外去……"

"啊,这个。我净想着品子的事,我是为女儿而活的,现在也是如此。"

"全身心投入到孩子身上，这就是母亲的逃离方法吧。"

"是吗？不过我更严重，像发疯了似的。品子成为芭蕾舞演员，是我未了的梦……品子就是我啊。我们两个，究竟是我为她牺牲，还是我牺牲了她，我常常搞不明白。不论哪种情况都很好。一想到这些事，就知道自己能力有限，感到心有余而力不足。"

说着，波子不由得低下头。

"呀，有鲤鱼啊，白鲤鱼！"波子提高声音，窥探着护城河。她拂去垂落在面庞和肩膀上的柳枝。

二人来到日比谷的十字路口，护城河的拐角处。

拐角处的河水中，一尾白鲤鱼一动不动。它不浮不沉，漂荡在水中。拐角处垃圾堆积，只有这处浅可见底。落叶也沉积在这里，也有悬铃木的，同鲤鱼一样，在水中毫无动静。波子拂去的柳叶，飘落在水面上。河水呈浑浊的浅黄色。

借着司令部窗口的灯光，竹原也瞧了瞧鲤鱼，随后向后一退，凝视着波子的背影。

波子的黑裙下摆收束得窄小，勾勒出腰肢以下的腿部曲线。年轻时，波子跳舞的时候，竹原就见过这线条。这线条使得他心潮澎湃。这女人的线条，至今未变。

不过，波子这样的背影，却是在张望护城河的鲤鱼，竹原看着这背影，心想，这叫什么事，真让人受不了。

"波子，那玩意儿，你要看到什么时候？"他不耐烦地喊道，"别看了，你不能看这玩意儿。"

"为什么呢？"波子转身，从柳树下走回人行道上。

"那样小的鲤鱼，即便有一尾在那儿，谁也不会去看的。你却看到了……"

"即便谁也没发现，谁也不知道，这鲤鱼却在这里生存着。"

"你就是这种人,连孤独的鲤鱼都能发现……"

"也许是吧。不过,宽阔的护城河里,这鲤鱼偏巧在人来人往的拐角里,一动不动,你不觉得不可思议吗?来往的行人没觉察到它,就算往后和谁谈及此事,恐怕也没人相信吧。"

"那是因为发现它的人不寻常……或许是想让波子看,鱼就游来了。孤独之身,同病相怜啊。"

"是吗?那边护城河有鲤鱼,河中央有块告示牌,上头写着'请爱护鱼'。"

"哎,那很好。不是'请爱护波子'吗?"

竹原笑笑,他望着护城河的水面,仿佛在找寻告示牌。

波子也笑着:"在那呢。你连告示牌也没看见吗?"

美国的新式汽车,在人行道旁排成一列,从二人身旁相继驶过,车上坐着美国的男男女女。

"在这种地方观赏凄惨的鱼,这可不行啊。"竹原又说道,"你这种性格早该改了。"

"是啊。为了品子。"

"也为了你自己……"

波子沉默片刻,平静地说道:"我决定卖掉我家的偏房,不只是为了品子。这偏房曾租借给你,所以在卖掉之前,想和你谈谈……"

"是吗?那我买下来吧。这样一来,将来想卖掉正房时,或许好办些。"

"啊?竹原,你怎么突然做出这种决定?"

"对不起,是我唐突了。"竹原表歉意似的说道,"我抢先说这些,实在冒犯了……"

"不会。正如你所说,早晚要把正房卖掉的。"

"到那时,正房的买主一定很介意偏房住着怎样的人。虽说是偏房,却在一块宅地内,说话声都能听着,往后主屋怕是不好卖出去了。我买下偏房的话，你卖正房时，可以一并出让……"

"哎？"

"不过，与其出让偏房，不如把四谷见附那片火烧的废墟卖了，怎么样？那里只剩断壁残垣，杂草丛生。"

"嗯。不过，将来我想在那里修建品子的舞蹈研究所……"

竹原本想说估计修建不起来，又改口道："也不是非那儿不可吧。修建的时候，再找个更好的地方吧。"

"话虽如此，可那片土地承载着我和品子的舞蹈梦。打我年轻、品子年幼时起，跳舞的精魂就已经在那儿了。我常常在那里看见各种舞蹈的幻影，不能把那片土地交给别人。"

"是吗？那就不要把偏房分开卖了，这时候索性把北镰仓的屋宅一同卖了，在四谷见附修建一座附带研究所的宅子也是可行的。我的工作照现在的情况发展，可以助你微薄之力。"

"我丈夫多半是不会同意的。"

"可是，这要看波子你的决心啊。要是不坚决的话，研究所是轻易修建不成的。我想现在正是机会。靠变卖家用过日子，最后什么都剩不下的。据说，许多人苦于没有合适的排练场，假若如今就修建一所像样的研究所，可以让其他的舞蹈家使用，这对品子不是有好处吗？"

"他不会同意的啊。"波子有气无力地说着，"即便对他说，他也照例'嗯'一声，露出一副深思的样子。从前我以为他是个深思熟虑的人，总是'嗯，是吗'……原来不过做副样子给我看，那时候就打起小算盘来了。"

"怎么会……"

"我想就是这样。"

竹原回头看向波子，两人目光相会。"不过，我觉得竹原你也不可思议。无论和你商量什么事，你都能当机立断，从不迟疑。"

"是吗？不是我对你没有打小算盘，就是我成了俗人吧。"

波子的视线没有从竹原脸上移开。

"可是，你买下我家的偏房，打算干什么呢……"

"干什么用，我还没想好。"竹原玩笑似的说，"我是被矢木从偏房里体面地撵走的，假使我把它买下来，就坐在里头，报复矢木。不过，矢木是不会把偏房卖给我的。"

"那就是矢木的事了。不过，说不定他打着算盘，出乎意外地会卖给你呢。"

"矢木从没打过算盘，不是吗？打算盘始终都是你的任务吧。"

"是啊。"

"不过，正如你所说的，矢木卖给我也没关系。他是个绅士，就算在梦里，都不会流露出忌妒的神色。要是不卖给我，被人认为是在吃醋，他可不愿意。可是，你们之间究竟存不存在忌妒呢？你们彼此都不流露出这种情感，旁观者看来都有些害怕了，让人感觉是暴风雨前的平静……"

波子一言不发，冰冷的火焰在她心底震颤。

"我想买下你家的偏房，并不是有什么大企图，不过时不时出现在那偏房里，成为矢木的眼中钉，也挺有意思。我想剥掉他伪君子的假面。不过，比起矢木的忌妒，首先会折磨波子你呀。我如今处在你们二人身边，心情没办法平静。"

"不论竹原你在哪里，我的痛苦都是相同的。"

"为我痛苦？"

"也有。还有其他的痛苦。刚才说把房子卖了，修建舞蹈研究室，为女儿打算是好事，可高男怎么办呢？高男这孩子模仿性很强，渐渐学起父亲的样子来了。若是设身处地为高男想想，也许是合理的。我净偏袒品子的芭蕾舞，高男总是沦为姐姐的陪衬……"

"是吗？不留心可不行。"

"再加上沼田干事在我们四个人间，纠缠不休地施展离间计，甚至在我和品子之间……弄得我们四分五裂，他妄图把我当成玩物，把品子当成牺牲品。"

岸边的柳丛中，也立着写有"请爱护鱼"的告示牌。

司令部的正前面，或许是窗口灯光强烈的缘故，只有这里可以比较清楚地看到对岸的松树和这岸的柳树倒映在水面上的影子。

窗口的灯光一直照到对岸石垣的角落，在水面落下淡淡的光影。那石垣上方，闪烁着幽会的男人烟头的火光。

"可怕。啊，刚才驶过的车，矢木是不是坐在上面……"

波子突然耸了耸肩膀。

母亲的女儿 父亲的儿子

矢木元男带着儿子高男走出了上野博物馆。

父亲在石门正中间停住了脚步。他欣赏着古代美术，眼睛都看得酸涩了，公园的树木朦朦胧胧地映入眼帘，他不由得伫立在那里。古代美术的韵味还残留在他的脑际，自然使他感到耳目一新。

父亲嘴角泛起笑意，眺望着公园。高男在旁边呆望着父亲。

父子二人极为相像，不过，儿子个头稍矮，身形瘦削。

儿子望着才二十天未见的父亲，觉得他无可挑剔。

二人是在雕塑陈列室碰上的。

矢木从二楼下来，走进雕塑室时，高男正站在兴福寺的沙羯罗像前。

直到矢木走近，高男才回过头，发现了父亲，他有些难为情。

"您回来了。"

"啊,回来了。"矢木点了点头,"不过怎么回事,在这意想不到的地方碰上你。"

"我是来迎接您的呀。"

"迎接我?你倒很清楚我在这里。"

"您在信上说,同博物馆的人一道坐夜车回来。我想您大概不会直接回家,会到博物馆来的。上午我在家等着您……"

"是吗?那谢谢你了。什么时候收到信的?"

"今早……"

"正好赶上?"

"不过,今天是姐姐排练的日子,她和妈妈出去了。信是她们两个走后送到的,所以她们不知道您今天回来。"

"是这样啊。"

两人望着沙羯罗像,像要避开彼此的眼神交汇似的。

"我想着,就算料想到您会去博物馆,又该去哪里找您呢?"高男说。

"我决定在沙羯罗像和须菩提像前等您。这主意不错吧?"

"嗯,好主意。"

"爸爸一来博物馆,出去之前,一定会来兴福寺的沙羯罗像和须菩提像前伫立片刻吧。"

"是啊。站在这儿,脑袋一下就清醒过来了,心情也变得平静,心头的阴霾和污浊都被洗净了。而且,还能消解各样的疲劳和酸疼,使人感受到无法言说的温暖。"

"我看,沙羯罗像那童颜蹙眉的神态,同姐姐和妈妈的习惯有些相似,不是吗?"

矢木不以为然地摇了摇头,脸色却顿时变得柔和。

"是吗?你能感受到母亲和品子与天平时代的佛像有些相似,是很了不起的。同她们谈及这事,那二人也会更温柔些。不过，沙羯罗不是女人，女人没有这样的面孔。沙羯罗是个少年，东洋的圣少年。他的雕像威严凛然地矗立着。可以想象天平时代的奈良首都①是存在这样的少年的。须菩提也是如此。"

高男点点头："等您的时候，我在沙羯罗像和须菩提像前站了好一阵子，它们看起来有点悲伤……"

"嗯，两尊都是干漆像，佛像师用干漆做雕刻素材时，容易展露抒情性。天真的少年佛像，也流露出日本的哀愁。"

"姐姐也总动着上眼皮，时不时皱起眉头，和这少年佛像一样，流露出哀伤的眼神。"

"是啊。不过，蹙眉是佛像的一种做法呢。这尊沙羯罗像的伙伴、八部众神中的阿修罗像，以及同须菩提像一样为释迦牟尼十大弟子像的几尊佛像，都是双眉紧蹙的。这沙羯罗像被雕塑成可怜孩童的样式，却是八大龙王之一，实际上是龙。龙护持佛法，有着无尽的法力，是水之王。这沙羯罗像也蕴藏着这种力量。缠绕在肩上的蛇，在少年的头上抬起镰刀形的脖颈。不过，它的造型确实像人，和蔼可亲，看着像是某个人。这栏写实的佛像，是永恒理想的象征。令人怜爱，天真无邪的表情中，蕴含万里碧空般广阔的境界，静谧之中，跃动着深沉的力量。很遗憾，我们家的女人同它在智慧的深度上是大不相同的。"

两人从沙羯罗像移到须菩提像前。

须菩提像泰然自若地以自然的姿态矗立着。

这两尊立像，沙羯罗像高五尺一寸五分，须菩提像高四寸八尺五分。

须菩提身披袈裟，右手持左袖口，脚踏草鞋，肃穆地站在磐石座上，彬彬有礼，带着些许寂寥。在这世间常有的、纯洁且和

---

① 奈良是日本真正意义上的第一个首都，历史悠久，早在日本刚迈入封建国家之际，奈良就已成为日本的首都。

蔼的沙弥脑袋与童颜上,存在令人怀念的永恒。

矢木沉默地离开须菩提像,走出了大门。

大门突出的巨大石柱,像坚固的画框,将博物馆的前院和上野公园嵌了进去。

父亲伫立在石门正中的御影石①石板上。高男觉得,父亲作为日本人,看着并不稀奇和寒酸。

"在京都时运气好,接连参加了考古学会和美术史学会两方的活动。"

说罢,父亲慢悠悠地拢起长发,戴上了帽子。

矢木说在京都出席了考古学会和美术史学会的活动,可这活动不过是由学会筹措,参观学习一些个人作品罢了。

矢木不是专业的考古学者,也不是美术史学者。

矢木也曾把考古学的参考品当作古代美术品来欣赏,但他是大学国文学系出身,大概是日本文学史家吧。

战争期间,他曾写过一本名为《吉野朝的文学》的书,并作为学位论文,提交给当时举办讲座的私立大学。

矢木调查了南朝人战败后,漂泊在吉野山等地,守护、传播并憧憬王朝的传统有关的文学和史实,撰写了此书。写到南朝天皇对《源氏物语》②的研究时,矢木潸然泪下。

矢木寻访了北畠亲房③的遗迹,沿着《李花集》作者宗良亲

---

① 御影石,即花岗岩,火成岩的一种。"御影"是从日本兵库县神户市的地名(旧武库郡御影町,现在的东滩区御影石町)而来。
② 《源氏物语》是由日本平安时代女作家紫式部创作的一部长篇小说。《源氏物语》以日本平安王朝全盛时期为背景,描写了主人公源氏的生活经历和爱情故事,反映了平安时代的文化生活和社会背景,在贯彻写实的"真实"美学思想的同时,也创造了日本式浪漫的"物哀"思想。
③ 北畠亲房,日本镰仓时代后期、南北朝前期公卿,《神皇正统记》的作者,后醍醐天皇近侍后三房之一,花将军北畠显家之父。

王①的流浪旅程，直到信浓。

照矢木的说法，圣德太子②的飞鸟时代和足利义政③的东山时代等自不必说，圣武天皇④的天平时代和藤原道长⑤的王朝时代等，也绝不是和平的时代。人类斗争的长河中，激荡出美丽的浪花。

矢木得以窥见藤原时代的黑暗，全凭原藤郎博士的《日本中世史》等书籍。

此外，矢木如今正在撰写《美女佛》，许多地方受到了矢代幸雄博士的著作《日本美术的特质》的启发。即便矢木非常想将《美女佛》命名为《东洋的美神》，但毕竟与矢代博士的书名太过相似，只好作罢。相比"神"字，矢木更想用"佛"字。

日本的"神"字，使矢木遭受了日本战败的不幸，自身的愧疚也随之而来。如今，《吉野朝的文学》也成了哀痛战败的书，当然这是把皇室当作日本的美的传统——神来看待的。

矢木的《美女佛》，写的大多是观音。不过，除观音之外，还将弥勒、药师如来、普贤菩萨、吉祥天女等带有女性气韵的神佛统统添了进去。他尝试从这些佛像和佛画中，汲取日本人的精神与美好。

矢木不是佛教学者，也不是美术史家。这两方面的学识浅

---

① 宗良亲王（1311—1385），又称为信浓之宫、大草之宫、幸坂之宫，出家后法名尊澄法亲王，是日本镰仓时代末期及南北朝时代初期的皇族，生父母是后醍醐天皇及二条为子，官至中务卿。

② 圣德太子（574—622），日本飞鸟时期政治家。圣德太子在国际局势紧张的情况下派遣遣隋使，引进中国的先进文化、制度，制定"冠位十二阶"和十七条宪法，意图建立以天皇为中心的中央集权国家体制。圣德太子笃信佛教，其执政期间大力弘扬佛教。

③ 足利义政（1436—1490），是室町时代中期室町幕府第八代征夷大将军。

④ 圣武天皇，本名首皇子，是日本奈良时代的第45代天皇，在位年自724至749。

⑤ 藤原道长（966—1027），日本平安时代的公卿、权臣，关白藤原兼家第五子。太政大臣藤原道隆之弟。

薄，但是《美女佛》将会成为与众不同的日本文学论吧。矢木觉得自己能写成文学论。

作为国文学者，矢木也许算博学广智。

矢木是穷学生出身，同波子结婚的时候，他连女学生喜欢的中宫寺观音像都一无所知，也不曾去过供奉弥勒像的京都广隆寺。他没见过与谢芜村①的画，只学过芜村的俳句。即便他是大学国文系毕业，日本的文化修养却没有女学生波子高。

"名古屋的德川家展出了《源氏物语绘卷》，去观赏一下多好呀。"波子说着，唤来乳母，让她拿出旅费。波子的乳母当时担任管账的会计。

矢木羞耻、挫败的情绪，渗入骨髓。

博物馆内举办了南画②的名作展。

昔日，矢木研究芜村的俳句③，却不知晓他的画。当然，会场上也展出了芜村的南画。

"二楼的南画，看了吗？"矢木问高男。

"只匆匆路过了。我挂念着父亲您什么时候会到佛像那边，不曾观赏其他的……"

"是吗？可惜了。今天我还和人有约，恐怕没有时间了。"

父亲掏出衣袋里的表看了看。

这是伦敦史密斯公司产的旧式银表，轻轻按动表冠，怀表就在

---

① 与谢芜村(1716—1783)，本姓谷口，别号夜半亭（二世），画名谢长庚、春星等，生于摄津国毛马村。少年时代即爱好艺术。20岁前后丧失家产，漂泊至江户，拜师学习俳谐，寄寓于芭蕉传人早野巴人的夜半亭，为江户俳坛所瞩目。之后十年间游历各地，致力学画，名声大震。

② 日本南画，即文人画，以风景、花鸟山石等为主，由中国山水画的"南宗画"演变而来。

③ 俳句，是日本的一种古典短诗，由"五—七—五"，共十七字音组成；以三句十七音为一首，首句五音，次句七音，末句五音。要求严格，受"季语"的限制。

矢木的衣袋里，敲响了三点钟。然后，两下两下地响了两回。每响两声是十五分钟，从声音可以知道，现在约莫是三点三十分。

"这表给宫城道雄这样的盲人使用，非常方便吧。"矢木常常这么说。这是走夜路或是夜晚睡觉时使用的表。

矢木有块自鸣怀表。

高男曾听父亲说，在某人的著作出版庆祝会上，有人做着长篇席间致辞，话头正酣的时候，矢木衣袋里的怀表"吱啦吱啦"地响了起来，实在有趣。

如今，高男与父亲相遇，一听到父亲胸兜里如同小八音盒一样的怀表响起的声音，他就高兴起来。

"我还以为您从这儿回家呢。您还要去别处吗？"

"嗯，在夜车上睡了好一会儿。不过，高男你一起来也行的。教科书书商邀我就平安朝的文学和佛教美术的交流写点东西，说是要编入国语教科书里呢。他们同我商量省去专业的部分，写成通俗的美文，还指定了插图。"

矢木走下大门的石阶，凝望着鹅掌楸叶落。

鹅掌楸的叶子很大，像橡树叶。靠近石门的位置只有这一棵树，深黄色的树叶荫蔽了整个庭院，犹如年老的国王站在那里，静寂无声。

"尽管我的文章精华部分被删去了，但还是能感受到藤原的美术。我想，这对学生们阅读藤原的文学会有所启发。"矢木接着说，"芜村的画怎么样？高男你也没看过他的画，只在国语课本上学过他的俳句……"

"嗯，我觉得华山很好。"

"渡边华山[①]吗？是啊。不管怎么说，南画方面，大雅[②]是

[①] 渡边华山（1793—1841），原名渡边定静，日本学者、政治家、画家、幕末藩士。
[②] 即池大雅（1723—1767），日本江户时代的艺术家，文人风格书法家，代表作《日本名胜十二景图》《山水人物图》《楼阁山水图屏风》等。

个天才。不过，华山在如今的年轻人中颇受推崇……在那个时代，华山吸收了西洋的艺术，他有着强烈的好奇心并做出了新的努力……"

矢木从博物馆的正门出来，说道："嗯，我还要见沼田呢。品子舞蹈团的干事……"

他们乘坐中央线到达四谷见附。

他们打算穿过马路，往圣依纳爵教会的方向走去。在路旁等待车流滚滚驶过时，高男眉头一颤，说道："我厌透了那个干事。下次他再对母亲和姐姐做些不成体统的怪事，我就和他决斗。"

"决斗太过头了。"

矢木平静地微微一笑。

矢木望着儿子的脸，心想，这是当代青年说话的方式，还是高男性格的表现？

"真的。那种人，不豁出去和他拼命是没用的。"

"对方既然是个不值一提的人，你这样做不是毫无意义吗。白白丢了性命。沼田很胖，皮肉厚实，你那细胳膊挥舞小刀是捅不进去的。"

矢木笑着看了看高男。

高男做出手枪瞄准的手势："用这个就行了。"

"高男，你有手枪吗？"

"没有，不过那玩意随时可以向朋友借呀。"儿子满不在乎地答道，父亲听着胆战心惊。

高男温顺善良，喜欢模仿父亲，但他的内心隐藏着母亲那种性格的火苗，这火苗有时候会病态地燃烧起来。

"爸爸，我们穿过去吧。"高男严肃地说。

于是，两人赶在新宿方向驶来的出租车之前，突然跑了过去。

身穿制服的女学生微低着头,三三两两地走进了圣依纳爵教会,应该是对街的二叶学园的女学生在放学时来做祷告吧。

　　两人走在护城河堤的背面,矢木望了望教堂的墙壁。

　　"新教堂的墙壁上,也映照着古松的树影呢。"矢木平静地说道,"这教会,去年沙勿略的得力助手来过吧。四百年前方济各·沙勿略①上京都时,大概也在街边的日本松的树荫下走过吧。当时京都是战乱之地,足利义辉②将军也四处奔逃。沙勿略竭力请求拜谒天皇,但没被允许。他在京都只待了十一天,就回平户了。"

　　夕阳下松影洒落的墙壁,染上了淡淡的桃红色。

　　邻近的上智大学的炼瓦墙上,也洒满了阳光。

　　他们一进到前方的幸田屋,就被带到靠里的房间。

　　"怎么样,很安静吧。在改建成旅馆之前,这是一个钢铁业暴发户的宅子。这里是茶室。获得过诺贝尔奖的汤川博士③也住过这间房——从美国乘飞机抵达此地时,还有乘飞机回程的时候。游泳选手古桥他们赴美和回国的时候,都曾在这里寄宿。"

　　高男问道:"妈妈不是经常来这里吗?"

　　汤川博士和古桥选手是战败国日本的荣光与希望,矢木觉得,如此有声望的人往返美国时留宿过的房间,若是让年轻学生住进去,他们一定会心潮澎湃吧。然而,高男似乎没有那种感觉。

　　矢木又补充说:"我们来的这边附近,有间宽敞的房间。当时把两间房间打通,作为汤川博士的会客室。各色人等蜂拥而

---

① 方济各·沙勿略,最早来东方传教的耶稣会士。
② 足利义辉(1536—1565),日本室町幕府第十三代征夷大将军。
③ 汤川秀树(1907—1981),日本著名物理学家,博士学位。1949年,因在核力的理论基础上预言了介子的存在,时任京都大学教授的汤川秀树获得当年的诺贝尔物理学奖。他也是第一个获得诺贝尔奖的日本人。

至，主人尽量不让他们到这间起居室里面。可是报社的摄影组不知从哪里悄悄潜入了庭院，想要拍下不同寻常的画面。为此，汤川博士没办法好好休息。为了不让摄影组入内，旅馆的两个女仆夜晚都站在庭院的两头看守。当时正是夏天，她们被蚊子叮咬得痛苦不堪。"

矢木把视线转向庭院。

庭院里栽满了竹子，有寒山竹、罗汉竹、寒竹、四方竹等。庭院的角落处，可以看见稻荷神社的红色鸟居[①]。

这个房间也叫竹居，用熏成黑褐色的竹子做天花板。

"汤川博士到这儿时，旅馆的老板娘正病着，卧病在床时还嘱咐，汤川先生阔别许久才回到日本，要熏上好香。牵牛花也开了，要是庭院树木上的蝉也鸣叫就好了。"

"啊……"

"蝉也鸣叫就好了，真有意思。"

"哎。"

不过，高男已经从母亲那里听说过同样的话了。父亲似乎是从母亲那里现学现卖的，儿子很难做出有意思的表情。

高男环视着房间："这房子真好。妈妈现在也常来这儿吧，真够奢侈的。"

父亲背朝着吉野圆木的波褶壁龛柱子，不紧不慢地坐下来，点点头说："蝉似乎鸣叫了。当时汤川博士吟咏了一首诗：'至东京之旅馆，于庭院之林木，先闻幽幽之蝉鸣。'汤川博士过去喜好诗歌。"

矢木接着先前的话说下去，岔开高男的话题。

后来，晚饭钱也记在波子的账上。近来在这件事上，高男也

[①] 鸟居，类似牌坊的日本神社附属建筑，代表神域的入口，用于区分神栖息的神域和人类居住的世俗界。鸟居的存在是为了提醒来访者，踏入鸟居即意味着进入神域，之后所有的行为举止都应特别注意。

颇为埋怨父亲。

矢木轻声说道："你母亲同这里的老板娘有交情，哎呀，是好朋友呢，品子登上舞台也多亏她的帮助。"

教科书出版社的总编辑来了。

矢木没有给他看自己的文章，而先让他看藤原的佛教美术照片。

"这些照片都是我选出来的，也附上了我的看法。"

矢木挑选出高野山的圣众来迎图、净琉璃寺的吉祥天女、博物馆的普贤菩萨、教王护国寺的水天、中尊寺的人肌观音和观心寺的如意轮观音等照片，摆在桌面上，正要说明，却改口道："对了，请先喝杯淡茶。养成了京都的习惯……"

他手里拿着河内观心寺的秘佛和如意轮观音的照片，不是对着总编辑，也不是对着高男，说道："佛……清少纳言①在《枕草子》中也写了，'如意轮扰乱人心，托腮而坐。他不谙世事，哀婉可怜，令人望而却步……'照片很好地抓取了他的神韵，我在文章里也引用了……"

然后，他对着高男说："刚才在博物馆看到了沙羯罗和须菩提。奈良的佛像那种明晰的、人间式的写实，在藤原的人间式的写实当中，蜕变得多么娇艳啊。它们有着人类肌肤的温暖，现世的样貌，然而，却并未失去神秘的色彩。它是女性美的最高象征。叩拜这样的佛，自然让人觉得藤原的密教就是崇拜女性呢。奈良药师寺的吉祥天女图同这幅京都净琉璃寺的吉祥天女像很相似，但对比看，可以感受到奈良与藤原之间的差异。"

矢木把公文包拉到手边，取出了净琉璃寺的吉祥天女和观心寺的如意轮观音的彩色照片，照片的色彩还很鲜艳。矢木建议总

---

① 清少纳言，日本平安时期著名的女作家，中古三十六歌仙之一，与紫式部、和泉式部并称平安时期的三大才女，曾任一条天皇皇后藤原定子的女官。

编辑将这些照片彩印收录进国语教科书的卷首图里。

"是啊，同先生的大作相得益彰，必定尽善尽美啊。"

"不，拙作尚不成熟，是否被采用仍未明确……拙作采用与否另当别论，只希望在日本国语教科书的卷首图上，有一张佛像图，即便不能同西洋的教科书有圣母玛利亚的图画一样，也……"

"先生的大作，我们当然想采用，所以才这样厚着脸皮来拜访您。不过，这佛像太过有名，现在的学生一般不会想去欣赏这照片吧？"总编辑踌躇地说，"正文部分，先生那页的插图就按照您的想法来办，不过……"

"拙作另当别论，希望教科书上能有佛像的卷首图啊。看不到日本美的传统，还谈什么国语呢。"

"从这个意义上讲，请务必让我们收录您的论文……"

"算不上什么论文……"

矢木从公文包里取出杂志剪报，交给总编辑。

"回程的时候，我在夜车上修改过了，删去了烦琐的地方。教科书采用合不合适，您看过之后再说吧。"矢木说着呷了一口淡茶。

女佣通知沼田来了，矢木把茶碗倒过来看了看，依旧低着头。

"请进。"

沼田身着藏青色双排扣上衣，穿戴整齐，可却挺着大肚子，连鞠躬都很费劲。

"哎呀，先生您回来啦。令爱又……可喜可贺。"

"啊，谢谢。波子和品子承蒙您多方关照了……"

沼田一副在后台对登台演出的人说话的腔调。他说的"可喜可贺"，指的是品子哪一场演出呢？矢木在京都期间，女儿在哪里跳什么舞蹈，他一概不知。他只能静静地一边转动，一边凝望着放在自己面前的茶碗。

"这只茶碗也漂亮得像个美人。往后天冷的时候,这美女般的志野茶碗会令人稍感温暖,是好东西啊。"

"是波子夫人吧,先生。"沼田笑也不笑地说,"说来,先生您这回在京都,又发掘了什么珍品吗?"

"没有,我并不喜欢发掘珍品,对古董也不感兴趣。"

"确实如此,是珍品在等待着您……是啊,珍品在破烂的东西里头熠熠生辉,等待您的垂怜啊。"

"呀,没有的事。"

"是啊,品子小姐这样的珍品不常见,十年二十年也发掘不出一个。此刻,希望您允许我将令爱说成珍品。这珍品终于要发出光芒来了。妇女杂志的新年号不久即将发行,请先生过目。卷首图里刊登了令爱各式各样的照片,获得了成功。她是昭和二十六年众人寄予厚望的新人。如今芭蕾渐渐流行起来……"

"谢谢。不过,把她当作商品就太过分了。"

"这种事情不用您说我也明白,她母亲带着她呢。"沼田不容分说地应道,"不过是她的名字叫品子,容易被人叫作珍品罢了。希望您能早点看到新年号的照片。"

"是吗……说到卷首图,我们现在正谈论着卷首图的事。"

于是,矢木便将沼田介绍给教科书出版社的北见。

女佣进来,请他们在饭前先洗个澡。

沼田和北见都以感冒为由谢绝了。

"那么,我先失陪了。刚坐过夜车,身上满是灰尘,我去洗洗再过来。高男,你不去吗?"

高男跟着父亲来到浴室。

矢木发现了一台秤,便说道:"高男,你有多重,是不是瘦了些?"

高男赤裸着身体,站到了秤台上。

"十三贯①，刚刚好……"

"不行啊。"

"爸爸您呢？"

"哎……"

矢木同高男换了个位置。

"十五贯三百文目。要么二百，要么三百，这么多年也没变过啊。"

父子俩站在秤前，白净的身体面对面靠得很近，儿子突然腼腆起来，神色哀伤地走开了。

两人一走进长州澡堂里，皮肤就接触了。

高男先走到冲洗处，一边洗脚一边说："爸爸，沼田长期纠缠着妈妈，这回又要让他纠缠姐姐吗？"

父亲把头枕在澡盆边上，闭上了眼睛。

父亲没有应答，高男抬起脸看向他。父亲长发乌黑，但已经开始歇顶了。高男留意到，父亲额前的头发也开始脱落了。

"爸爸，您为什么要见沼田这家伙呢？刚从京都回来……"高男想说，还没回家就……他又想说，沼田总瞧不起爸爸，为什么见他。

"我去迎接您，能在博物馆相遇，我非常高兴。可是，爸爸却把沼田叫来，真叫人失望。"

"是吗……"

"我打孩童时起，就觉得妈妈会被沼田夺走，非常厌恶他。在噩梦中，我要么被沼田追赶，要么被杀害，常常如此，我无法忘却……"

"哦。"

"姐姐和妈妈一起跳芭蕾舞，她们都被沼田缠上了……"

---

① 贯，日本尺贯法中的重量单位，1贯等于3.75千克，相当于1000文目。

"事情并不是你说的那样。你的想法太偏激了。"

"不是的,爸爸您不是很清楚吗?沼田为了取悦妈妈,就一个劲儿讨好姐姐……姐姐爱慕香山,也是他一手促成的吧?"

"香山?"矢木从澡盆中转过身来,"香山现在怎么样了,你知道吗?"

"不知道。可能不跳芭蕾了吧,没看见他的名字了。他退居伊豆之后,不就杳无音讯了吗?"

"是吗?我还想向沼田打听香山的事呢。"

"您想了解香山的事情,问姐姐不就行吗?问妈妈也……"

"是啊……"

高男坐进了澡盆:"爸爸,您不洗洗吗?"

"算了,我懒得洗了。"矢木把身体侧向一边,给高男腾出位子,"今天在学校情况怎么样?"

"只去了两个小时。不过,我这样也算是上大学,不是很好吗?"

"虽说按照新制是大学,不过是原来的大学预科班啊。"

"我给您搓背吧。"

"嗯?……算了,可别在澡盆里用劲啊。"

矢木笑笑,从澡盆里出来,擦拭着身体。

"高男,你有时候对别人的要求过多了。就说沼田吧,对他,有些要求是应该的,有些要求就不应该。"

"是吗?对妈妈和姐姐也是这样吗?"

"说什么呢?"

矢木打断了高男的话。

两人回到竹居,沼田抬头望着矢木说道:"我同先生所说的这只美人茶碗做伴了。其实,先生,那里的教会是圣依纳爵教会吧。我曾顺道去里头瞧了瞧,从天主教会出来,还喝了淡茶……"

"是吗?不过,天主教和茶很早就有缘分了。比如说,织部石灯笼①也叫吉利支丹石灯笼②。"矢木说着，坐了下来，"依照古田织部的嗜好，在灯笼的石竿上，雕刻了怀抱基督的圣母玛利亚的肖像。据说还有天主教诸侯高山右近制作的茶杓。上面刻着'花＋'的铭文，读作'花十字架'。"

"'花十字架'？很好呀。"

"高山右近等人喜欢坐在茶室，向天主教的神明祷告。茶道的清净与和谐，使右近成为高尚的人，指引他热爱神、发现主的美。外国传教士也讲述了这种意义。基督教传入日本的时候，诸侯和堺市的商人之间盛行饮茶。传教士也会受邀去品茶，他们在茶座上一同跪下，向神祷告、感恩。传教士们寄往本国的报告中，详细记载了茶道的状况，连茶具的价格都写了上去……"

"的确……波子夫人曾说过，近来天主教和茶道盛行，先生的住所北镰仓是关东的茶都啊。"

"是的。去年，某位跟随沙勿略的得力助手一同前来的大主教，受邀参加了京都的茶会，茶道的做法同弥撒的做法十分相似。据说大主教大为震惊。"

"哎……日本舞蹈家吾妻德穗也成了天主教信徒，这回将踏着圣像跳舞。先生也去看看，怎么样？"

"好啊。在长崎吗？"

"大概是长崎吧。"

"这舞蹈展现的是过去踏绘③导致的殉教。如今，一枚原子弹

---

① 织部石灯笼是江户时代的茶人古田织部特别喜爱的一种石灯笼，也由此得名"织部"，但并没有证据显示是古田设计了这种石灯笼。
② 吉利支丹石灯笼是织部石灯笼的一种，石竿上可能刻有十字以及基督教圣人肖像，因此得名。
③ 踏绘，日本人在德川幕府时期发明的仪式，目的是为了探明外人是否为基督徒。踏绘有背弃基督教的意思，日本政府禁止基督教时曾经下令要所有教民践踏以示叛教，违抗者处刑。在禁止基督教后亦用于测试进入当地的荷兰人是否为传教士。

把浦上的天主教堂化为乌有。据说长崎死了八万人，其中有三万是天主教徒……"

矢木说着，望了望教科书出版社的北见。

北见一言不发。

"那儿的圣依纳爵教会，不知怎的，成了东方第一。不过，我还是喜欢长崎的大浦天主教堂。那是最古老的教会，是国宝……彩绘玻璃也十分美丽。教会离浦上很远，原子弹爆炸时幸免于难，可我去的时候，屋顶也破损了。"

开始上菜了，矢木收拾好桌面，把佛像照片放进了包里。

"不过，先生您是信佛之人吧。从前，先生让波子夫人跳的所谓佛手舞，实在是好。那是将佛手的各种表情汇合在一起展现出来的舞蹈啊。"沼田悄悄地看了看矢木，"我希望波子夫人能在舞台上重演那出节目，一场也好，先生……"

"如今回忆起佛手舞，真是个好例子。品子小姐还不到波子夫人的年龄，她跳这样宗教色彩浓厚的舞蹈，恐怕不合适吧。"沼田继续说道。

矢木却冷淡地嘟囔一句："西洋的舞蹈和日本舞蹈不同，是青春的东西。"

"青春？所谓青春，全凭如何解释。波子夫人的青春已逝，还是至今尚存，先生应该是最了解的吧……"沼田略有讽刺地说，"或者说，埋葬或是激活波子夫人的青春，全在于先生，不是吗？波子夫人内心的青春，连我都知道。身体的话，在日本桥的排练场看一看就……"

矢木转向一旁，给北见斟酒。

沼田也举着酒杯往口中送酒。

"让波子夫人以孩子们为伴练习芭蕾舞，太可惜了。若是登台演出，门生也会大大增加。这对令爱也有好处。母女同为芭蕾舞演员，宣传的效果好，对叫卖票券也有好处。我同波子夫人也是这么说的。我想拍她们双人舞的照片,却没拍成。"

"她们是有自知之明的。"

沼田回敬道:"登台演出的人,都是没有自知之明的……"

圣依纳爵教会的钟声传来了。

"其实,今晚难得先生把我叫来,我想先生大概是要同我谈波子夫人重新登台的事吧,这才鼓起勇气来了。"

"是嘛,这……"

"除此以外,我想不出先生还有什么要紧事……"

沼田诧异地眯缝着他那双大眼睛:"让她跳舞吧,先生。"

"波子同你谈过这事了吗?"

"我一个劲儿地鼓动她。"

"真麻烦啊。不过,四十岁的女人就算是跳舞,也不过是到下次战争前短暂的时间。"

矢木暧昧地说着,开始同北见攀谈其他的事情。

晚饭清单如下:下酒菜有甲鱼冻、干鱼子和柿子卷,生鱼片有鲫鱼和贝柱,汤是栗麸白果酱汤,烧烤菜有酱烤银鲳鱼,煮菜是蒸鹌鹑,焯的菜只有根芋和黑松蘑,还有放在台子上的鲷鱼火锅。

沼田向矢木辞别,矢木看了看表。

"先生,还是原来那块表吗?不准吧?"

"我的表从来都没差过一分钟。"

矢木扭开了放在那里的收音机。

"《左邻右舍》节目本月的作者是北条诚。"

矢木把表给沼田看了看。

"和七点的报时一分不差。"

广播里说着"接下来将为您播报新闻",沼田关掉了收音机,说道:"朝鲜吗……先生,斯大林自己说他是亚洲人,还说不会忘记东方。"

四人乘一辆车离开了幸田屋，北见在四谷见附站前下了车。

汽车从赤坂见附驶到国会议事堂的时候，矢木对沼田说："刚才你说让波子重回舞台，香山怎么样？他不能再次登台吗？"

"香山？让那个废人再次登台？"

沼田摇了摇头。他太过肥胖，只是慢慢地动了动脑袋。

"说他是废人也太残忍了。他现在怎么样？"

"他嘛，作为舞蹈家，他算是个废人吧……听说他在伊豆的乡村当了观光车司机。不过这是传闻，我不清楚。那种遁世者，我没有兴趣。"沼田回过头，"令爱已经同他没有来往了吧？"

"是的。"

"不过，这可不好说啊。"高男话里带刺地插了一嘴。

沼田冷淡地说："那家伙不好对付啊。高男你也好好劝劝她吧。"

"那是姐姐的自由吧。"

"舞台的人，是没有自由的啊，特别是未来可期的年轻人……"

"不是沼田你让姐姐接近香山的吗？"

沼田没有应答。

车子沿着皇宫的护城河，驶往日比谷。

矢木想起什么似的说："对了，在京都的旅馆里，我翻看摄影杂志时，看见竹原公司的照相机广告用了品子的照片，那也是你关照的吗？"

"不是。那不是旧照片吗？竹原在您家的偏房住时拍下的。"

"是吗？"

"竹原的照相机和双筒望远镜行情很好啊。可不得积极地动用品子小姐做照相机的宣传模特呢。"

"这太过分了。"

"这种时候,人家不正想做得过分吗?要是波子夫人同他说几句……"

"波子和竹原,大概已经没有来往了吧?"

"是吗?"

沼田突然打住了话头。

车子在公园的背角处往左拐,驶过了皇宫的护城河。

波子和竹原乘坐的车,正是在这里发生了故障。彼时矢木照理还在京都,波子却十分害怕。那是五六天前的事了。

沼田在东京站同他们分别。矢木乘上横须贺线的电车,直到品川附近,他都一言不发,随后入睡了。到达北镰仓的时候,高男摇醒了他。

圆觉寺门前的杉木丛上空,明月高悬。

两人背对着月亮,沿着铁路线旁的小路漫步。

"爸爸,您累了吗?"

"是啊。"

高男把父亲的皮包换到左手,贴近父亲身旁。

长长的月台栅栏的影子与小路连绵重叠,走过这块地方,住家篱笆的影子,从反方向洒落在铁路线上。小路变得更窄了。

"一来到这里,我总有一种到家的感觉。"

矢木稍稍站了一会儿。

北镰仓的夜晚,犹如山村溪谷。

"妈妈怎么样?……她又说要卖什么了吗?"

"呀,我不知道。"

"她不知道我今天回家吧?"

"嗯。爸爸的信今早收到了,是寄给我的,我把它放在包里就出门了。在幸田屋打个电话就好了啊。"高男的声音低沉下来,父亲点了点头。

"哎呀，没事。"

两人走进了小路右侧的隧道。山头像一只延伸过来的胳膊，挖通后成了一条近道。

隧道里头，高男说道："爸爸，听说在东京大学的图书馆前面，要立一尊纪念战殁学生的雕像，大学方面不同意呢。我本想见到您就立刻说的。雕像已经完成了，原本定在十二月八日举行揭幕式……"

"嗯，之前好像也听说过。"

"我和您说过的。收集了战死学生的手记，出版了《遥远的山河》和《听，海神的声音》，还拍成了电影。从'不许重复海神的声音'这个意义来说，纪念像也要取名为'海神的声音'吧。与'广岛悲剧不再重演'运动有着相似之处，是和平的象征，蕴藏着悲痛与愤怒……"

"嗯，大学方面意向如何呢？"

"好像要禁止。据说大学方面拒绝受理日本阵亡学生纪念会捐赠的雕像。理由是，这尊雕像，不仅以东大的学生为对象，还以普通学生和大众为对象。并且，按照东大的惯例，在校园内树立纪念像，只限于在学术和教育方面有着巨大功绩的人。不过，这尊雕像的寓意过于深刻，也是校方拒绝的原因吧。这是一尊随着时势而变化的象征性的雕像，假使再次出现学生出征上战场的局面，在大学校园中竖立着一尊反战的阵亡学生的雕塑，可就难办了啊。"

"是嘛……"

"不过，我认为，阵亡学生的墓碑竖立在校园里是合适的，那是他们魂灵的故土。牛津大学、哈佛大学校园内似乎都立着这样的纪念碑。"

"阵亡学生的墓碑，已经竖立在高男的心中了吧。"

隧道的出口处，山上的水珠滴落，远处传来了华丽的舞曲声。

"在练习呢。她们每晚都会练习吗?"

"是的。我先去通知她们一声。"

高男小跑着到了排练场。

"我回来了!爸爸回来了哦。"

"爸爸?"

波子将大衣披在练功服上,面色发青,险些倒下去。

"妈妈,妈妈。"品子搂住波子,支撑着她,"妈妈,您怎么了?妈妈。"

她抱着母亲,把她扶到墙边的椅子上。

品子坐在母亲旁边的椅子上,波子闭着眼睛,柔弱无力地把头埋在女儿怀中。

品子用大衣裹住母亲,左手放在母亲额头上试了试。

"好凉啊。"

品子身穿黑色紧身衣,脚踩芭蕾舞鞋。练功服也是黑色的,腿全露了出来,衣摆是喇叭形的。

波子穿着一身白色紧身衣。

"高男,把唱片机停下。"品子说道,"都是被高男给吓的。"

高男探头看着母亲的脸:"我可没吓她。不要紧吧?"

高男望了望品子,姐姐眉头颦蹙,她的眼睑让高男想起了兴福寺里沙羯罗的眉梢。的确相像。

品子把头发紧紧束起,系上丝带。练习舞蹈会流汗,所以姐姐和妈妈的脸上都没有涂抹脂粉。

品子满脸通红,粉红的脸颊被吓得发白,闪着澄澈的光。

波子睁开眼睛:"我没事了。谢谢。"

波子想挺起身子来,品子抱住了她:"你再歇会儿吧……喝点葡萄酒好吗?"

"不用了,给我一杯水吧。"

"好。高男，拿水来。"

波子用手掌揉了揉额头和眼皮，挺着身子端坐起来。

"一直跳个不停，阿拉伯风格的乐曲跳完之后刚站定，高男这时候突然跑进来……我头晕目眩的，有些轻微贫血啊。"

"已经没事了吗？"品子把母亲的手贴在自己的胸口上说，"我这里也怦怦直跳呢。"

"品子，出去迎接爸爸吧。"

"好。"

品子看了看母亲的脸色，随后在练功服外麻利地套上长裤，穿好毛衣，解开丝带，用手将头发拨散开来。

高男跑开之后，矢木慢慢悠悠地走着。

山头上矗立着细高的松林，刚才圆觉寺上空的月亮，跑到这松树上头了。

声称要同沼田决斗的高男，和为了阵亡学生纪念像尽心尽力的高男，是统一的还是分裂的呢？父亲感到不安，脚步都沉重了。

矢木现在的家，原先是波子娘家的别墅，没有大门，入口处一小株山茶花盛开着。

芭蕾舞排练房矗立在主房和偏房的正中间，在一块被削平了的后山岩石的稍高处，仿佛凌驾于整座宅邸之上。主房和偏房都亮着灯。

"家里的电灯就像不要钱似的。"

矢木嘟囔着。

睡醒　觉醒

翌日，吃早餐时，只有丈夫的面前摆放着水煮伊势龙虾。矢木没有动筷，波子问道："你不吃龙虾吗？"

"嗯……我嫌麻烦。"

"嫌麻烦？"波子露出诧异的神色，"我们昨天晚饭吃过了，这是剩下的，对不起……"

"嗯，剥壳太麻烦了。"矢木说着，低头看了看伊势龙虾，"品子，帮爸爸把虾壳剥掉吧。"

"好。"品子把自己的筷子倒过来，把龙虾肉抠了出来。

"真厉害。"矢木看着女儿的手势，说道，"用牙齿'咯吱咯吱'地嚼伊势龙虾的虾壳，很是快活，不过……"

"让别人剥壳就没味了吧。好，剥好了。"

品子抬起头。

矢木的牙齿还没有坏到嚼不动伊势龙虾的虾壳。再说了，使劲儿用牙嚼虾壳太粗鲁的话，也可以用筷子。不过，就连这样矢木都嫌麻烦，波子不免有些惊讶。

绝不是年龄的关系。

餐桌上还有烤紫菜和矢木在京都时收到的冻豆腐和炖豆腐皮，不吃水煮龙虾也足够应付了，不过，矢木好像实在嫌麻烦。

或许是久别回家，心情安定，懒散怠惰了，矢木看起来萎靡不振。

波子心想，或许是昨天晚上太疲惫。她脸上发烫，低下了头。

不过，羞赧只不过一瞬间的事，低头的时候，波子的内心已经冷淡了。

波子今早睡了很久才起，头脑清醒，神清气爽，身体活动起来也似乎轻快活跃。

或许已到了三寒四暖①的时候，今早是近些日子没有过的小阳春天气。

训练芭蕾需要运动，为此波子的胃口甚好。不过，今天早上，连米饭的味道似乎都与平日有些不同。

波子意识到后，顿时觉得索然无味。

"今天真难得啊，穿着和服。"一无所知的矢木说道，"京都依旧是穿和服的多。"

"是嘛。"

"爸爸，今年秋天，东京也时兴穿和服呢。"

品子说罢，望了望母亲的和服。

波子也吃了一惊，自己本不想穿和服，如今却穿上了，难道是为了给丈夫看吗？

"两三天前，和服布料店的人来说，战争开始的时候，漆汁

---

① 日本气候，意思是连续三天的酷寒后必有四天的温暖。

染布料和绞缬染布料很受欢迎呢……"

"漆汁染布料和绞缬染布料,那就是奢侈品啊?"

"全绞缬染的和服,得要五六万日元一件呢。"

"是吗?你之前那件,也留到现在卖就好了。卖早了。"

"旧衣服已经不吃香了。掉价了,不值一提……"波子依旧低着头说。

"是吗?因为可以随意买到新货嘛。不好买的时候,和服布料店的人就说用料考究、价格昂贵之类的,来抓住女人的虚荣心。"

"嗯。不过,之前战争开始的时候,漆汁染布料和绞缬染布料时兴起来,如今销路又打开了……"

"漆汁染布料和绞缬染布料的和服时兴,就是要发生战争了?哪有这样的事。先前是战争带来的景气,如今不是由于战争而长时间穿不上吗?把奢侈的和服看作战争的前兆,分明是女人的肤浅的写照啊。"

"就是男性服饰,也变化很大啊。"

"是的。不过,帽子什么的没有好货啊。很多人穿着夏威夷衫。"矢木端着粗茶的茶杯,"我喜欢的那顶捷克产的帽子,你没弄清楚就送到一个靠不住的洗衣店去了,水洗之后绒毛全坏了。"

"那时候停战不久……"

"如今想买也没有了。"

"妈妈。"品子唤了一声,"文子,我学校的朋友,您还记得吧?她写信来了,要我借她一件晚礼服,在圣诞节晚会上穿。"

"圣诞节,准备得真早啊。"

"这才有意思呢。她说梦见我了……她信上写着:梦见品子有很多西服。品子的衣柜里挂着一长排浅紫色和粉红色的衬衫,有三十来件。蕾丝装饰也非常美丽。另一个衣柜里,挂着的净是裙子,全是白色的,还有棉织物。"

"裙子也有三十条？"

"信上写着呢，裙子约莫二十条，全是新的呢。她说，做了这样的梦，心想着或许品子有不知多少条晚礼服呢，所以希望我借给她，说是梦的启示……"

"不过，梦里没有出现晚礼服吧。"

"是的，净是衬衫和裙子。一定是她看见我穿着各式各样的服装在舞台上跳舞，误以为我自己有很多西服呢。"

"是啊。"

"我给她回信说，'在后台，我一无所有。'"

波子沉默着，点了点头。刚才还神清气爽，这下脑袋昏昏沉沉，无精打采。昨晚迎接旅途归来的丈夫，还是受累了。

波子有些可怜。

矢木这次的旅程时间稍长，回家的当夜，波子不知为何，漫无目的地收拾一番，却不歇息。

"波子，波子！"矢木叫唤着，"都什么时候啦，你在洗什么呢？一点钟啦。"

"嗯，我只是把你旅行的脏东西洗一洗。"

"明天再洗不行吗？"

"我不喜欢把这些脏东西从包里拿出来，揉成一团丢在那里。明天早上被女佣看见的话……"

波子裸着身子刷洗丈夫的衬衣，她感觉自己这副姿态像个罪人。

洗澡水已经变凉了。波子似乎刻意要泡个温水澡，她的下颌哆哆嗦嗦地发抖。

她穿着睡衣站在镜子前，还在不停地发抖。

"怎么了，洗完澡还变冷了……"矢木吃惊地说道。

近些日子，波子克制着自己，矢木一副不知情的样子，心里却十分明白。

波子觉得丈夫像在盘问自己,然而自己内心罪孽的思想已经被淡化了,她好像被抛弃了。波子短暂地陷入了虚空当中,却又被来回晃荡着。这回,她紧闭双目,却看见一个金环旋转着,燃烧出红色的火焰。

这是往事了。波子将脸贴近丈夫的胸口,说道:"哎,我看见金环在滴溜溜地转呢。眼睛里突然一片猩红。我还以为要死了呢。这样没事吗?"

"我是不是疯了?"

"你没疯。"

"真的吗?太可怕了。你呢?你也和我一样吗?"波子央求似的说,"喂,告诉我吧……"

矢木镇静地回答后,波子哭着说:"真的吗?要是那样就好了……我太高兴了。"

"不过,男人没到女人那种程度啊。"

"是吗?不好意思啊。对不起。"

如今回忆起那次的讨论,波子觉得年轻的自己实在可怜,潸然泪下。

现在也会看见金环和红色,但不是常事了。而且波子也不再率真了。

如今已不再是幸福的金环了。悔恨和屈辱啃咬着她的内心。

"这是最后一次,绝对……"

波子自言自语,自我开脱。

然而,回想起来,这二十多年,波子从未公然拒绝过丈夫一次。当然,也从未公开地主动要求过丈夫一次。这是多么奇怪的事啊。

男人同女人的差别,丈夫同妻子的差别,大到如此可怕的地步了吗?

女人的谨慎、女人的腼腆、女人的温顺,或许就是被无可奈何地束缚在日本旧习中的女性的象征吗？

昨晚波子突然醒来时，摸索着丈夫的枕边，按了按那块怀表。

怀表敲响三点，然后"叮当"响了三次，似乎是四十分到五十五分之间。

高男说这只表的声音像小八音盒，矢木却说："这声音让我想起了北京人力车的铃声。我乘惯的人力车上，就挂着一个有着同样悦耳响声的铃铛。北京的人力车车把很长，铃铛挂在顶端，一跑起来就叮当响，声音听起来像远处传来的。"

这只表也是波子父亲的遗物。

父亲的表一响起来，母亲便哀思如潮。

矢木央求着母亲要走了这块表。

波子心想，要是像今夜这般，秋风呼号，夜半醒来、独自一人的老母亲按响这只表……母亲该多么怀念生前的丈夫和枕边听到的这悦耳的铃声啊。

如同高男从这只表的声音感受到父亲一样，波子也感受到了自己的父亲。

早在高男出生前，波子还是少女时起，就有这只怀表了。这只表的铃声唤起了高男幼年时期的回忆，也唤起了波子幼年时期的回忆。

波子又摸索着这块怀表，这回把它放在了自己的枕头上，让它鸣响。

"叮当叮当，叮当，叮当，叮当……"

又听见了后山的松涛声。

家门前高挺的杉树丛似乎也响起了风声。

波子背对着矢木，双手合十。

四周漆黑，但她还是把手藏在被子里，双手掌心相合。

"可悲可怜啊。"

同竹原在皇宫前幽会时，波子惧怕远离的丈夫，昨晚突然听到丈夫的归讯,就引发了贫血,波子隐秘的对抗被巧妙地破坏殆尽。

波子现在双手合十,就是为了这个。然而,又不仅仅是为了这个。也是因为对竹原的忌妒在内心深处摇荡。

刚才入睡之前,波子也在忌妒竹原,连她自己都震惊了。

波子对长期在外的丈夫不曾起疑,也不觉得忌妒。她认为这样就足够了。可是,迎接丈夫让她觉得懊恼,她对丈夫感觉不到忌妒,却出乎意料地忌妒竹原。这活生生的忌妒甚至使得她郁闷的情绪有所转变。

如今夜半醒来,波子又忌妒起来,她双手合十,嘴里念念有词:"对连见也没见过的人……"

她说的是竹原的妻子。

秘密地合掌是波子跳完"佛手舞"之后养成的习惯。

"佛手舞"始于合掌,终于合掌。在舞动着形形色色的佛手的姿态时,也加入了合掌的动作,用合掌将手腕动作的组合连接起来。

"……你们之间,究竟存不存在忌妒呢?你们彼此都不流露出这种情感,旁观者看来都有些害怕了。"

被竹原一说,波子沉默不语,然而,就连那时,妒火也在她的心头震颤着。这不是对丈夫的忌妒,仍旧是对竹原的忌妒。波子没能深入谈论竹原家庭的话题,她感到焦急烦闷。

然而,在迎接丈夫的夜里醒来,她都要忌妒竹原的妻子,这是波子意想不到的。丈夫把波子这个女人摇醒,是因为对别的男人有所忌妒吗?

"不是罪人。我不是罪人。"

波子双手合十地喃喃自语。

不过,波子把自己看作罪人,是对丈夫而言,还是对竹原而言,波子自己也不甚明白。

波子向远方合掌，向竹原赔罪。她的内心自然而然地朝向那边了。

"晚安。你是如何就寝的呢？在什么样的房间里？……我连见都没过，我不知道。"

波子又再次入睡了。这熟睡是丈夫给予的。

今早醒来，波子感受到清爽和轻松，这也是拜丈夫所赐。

波子起得比平常晚，早饭也迟了些。

"爸爸，今天上午您有课吧。您要出去了吗？"高男催促似的说道。

"嗯，你先走吧。"

"是吗。我请假也没事的，不过……"

"不行的啊。"

高男起身离开，矢木叫住了他。

"高男，昨晚谈过的阵亡学生纪念像，校方是不是担心有思想背景呢？"

品子也到厨房去帮助女佣了。

波子对正在读报的矢木说道："喝咖啡吗？"

"嗯，我想在早饭前喝一杯。"

"今天是东京排练的日子，我们也要出门……"

"我们的，排练日，知道的。"矢木略带讥讽地说，"唉，离家许久，就让我在家里悠闲地晒晒太阳吧。"

主房和偏房之间的排练场，原本是作为矢木的书库修建的。如今成了读书室兼日光室，南面全是玻璃窗，挂着厚享的窗帘。

挪走那边的书架，正好可以用作芭蕾舞排练场。

或许是由于年龄的关系吧，矢木认为读书写字还是在日式旁间里好，就不反对把那儿用作女儿的芭蕾舞排练场了。

不过，矢木所说的晒太阳，意思是在原来的书库里头。

矢木放下了报纸。

"波子，你见过竹原了吧？"

"见过了。"

波子像受挫而发出声音似的应答了。

"是吗？"矢木心平气静，若无其事地问道，"竹原身体还好吗？"

"好着呢。"

波子依旧望着矢木的脸，没有移开视线。她惦记自己的眼睛，眼眶里似乎盈满了泪水，真想眨一眨。

"看起来很好呢。听说竹原的望远镜和照相机买卖行情不错。"

"是吗？"波子的声音有些嘶哑，她又改口说道，"你说的这些，我没听过……"

"他不会对你说买卖的事的。以前不就是这样吗？"

波子点了点头，移开了视线。

透过镶嵌在纸拉窗上的玻璃，她看到了庭院。杉树丛的影子洒落在庭院里。这是杉树树梢的影子。

有三只竹鸡从后山下来了。它们时而走进树影中，时而走进向阳处。

波子怦怦跳动的心刚平静下来，胸口又变得僵硬起来。

不过，波子觉得丈夫的脸上似乎流露出温暖的慈悲。她望着庭院里的野鸟说道："说不定我们得把偏房卖掉呢。竹原曾暂住过偏房，所以我想同他谈谈……"

"嗯，是吗？"

说罢，矢木一言不发了。

波子想起自己和竹原说过的话：矢木说"是吗？"的时候，一副深思熟虑的样子，这时候他就打起小算盘来了。

果然，他现在也说着"嗯，是吗？"，波子本该觉得可笑，可她却很痛苦。想到自己曾那样对竹原说过丈夫的坏话，波子感到羞愧和厌恶。

"不过，你太恭敬了。"矢木笑着说，"因为竹原借住过偏房，要卖掉它还去征求竹原的同意，如此礼数周全，不是太奇怪了吗？"

"不是征求他的同意呀。"

"哦，你对竹原心有不安吗？"

波子像被针扎了似的。

"够了。偏房的事，我不想再谈了，日后再说吧。"说罢，矢木索性安慰似的对波子说，"再不出发，排练要迟到了吧？"

波子在电车上也心不在焉的。

"妈妈，可口可乐车……"

品子说着，她看向窗外，一辆红色的厢式货车从旁边疾驰而过。

波子注意到，程之谷车站附近枯草遍布的小丘上，立着一块招募警察预备队的广告牌。

矢木往返东京，总是乘坐横须贺线的三等席。

因此，波子也乘坐三等席。不过，她也时常乘坐二等席。三等席的定期车票和二等席的联票，这两种车票她都有。

品子排练的强度很大，舞台又至关重要，为了不让她疲惫，同母亲在一起时，大都是让她坐二等席。

不过，在进入二等席之前，无意中看到三等席混乱拥挤。可是今天，直到品子同她说"可口可乐车"之前，波子还没意识到自己身处二等席车厢内。

品子是个沉默寡言的姑娘，在电车里她很少搭话。

波子连身旁的品子都忘记了，从自己的身世到他人的境遇，一个人浮想联翩。

波子出身贵族女校，许多朋友都嫁给了名门富豪。这样的家庭，由于战败而落魄潦倒，而她们也因操劳而变得平庸，人到中年,更加在旧道德的动摇中,备受折磨。

波子的许多朋友同她和矢木的情况一样,丈夫没法依靠,就仰仗着娘家的补贴过日子。不过,这样的夫妇,大多丧失了安定。

"结婚的人,个个都是非凡的吧。……平凡的两个人结合起来,结婚也变得非凡了。"

波子的这番话,是她看到了这些朋友的例子,满怀真情实感地对竹原说出来的。

维持夫妻生活的旧围墙和地基已经土崩瓦解,打破平凡的外壳,本来的非凡就显露出来了。

与其说是因为自身的不幸,不如说是因为他人的不幸,使人们学会认命。波子学到的,不仅仅是认命。她对他人的事感到震惊时,对自己的事也有所醒悟。

她有一位朋友,曾爱过另一个男人,而在同这男人分手以后,朋友才懂得与丈夫结婚的喜悦。另一位朋友,因为有了个二十多岁的情人,觉得自己的丈夫也突然返老还童了,可是,她一疏远年轻的情人,就对丈夫也冷淡下来,反而遭到了丈夫的怀疑。为此,她和情人重修旧好,从别的源泉来汲取她倾注在丈夫身上的爱。两位朋友的丈夫,都没有探察出妻子的秘密。

战争开始之前,波子的朋友们即便相聚在一起,也不曾这样吐露过知心话。

电车从横滨发车后,波子说:"今早,你爸爸的筷子都没碰伊势龙虾,大概因为是剩菜吧?"

"不是吧?"

"妈妈现在想起了一件事,那时是我们结婚后不久,我为客人呈上了点心,客人离开之后,你爸爸想拿一些尝尝,我无意中呵斥他说'剩下的就别吃了'。你爸爸露出一副奇怪的表情。不过,回想起来,把点心分成每个人一份放在碟子里,客人吃剩下的,总觉得有些脏。要是放在大盘子里面呈上来,即便吃剩下了,感觉就不同,这话真可笑啊。我们的习惯和礼仪当中,这样的事可太多了啊。"

"嗯。不过,龙虾不一样呀。爸爸是不是跟您撒娇呢?"

波子在新桥站同品子分别后,改乘地铁去日本桥的排练场。

品子自从前年进入大泉芭蕾舞团,就在这个研究所走读。

波子也教授芭蕾舞,但为了品子,她让女儿离开了自己。

品子常顺道去日本桥的排练场。在北镰仓的家中,她有时也代母亲排练。

不过,波子很少去女儿练习的研究所。大泉芭蕾舞团公演的时候,她也尽量不在后台露面。

波子的排练场位于一栋小楼的地下室。

矢木让人剥伊势龙虾的虾壳,品子说这可能是撒娇的心情,波子一边想着"竟然还有那种见解",一边下到了地下室。

透过大门的玻璃,波子看到助手日立友子用墩布擦拭着地板,她停下了脚步。

友子穿着黑色大衣。大衣的领子是旧式翻领,下摆不带喇叭波形,并且有些短。她个子比品子矮,所以波子把品子的旧衣物给她。波子想着衣服下摆的尺寸还算合适,不过,样式毕竟还是过时了。

"辛苦了。真早啊。"

波子走了进去。"天太冷了,把炉子生起火来吧。"

"早上好。动一动就热了。"

友子像是刚意识到似的脱掉了大衣。

她的毛衣是用旧毛线重织的,裙子也是品子的旧物。

友子的舞蹈,无论姿态还是动作,都比品子更加柔韧优美,让她当波子的练习助手太可惜了。波子曾鼓励她和品子一起去大泉芭蕾舞团,品子也劝说过她。可友子却固执己见,执意要留在波子身边。友子不仅是为了报恩，好像为波子尽心尽力就是她自己的幸福似的。

品子登台表演的日子，友子始终不离左右，勤勤恳恳地帮她化妆和换衣。

友子二十四岁，比品子年长三岁。

她是单眼皮，不过，时常变成双眼皮，好像很疲惫似的。

友子在煤气炉前接过波子脱下的大衣。今天友子成了双眼皮。波子心想，她是不是边哭边擦地呢？

"友子，你有什么烦心事吗？"

"嗯，以后告诉您，今天就不说了……"

"嗯？你方便的时候再说吧……不过，尽量早一些好呢。"

友子点点头，走到那边穿上练功服，又走回来了。

波子也换上了练功服。

两人抓住扶手，开始曲膝，可友子与往常有所不同。

一早就下起冰冷的雨。这是波子在家排练的日子，上午她为友子重新缝补品子的旧衣服。

镰仓、大船、逗子一带的少女们，放学回家的路上，会来这里练舞。只有二十五人，用不着分组。从小学生到高中生，年龄参差不齐，来的时间也不一致，波子觉得难以指导，这样练习下去徒劳无功。然而，有了这些学生，多少能补贴家用。

不过，排练的日子，晚饭也迟了。

"我回来了。"

品子走上排练场，取下戴在头上的白色毛线围巾。

"真冷呀。听说东京从昨晚开始就风雪交加，早上屋顶和点景石都成了雪白的……我是和友子一起回来的。"

"是吗？"

"友子是顺路到研究所来的。"

"先生，晚上好……今天我也想见您……"

友子站在门口，同波子说罢后，又问候学生们："晚上好。"

"晚上好。"

少女们也应答了一句。大家都认识友子。

品子走了进来，有的少女看着她，双目炯炯有神。

"友子，去泡个澡暖暖身子吧，和品子一起，一会儿排练结束了我也去。"

波子说着转向少女们那边，友子靠近她身后："先生，让我也一块练习吧。"

"是吗？那友子你来替我一会儿……我去看看晚餐就来。"

品子走下天然岩盘凿刻成的台阶，低声细语："妈妈，友子有心事呢。今天妈妈您没去东京，她孤单得不得了。"

"一个星期以前，她就好像有什么事了。今天大概是来和我谈那件事吧。"

"什么事呢？"

"不听她说是不知道的啊。"

"再给友子一件你的大衣行吗？"

"好呀，请您就那么办吧。"

波子走下两三级台阶后说道："母亲没能照顾好她呀。友子那边只有两个人……"

"她同她母亲吗？友子的母亲也在工作吧？"

"是的。"

"把她们两个领到咱们家来照看，怎么样？"

"不是那么简单的事呀。"

"或许吧……回家的时候，在电车上，友子似乎悲伤地望着我。我的围巾裹得很严实，但毛线的织眼很稀疏，我知道她也会从毛线的缝隙里看我。不过，我装作一副不知情的样子，让她看着。"

"品子就是这样的人……"

"目不转睛地看着我的手呢。"

"是吗？是因为她总觉得品子的手漂亮吧？"

"不是的。她眼神悲戚地望着我呢。"

"因为自己悲伤，才一动不动地盯着自己觉得美丽的东西吧。等会儿问问友子。"

"那样的事没法问……"

品子停下了脚步。

"不知是什么画，总之是一幅日本美人图。面庞宽阔，毛发描绘得美丽细致，上睫毛画得无比纤长，快要够着眼眶里的黑色眼珠……"品子顿了顿，接着说道，"我看到友子的眼睛想起来了。"

"是吗？不过友子的睫毛没有那么浓密吧。"

"她眼睛往下一看……上睫毛的影子就映在眼睑上了。"

波子抬头望了望响起排练的脚步声的地方。

"品子，你也去吧。"

"好。"

品子轻盈地登上了被雨打湿的岩石台阶。

晚饭前，品子邀请友子去浴室，友子刚脱下大衣，品子就从后面将另一件大衣披在她的肩上。

"穿起来试试……"

友子还穿着练功服。

"友子能穿下就请穿着吧。"

友子吃了一惊，耸了耸肩。"哎呀，不行，不行。"

"为什么？"

"我不能收下。"

"我已经和妈妈说过了。"

品子麻利地脱掉衣服，进了浴室。

友子随后跟来，抓住澡盆边，说："矢木先生已经洗过了吗？"

"爸爸？洗过了吧。"

"您母亲呢？"

"在厨房呢。"

"我先洗不太好啊。我就冲一冲吧。"

"没关系，这种事情……"

"冷倒算不了什么……我已经习惯用冷水擦汗了。"

"跳完舞之后的话……"品子也许是在水里泡得太深了，她甩了甩濡湿的发梢，用手捋了捋。

"我家的浴室太窄了，烧毁的东京研究所的浴室很宽敞，可好了。我们小的时候，总是光着身子在冲水的地方学跳舞呢。还记得吗？"

"记得的。"

友子重复品子的话，猛地将身体蜷缩起来，浸泡在热水里，像要急忙躲起来似的。

然后双手捂着脸。

"我修建自己的房子时，要修一个大浴室，悠哉悠哉地……也许会建得连现在都能学跳舞那么大呢。"

"那时候起我就皮肤黝黑，我很羡慕品子……"

"你的肤色并不黑呀，是很有韵味的颜色……"

"哎呀。"

友子羞答答地，不知怎么，握住品子的手端详起来。

品子感到诧异："怎么啦？"

"没什么。"

友子一边说着，一边将品子的一只手放到左掌上，右手捏着品子的指尖打量着，接着又将品子的手翻过来，注视着掌心。她轻柔地摸了摸品子的手，旋即放开了。

"宝贝呀。这是一双优雅的灵魂的手啊。"

"不给你看了。"

品子将手藏在热水里面。

友子从热水里伸出左手，把小手指靠近唇边。

"是这样吧？"

"欸？"

友子已经把手泡在了热水里。

"在电车上……"

"啊。这样？"

品子将右手举起，犹豫了一会儿，然后用食指和中指的指尖轻触嘴唇的斜下方。

"这样？中宫寺的观世音菩萨？广隆寺的观世音菩萨？……"

"不对。不是右手，是左手。"友子说道。

品子已经将无名指的指尖靠在了拇指上，摆出弥勒还是观音的手势。

于是，品子的表情也自然而然地受到佛的思维的指引，她微微低着头，平静地闭上了眼睛。

友子正要惊呼，又忍了回去。

转瞬之间，品子睁开了眼睛。

"不是右手吗？不是右手就很怪异呢。"品子望着友子，"广隆寺里另一尊观世音菩萨同中宫寺的手指相似，那是一尊御物金铜佛像，大头如意轮观音伸直了手指头，是这样呢。"

品子说着，漫不经心地将指尖放到下颌的右下方。

"这是模仿妈妈的舞蹈学来的。"

"这不是佛的姿态，是品子你自然做出的手势。左手这样……"

友子像刚才一样，将左手的小手指靠近唇边。

"啊，这样……"品子也照着做了这个动作，"佛用右手，人就用左手吧。"

她笑了笑，走出了澡盆。

友子还泡在澡盆里。

"是啊。人在思考的时候，大多是用左手托腮……在回来的电车上，品子做这个手势的时候，手背白皙，手掌透着粉色的光泽，嘴唇也分外好看。"

"别说笑啦。"

"真的，嘴唇轻翘，看起来像花蕾似的。"

品子低着头洗脚。

"我总是这样的啊。就拿这事来说，或许是不知不觉地就模仿了妈妈的舞蹈。"

"品子，广隆寺的佛手，再做一次吧……"

"嗯？"

品子挺起胸脯，闭上眼帘，将拇指和无名指环成一个圆圈，靠近脸颊。

"品子，请跳佛手舞吧。然后让我跳礼拜佛的飞鸟少女吧……"

"那可不行。"品子摇了摇头，不再摆出佛的姿态。"那观音菩萨的胸部是扁平的，没有乳房啊，难道不是男性吗？没有拯救女性的意愿……"

"哎呀？"

"在澡盆里模仿佛的姿势，实在不胜惶恐。怀着那样的心意，是没法跳佛手舞的。"

"哎。"

"好吧。"

友子如梦初醒似的，走出了澡盆。

"我是真心盼望的。"

"我也是真心话呀。"

"即便是那样,也希望你能为我跳佛手舞。"

"嗯,等我生出些佛心再跳吧。等我想跳日本的古典舞时,迟早会……"

"迟早可不行……明天,说不定就死了呢。"

"谁明天就死?"

"人……"

"是吗?那就没办法了。要是明天就死,那今晚就在澡盆里,暂且模仿着跳一跳佛舞吧。"

"是啊。不单是模仿,要是想跳,就要跳得更好。即便明天死去也……"

"明天不会死的。"

"所谓的死亡,是个例子罢了。所谓的明天,也不过……"

"夜半雾霭……"

品子刚搭了一句,又缄口不言,望了望友子。

眼前是品子活力青春的裸体。友子与品子相比,肤色更黑。然而,在品子看来,友子的肤色,不同的地方有着微妙的变化,浓淡相间。比如,脖子是棕色的,隆起的胸脯,从乳根到乳头渐渐变白,胸口窝又有些发暗。

"品子你说没有拯救女性的意愿,当真吗?"友子喃喃地问道。

"哎?也不是玩笑。"

"我们两个跳佛手舞吧。我也跳……令堂的佛手舞是独舞,不过,我觉得添一个人跳礼拜佛的飞鸟少女也是可以的,只需要在作曲时添上几笔……"

"增添了礼拜舞蹈的佛舞更闲适轻松吧,因为可以糊弄……"

"不是糊弄的意思……我礼拜品子的舞蹈,是破坏品子的佛舞,还是衬托品子的佛舞呢,我没有自信。尽管如此,品子和我两个人，拼尽全力去编排礼拜的少女舞吧。请令堂来指导我们……"

品子被友子的气势微微压倒。

"无论如何舞蹈，受人礼拜总觉得难为情，非常……"

"我想跳礼拜品子的舞蹈，纪念青春的友情……"

"纪念？"

"嗯，纪念我的青春。即便是现在，我一闭上眼睛，品子的眼帘就是佛的眼帘。这就够了啊。"

友子立刻改口说道，但品子感觉到，在不久的将来，友子要离母亲和自己而去了。

晚饭后，友子正在厨房帮忙时，波子过来了。

"你爸爸在听新闻，似乎十分忧郁。这里忙完了，就去你的偏房吧。他像往常一样，战争恐惧症发作……"波子小声说道，"他说只能活到下一次战争……"

品子她们没了声响，七点的新闻广播结束了。

"他问你们为什么在厨房撒欢打闹着，心情很糟糕呢。"

品子和友子互相望了望彼此。

"战争又不是我们发动的……"

波子迟了二十分钟来到品子的偏房。

"雨已经停了，不过外头好像还很冷呀。友子，就在这里过夜吧。"

"嗯。"品子代她回话，"我们就是这么打算，才一起回来的。"

"是吗？"

波子走到火盆旁坐下，看到了放在那里的大衣。

"品子，你决定送那件大衣给友子吗？"

"是的。可她怎么也不肯穿。她说，战争之后，我做过三件大衣，其中两件都给她了，实在不好意思。这样计算煞有介事似的……"

"这不是计算呀。"友子打断了品子的话，"今后还有下雪的日子，没有替换的衣物就难办了吧。品子总不能穿着脏大衣进后台，所以……"

"没事的。其实我今早也试着修补了品子的旧衣物……"波子歇了口气，继续说道，"不过，旧大衣和旧衣物怎么着也不顶用。友子，你有什么伤心事……今晚就说出来吧。"

"好。"

"只要是我力所能及的，无论什么事情，我都会做的。一直以来，无论什么事，都是友子你过来帮我，而不是我去帮你。可是，你在我身边为我尽心尽力的这些年月，是我一生中宝贵的时间，我是这么想的呀。这段时间是短暂的，不可能永远持续下去，所以我必须珍惜你。友子结婚的时候，这段时间便也结束了。"

"不过，友子苦恼的并不是结婚这种事吧。"

友子点了点头。

"我从孩提时代起，就过分习惯于他人的好意与善心，友子的好意，我也领受了很多，这点我是十分清楚的。有时候我也想，你早点结婚，离开我身边是好事……"波子望着友子，"你的婚姻、成功、生活，完全是为我做出了牺牲。你全心全意地为我献身了啊。"

"牺牲什么的，那样……这样依赖着您，我的生活才有意义。我净受您和品子的照顾了，能为先生献身，哪怕是尽绵薄之力，我也感到幸福。对我没有信仰的身躯来说，唯有献身，才是幸福……"

"是吗？对没有信仰的身躯来说？"波子重复友子的话，自己也在思考这句话似的，"这么说的话……"

品子喃喃自语:"战争结束的时候,我虚岁十六,友子十九……"

"友子你说自己是没有信仰的人,所以对我奉献全部的力量……"

波子话音未落,友子摇了摇头。

"先生,我有事瞒着您。"

"瞒着我?什么事?你生活上的难处?"

友子又摇了摇头。

波子反问友子,友子没有应答。

"如果对我难以开口的话,之后对品子说也可以。"

波子留下话,不久便回正房去了。

铺好被褥,熄灭枕边的灯之后,友子告诉品子,她想离开波子,去外面干活。

"我想到了大概是这样。妈妈也觉得没有照顾好你,过意不去呢。"品子躺在枕头上转了个身,"不过,既然是那件事……"

"不,我们倒是不打紧。不是我和家母的事。"友子支支吾吾地,"孩子生病了,没办法呀。为了孩子的性命,顾不上那么多了。"

"孩子?"

友子应该是没有孩子的。

"你说孩子,哪来的孩子?"

友子坦白了,是她喜欢的人的孩子。那人的两个孩子,都犯肺病住院了。

"他的妻子呢?"

"他妻子也身体羸弱。"

"有妇之夫吗?"品子突然尖锐地说了一句,随后嗓音低沉地问,"孩子也?"

"嗯。"

"为了那些孩子，你要去干活吗？"

友子没有回应，黑暗中，品子唤了一声："友子。"

"那也是友子所说的献身吗？我不明白啊。我不明白那人的心情，他自己的孩子生病，却让友子去干活……"品子的声音颤抖了，"友子，你喜欢那种人？"

"不是他逼迫我去干活，是我自己想这么做。"

"一样的啊。残忍的人。"

"不是的，品子……孩子的病，难道不是我喜欢那人以后，上天降临到他身上的灾难或命运吗？他身上发生的事，在我身上也发生了啊。"

"话虽如此……那人的妻子和孩子愿意让友子赚取他们的疗养费吗？"

"他的妻子和孩子，对我的事一无所知。"

品子顿时觉得如鲠在喉。"是吗？"

"孩子多大了？"她声音低沉地问道。

"长女约莫十二三岁了。"

品子试着从孩子的年龄来推测父亲的岁数，友子所说的男人，大概要四十岁了吧。

品子睁开眼睛，一言不发，黑暗中，她听见了友子挪动枕头的声音。

"我要是想生孩子早就生了，也许是个壮实的孩子……"

在品子听来，这或许是白痴的话。品子感到友子不纯洁，厌恶起她来。

"我自言自语了，对不住。"友子觉察到了品子的心情，"我在品子面前丢脸了。不过，要是不把这些说出来，就虚伪了。"

"一开始就虚伪了呀。友子你为对方的孩子费尽心力，不是虚伪吗？即便听了刚才那番话……就是虚伪啊。"

"不是虚伪呀。虽说不是我的孩子,却是那人的孩子,况且关系到人命。他爱惜,我便爱惜;他痛苦,我也痛苦。即便这不是真正的高度真实,却成了我独自一人可指望的真实啊。品子谴责我的道德和自怜自哀的理性,都不能治好那人孩子的病吧?"

"话虽如此,就算治好了她们,往后他的妻子和孩子知道是你出的钱,会做何感想,你想过吗?会向你道谢吗?"

"考虑这些事的工夫,结核菌可不饶人啊。往后他的孩子即便恨我,可到了那时,他们恨我,也表明他们活下来了。如今,那人为了孩子的病拼死奔波,我也想拼尽全力帮助他,仅此而已。"

"那个人拼命干活不就够了吗?"

"一个本本分分干活的人,怎么赚大钱?"

"友子你又怎么赚钱呢?"

友子似乎难以开口,坦白了自己要到浅草的戏棚去干活。

从她的口气里,品子感觉她要去干脱衣舞表演了。

友子爱上了有妇之夫,为了赚取他的病儿的疗养费,而去当脱衣舞女。品子除了震惊,别无其他。

判定善恶,如同落入噩梦当中,品子感到迷茫。这也是女人爱的献身、爱的牺牲吗?友子已经决定去浅草的戏棚里,给人观看裸体了,这已经成了既定事实了。

从孩提时代起,两人就互相激励,即便在战争时期,也偷偷地继续练习的古典芭蕾舞,如今对友子来说,竟派上了这种用场。

品子十分清楚,愤怒谴责也好,哭泣挽留也罢,死心眼的友子会断然拒绝,按自己所想的一条道走到黑。

"如今所讲的自由、自由,我拥有把我的自由献给我爱的人的自由。这么做是我的自由。所谓的信仰自由,我有的啊。"

曾几何时,品子听友子这么说过。品子心想,友子爱的人大概是母亲波子吧,可是,从那时候起,她似乎已经爱上了那个有妇之夫。

今晚在浴室里，友子一反常态，对着品子面露不悦的神色，大概是因为不久就要去跳裸舞了吧。

品子的脑海里浮现出友子的裸体。她或许也怀过孩子了吧。

第二天早晨，友子一觉醒来，品子已经不在床铺上了。

睡过头了吗？友子慌慌张张地依次拉出了防雨板。

友子睡在松杉遍布、群山环抱的山林中。透过茂密的竹林对面那西方小山上稀疏松林间，富士山依稀可见。从东京的火灾废墟前来的友子，深深地吸了一口气，却觉得头晕目眩，她一边拉住玻璃门，一边蹲了下去。

一根像是软条樱花的枝丫，在她眼前低垂下来。枝丫下方，一小株山茶花绽放着。花朵颜色深红，花瓣斑驳。

波子趿拉着木屐从正房走来，站在庭院当中。

"早。"

"先生，早上好。太安静了，我贪睡了。"

"是吗？没睡好吧。"

"品子呢？"

"早上天还没亮，她就钻到我的被窝里来，把我弄醒了。"

友子抬头望了望波子。

波子的面部到胸脯，都洒落了竹影。

"友子，这个……你把它放到那边的手提包里去……能卖掉就好了。"

波子将握在手心的东西拿出来给友子，友子不愿收下。

"这是什么？"

"戒指。让人发现就不好了，快收起来吧。今天早上品子同我说了许多事。这偏房，我也想卖掉。你再稍等些时日吧。"

友子不得已握住了装有戒指的小箱子，热泪盈眶，突然趴倒在地上。

冬之湖

传来了《天鹅湖》的音乐声。

这是芭蕾舞表演的第二幕,天鹅的群舞。

继白天鹅公主与齐格夫王子柔慢的舞蹈之后,四只天鹅翩跹起舞,随后两只天鹅合歌而舞……

伏倒在廊檐下的友子,猛地挺起胸脯。

"品子?……是品子啊。"

友子被音乐吸引,新的泪水又从脸颊上滑落。

"先生,品子独自一人在跳舞呢。昨晚我和她说了不愉快的事,她为了消愁才跳舞吧。"

"跳的是四小天鹅吧?四人舞……"

波子说着,眺望着岩石上的排练场。

后山松树那边的天空上,飘浮着一朵白云。阳光从云朵的边缘到中央穿透而下。

友子的脑海中，浮现出浪漫神秘的舞蹈舞台。

月夜下的山川湖泊，白天鹅群游到湖岸边，幻化成美丽的姑娘翩翩起舞。她们中了恶魔罗特巴的魔法，被变成白天鹅的姿态。这些姑娘们只有夜晚在这个湖畔，才能短暂地恢复人身。

白天鹅公主同王子许下爱情的海誓山盟，也是在这第二幕。据说从未恋爱过的年轻人一旦相恋，那份爱情的力量可以解除魔咒。

友子等待着《天鹅湖》舞曲继续播放，然而第二幕的白天鹅舞蹈之后，排练场便寂静无声了。

"已经结束了……"友子像要追逐虚幻似的，"还想再跳舞啊。先生，在这里听见音乐声，我就能看见品子的舞蹈。"

"是啊，因为你对品子的事了如指掌……"

"嗯。"友子点了点头，"不过……"

友子正想说些什么，热闹的节日音乐响彻宅邸，她像是醒悟过来了。

"哎呀，《彼得鲁什卡》[①]？"

圣彼得堡的城市广场上，杂技棚的前面，参加狂欢节的人潮都舞动跳跃着。

这是斯托科夫斯基指挥、费城交响乐团演奏、胜利公司出品的唱片。

友子的眼睛被泪水濡湿，炯炯有神。

"啊，真想跳舞啊。先生，我要去同品子一起跳。"

友子站起身来。

"同芭蕾舞诀别……《彼得鲁什卡》的节日舞蹈也不错啊。"

---

① 《彼得鲁什卡》是一出四幕滑稽芭蕾舞剧，由伊戈尔·斯特拉文斯基作曲，米哈伊尔·福金编舞，1911年6月，由佳吉烈夫的俄罗斯芭蕾舞团首演于巴黎。

波子回到正房,和矢木一起,两人共进早餐。

高男一大早就去学校了。

排练场传来的《彼得鲁什卡》第四场的音乐声回荡着。

"今早的节日狂欢声真了不得。"矢木说,"实在是伟大的噪声。"

《彼得鲁什卡》是一幕四场的芭蕾舞剧,第一场和第四场的背景,是狂欢节时城镇的同一个广场。第四场的时间临近日暮,人潮拥挤,嘈杂的喧闹声愈演愈烈,气氛欢腾。

组曲的唱片也将第四场热闹的节日氛围,灌制了三面,手风琴、铜管、木管乐器的交织,纠缠,高涨,描绘出人山人海的狂热。接下来,是乳娘舞、农民牵熊舞、吉卜赛舞、车夫马童舞和化妆队舞。所谓的"伟大的噪声",是某人听了《彼得鲁什卡》后发表的言论。

"品子,你跳哪个角色呢?"波子问道。

不过,节日里的人们,都是即兴起舞的,热闹非凡,让人眼花缭乱。

不久,雪花飘飞,城镇里华灯初上,明朗粗犷的欢乐曲达到高潮。此时,丑角人偶彼得鲁什卡对舞女人偶失恋,最终在节日的喧闹人群中,被情敌摩尔人杀害。在杂技棚的屋檐前,出现了彼得鲁什卡的幽灵,这场悲剧就此落下帷幕。

不过,品子她们的节日音乐还在反复播放,回荡在起居间里。

"早餐前的音乐倒是欢快,不过,品子她们不至于考虑尼金斯基[①]的悲剧吧。"

矢木嘟囔着,把脸转向排练场的方向。

---

① 瓦斯拉夫·弗米契·尼金斯基,1890年3月12日生于乌克兰基辅。18岁时便以天才的表演艺术闻名全俄。1909年加入佳吉列夫创建的俄国芭蕾舞团,编导、演出了《牧神的午后》《春之祭》等不朽芭蕾巨作。1919年,不到30岁的尼金斯基接演了人生的最后一个"角色"——疯子,被送入精神病院,直至1950年逝世。

波子也望着相同的方向。

"尼金斯基？"

"是啊。尼金斯基的精神分裂，不就是战争的牺牲品吗？据说他开始头脑失常的时候，梦呓似的说着俄国啊，战争啊，满口胡言乱语。尼金斯基曾是个和平主义者，也是托尔斯泰主义者。

"今年春天，他终究是死在了伦敦的医院里。

"他精神错乱之后，从第一次世界大战到第二次世界大战结束之后，还活了三十多年的时间。"

或许是因为彼得鲁什卡是尼金斯基塑造的最成功的角色，矢木才想出了这番话吧。

最近，矢木以《平家物语》《太平记》等古典战记为重心，执笔撰写了题为《日本战争文学中的和平思想》一书。

在上午执笔之前，品子她们的《彼得鲁什卡》扰乱了矢木今天的思绪。

乐曲终止，却不见品子和友子来正房，波子便前去看她们，排练场里只有品子一人在发呆。

"友子呢？"

"回去了。"

"早餐都还没吃……"

"她让我把这个还给您。"

品子攥着装有戒指的小盒子。

那个小戒指盒，品子没递过去，波子也没想要收下。

"我一个劲儿地挽留她说，'您和我都要出门，一起走吧。'可是，友子说着要回去，我的话不起作用。"

品子站起身，走向窗边。

"她真让人吃惊。"

波子依旧坐在椅子上，她望着品子的背影，片刻之后道："这样会着凉的。换好衣服，去吃饭吧。"

"好。"

品子在练功服外披上了大衣。

"友子说,她没脸见爸爸。"

"或许是吧。她一脸倦容,昨晚哭过了吧……"

"我也睡不着,可是渐渐体力不支,疲惫不堪,沉沉睡去了。"品子从窗边转过身来,"不过,她还是穿着大衣回去了。她说您缝补的羊毛连衣裙也一并带走……"

"是吗?那就好。"

"友子还说,如今离开您出去干活,但是她一定还会回到您身边的。"

"是吗?"

"妈妈,友子的事,那样能行吗?为什么您打算给她……"

品子注视着波子,走近她的身旁。

"不分开不行啊。我要让友子离开他。"

"我早些留意到就好了。老早以前,我就觉得她的情况不对劲,不过,她为我尽心尽力这件事却是分毫未变的。可以说,友子隐瞒得很好啊。"

"那个人很坏,她难以向您坦白啊。那种人,我要让友子离开他。"品子斩钉截铁地重复着,"不过,要瞒住您很简单。"

"品子也有什么事瞒着我吗?"

"妈妈,您不知道吗?爸爸的……"

"爸爸的什么?"

"爸爸的存款……"

"存款?爸爸的?"

"爸爸不让家里人知道,把存折放在银行呢。"

波子显露出诧异的神色,倏地脸色发青。

瞬间,一股难以言喻的羞愧的血液升腾高涨,波子的面颊僵硬了。

这种羞耻感，也感染了品子。她的面颊变得绯红，反倒按捺不住自己的心绪。

"高男先知道的。他偷了出来，我也知道了。"

"你说，偷？"

"高男悄悄地把爸爸的存款取出来了。"

波子放在膝盖上的手颤抖了。

照品子的话来说，仰慕父亲的高男觉得父亲让母亲操持家事，却对她的苦劳视若无睹，自己还暗地里存钱，这样的事到底是不可宽恕的，所以他将父亲的存款偷偷地取出来了。

她还说，将来父亲看到存折，知道存款被取走了，就会明白是家里人干的。父亲大概会认为这是无声的谴责，或者警告。

"连存折都保管在银行，存款却被取走了，你父亲不知心情如何呢。"

品子仍旧站着："我觉得爸爸也很残忍，同友子那个相好相似。"

"高男偷的吗？"

波子好不容易才用颤抖的声音嘟囔了这么一句话。

波子羞耻得无地自容，连女儿的脸都不敢看。她感到脊背上一阵寒意，恐惧得打了一个寒战。

矢木除了在某所大学任教以外，还在两三所学校兼职——这是如今胡乱创办新制大学的缘故。他还会去地方大学做短期授课。除了这些工资之外，他多少还能收些稿费和著书的版税。

矢木没有将自己的收入告诉波子。波子也并未强迫他说过。结婚之初就养成的习惯，波子难以改掉。这是波子的缘故，也是矢木的缘故。

波子觉得丈夫卑鄙狡猾，但她做梦也没想到，丈夫会瞒着家人，自己暗地里存钱。虽说存钱是好事，但连存折都放在银行实在过分。若是养活一家的男人，这样做尚能理解，然而矢木的情况并非如此。

矢木需要缴纳所得税这件事,波子也是知道的。然而,他不从自己家纳税,而是将学校的宿舍或是什么地方作为纳税地点。波子觉得这么做或许方便些,并未留意,然而,如今她怀疑,矢木这么做也是在向自己隐瞒收入,是为了提防自己。

波子感到毛骨悚然。

"我所有的一切,全部失去就好了,没什么可惜的啊。"

波子说着,用手按着额头站了起来,从唱片架旁的书架上,抽出了一册书。

"来,走吧。"

"索性像友子那样更好,我们也变得一无所有,让爸爸来养活我们吧。这样一来,我和高男都要自力更生了。"

品子挽着母亲的胳膊,走下了岩石台阶。

在前往东京的电车上,波子不想同品子谈论友子和矢木的事,她想看看书,就带了一本有尼金斯基传记的书。

这是刚才波子心不在焉地从书架上抽出的书,她心想,果然是矢木所说的"尼金斯基的悲剧"留存在脑海中吧。

"这回若是爆发战争,就给我氰化钾,给高男深山里烧炭的小屋,给品子如同十字军时代那样的铁制贞操带吧。"

这是品子她们播放的《彼得鲁什卡》曲终时,矢木所说的话。

波子像是掩饰自己的不快,说道:"我拿些什么才好呢?你不是把我忘了吗?"

"啊,是啊,我忘了一个人。那就让你自己从这三样东西中选喜欢的吧。"

矢木放下报纸,抬起脸来。

丈夫一副和善可亲的神色,让波子有些不知所措。她只挑报纸上的大号标题扫视了一眼,矢木接着说道:"还有一件事,品子贞操带的钥匙该由谁保管呢？那钥匙就给你吧。"

波子平静地站起身，向排练场走去。

在波子听来，这是个让人生厌的玩笑，然而，知道矢木存款的秘密之后，再回想起这个玩笑，波子感到有些毛骨悚然。

"今早，爸爸听到了《彼得鲁什卡》，就说：'品子她们不至于考虑尼金斯基的悲剧吧。'"

波子说罢，递给品子一本《芭蕾舞读本》。这是一位来访日本的俄罗斯芭蕾舞女演员所撰写的书籍。

品子接过书，却说："这书我已经读过很多次了。"

"是啊。我也在读，可不知怎的，把这本书拿了出来。爸爸说，尼金斯基不就是战争的牺牲品吗？"

"不过，尼金斯基在舞蹈学校的时候，就有医生断言：这个少年总有一天一定会发狂的。"

品子的声音被电车通过铁桥的声音掩盖了，她眺望着六乡的河滩。她似乎回想起了什么，电车穿过铁桥片刻后说道："一位名叫塔玛拉·淘玛诺娃①的芭蕾舞女演员，也是个可怜的革命孩子。她的父亲是沙俄的陆军大佐，母亲是高加索的少女。父亲在革命中身负重伤，母亲被射中下颌，在牛车护送至西伯利亚的途中生下了塔玛拉。在牛车上……此后，她们在西伯利亚流浪，被驱逐出国，流亡到了上海。就在那时，她观看了前来巡回演出的安娜·巴甫洛娃②的舞蹈，年幼的塔玛拉·淘玛诺娃便想成为舞蹈家……淘玛诺娃在巴黎的国家歌剧院，出演了《珍妮的扇子》，被誉为天才少女，声名大噪。当时她才十一岁。"

---

① 塔玛拉·淘玛诺娃（1919—1996），美国女演员，在蒙特卡洛的俄罗斯芭蕾舞团成为职业芭蕾舞演员，1939年首次在百老汇演出，1943年首次登上大屏幕，主演电影《光荣岁月》。

② 安娜·巴甫洛娃（1881—1931），出生于圣彼得堡，20世纪初芭蕾舞坛的一颗巨星，为芭蕾作出了无法估价的贡献，素有"芭蕾女皇"之称。

"十一岁？……安娜·巴甫洛娃到日本演出《天鹅之死》，是在大正十一年①。"

"在我出生之前啊。"

"是啊……是在我结婚之前，那时我还是个女学生。正好是巴甫洛娃逝世十年以前的事。她五十岁就离世了，来日本演出时就是妈妈如今这个年纪吧。"

塔玛拉·淘玛诺娃出生在被送往西伯利亚的牛车上。她从上海前往巴黎，在上海，她观看了安娜·巴甫洛娃的舞蹈。这回在巴黎，塔玛拉·淘玛诺娃幸运地意外邂逅了安娜·巴甫洛娃，她的舞蹈得到了安娜·巴甫洛娃的赏识与认可。世界顶尖的芭蕾舞蹈演员观看了年幼的淘玛诺娃的排练，深受感动。小舞蹈演员同崇拜的巴甫洛娃一起，在特罗卡德罗的舞台上同台演出。

那之后，她加入了蒙特卡洛的俄罗斯芭蕾舞团，又在乔治·巴兰钦等人的"芭蕾·一九三三年"中担任首席舞者，彼时塔玛拉·淘玛诺娃年仅十四岁。

身材娇小的少女总是一副忧郁的面容，据说在舞蹈时，都能窥见她落寞的影子。

"她如今在美国跳舞吧，得有三十岁了。"品子想起来似的，"淘玛诺娃的事，我总从香山先生那儿听说呢。那时香山先生领着我们前往军队、工厂和慰问伤病员演出，我也才十四、十六岁的样子……大概和淘玛诺娃作为天才少女在蒙特卡洛的俄罗斯芭蕾舞团和'芭蕾·一九三三年'演出时的年纪相同吧。"

"是啊。"

波子点点头，难得听品子提起香山这个名字，她不由得竖起耳朵。

---

① 即1922年。

然而，波子又把话岔开了。

"在英国，芭蕾舞团也到前线、工厂和农村巡回慰问演出。芭蕾舞的魅力在一般人中扩散开来，不正是战后芭蕾舞盛行的原因之一吗？在日本，芭蕾舞的流行，或许也有这个因素吧？"

"怎么说呢。在受到战争压抑的事物的解放当中，女性的解放是以芭蕾舞的形式展现出来的，我觉得确实如此。"品子应答道，"不过，同香山先生一道去慰问旅行这事，我很怀念。就连去东京，我也总想着：返程时不知能否活着渡过六乡川上的这座铁桥。……能坐上卡车就不错了，有时还要坐牛车呢。我们遭到了空袭，城镇在燃烧，飞机靠近的时候，我们就跳下牛车，躲到树荫下。在我看来，当时或许比现在更幸福。因为没有迷茫，也没有猜忌……我十五六岁，经历生死不定的旅程却并不害怕，因为信仰支撑着我……"

在那次旅程中，香山用胳膊保护着品子，品子至今还觉得他的胳膊似乎还搭在自己的肩膀上。

"不要再谈战争的事了。"

波子本想平静地说出来，却不想声音变得严肃了。

"好的。"

品子望了望四周，心想：被谁听见了吗？

"六乡的河滩也发生了种种变化啊。先前修建了高尔夫球场吧。战争爆发时，那儿被用作军事训练的场地，然后又重新转为耕地，河滩一带都成了麦地和稻田呢。"

品子说着，美丽的眼眸里似乎浮现出同香山在战火中奔走的旅途回忆。

"战争的时候，不会想多余的事啊。"

"那时候你还小，大家都被剥夺了思考的自由。"

"比起现在，战争时我们家更和睦，妈妈您不这么觉得吗？"

"是吗？"波子一时无法回答。

"咱们一家人紧紧聚在一起，不像如今这般支离破碎。那时国破家未亡啊。"

"是我的缘故吗？"波子不由得说了出来。

"不过，那个，品子所说的，或许是真实的，然而那些真实当中，存在着许多的谎言和错误吧。"

"是啊，有的。"

"再说，用如今的眼光，已经无法正确判断过去的回忆了呀。过去的事，大都让人怀念。"

"是啊。"品子率直地点了点头。

"然而母亲如今的痛苦，要成为令人怀念的往日回忆，得历经千山万水呀。"

"千山万水？"

品子的说法让波子莞尔一笑。

"历经千山万水的，是品子你吧。"

品子沉默不语。

"若是没有战争，品子这会儿该在英国或法国的芭蕾舞学校跳舞吧……"

在皇宫的护城河畔时，波子曾对竹原说"或许我也跟着去了"，不过此刻，她并未说出口。

"战争时期，我的学习被耽搁了许多，纵使母亲全身心地投入到我身上，要取得结果，或许得等到我的孩子那一辈了。在日本，要出一个像样的芭蕾舞演员，得耗费三代人的心血吧？"

"没那回事。品子你可以的。"

波子使劲儿地摇了摇头，品子垂下眼帘。

"不过，我不会生孩子的。世界实现和平以前，我绝对不会生孩子的。我是这么想的。"

波子感到出乎意料，望了望品子。

"不要胡乱说些绝对啊、坚决啊这样的话，品子……那不是战时用语吗？"波子用责备又玩笑的口气说，"妈妈吓了一跳呢。"

"哎呀，我只说过这么一次啊。没有胡乱说。"

"你在电车上突然宣布什么在世界和平以前，不会生孩子，妈妈实在不知该如何是好啊。"

"那换个说法吧。我要独自一人跳舞，等待世界和平的到来。妈妈，这样可以了吗？"

"你这话像是舞蹈宗教似的借口。"

波子蒙混了过去，她还没领会品子话里的真意，只不过品子说的话依旧留存在她的心头。

品子大概是害怕在牛车上生产的那一天也会降临到日本吧？或是她把香山藏在心底，她所说的等待和平，其实是意味着等待香山？

从品子的谈吐中，波子明白香山成了品子爱的回忆。那份回忆，不是逝去之物，至今还存活在品子心中。波子自己也对竹原的回忆有着切身体会，少女的爱的回忆是如此根深蒂固。品子爱的回忆，依旧平静地隐藏着，或许是品子还未和其他男人结合的缘故。倒不如说品子结了婚，会更痛苦地体悟到对香山的回忆吧。说不定二十年后才……波子同自身做比较，也这么想。

昨夜友子的告白或许刺激了品子，今早品子同母亲七七八八地谈了许多事。

"在日本，要出一个像样的芭蕾舞演员，得耗费三代人的心血"，即便是从品子口中听到这话，波子还是吓了一跳。

品子所说的"战争时我们家更和睦"，也不过是担忧匮乏的粮食和岌岌可危的性命，小家庭彼此拥簇在一起。波子对丈夫疑心的累积、失望的加剧，也是战后的事。父亲与母亲之间的隔阁,也波及品子和高男。波子为此感到痛苦。品子所说的"那时国破家未亡啊",这话并不假。

波子沉默了一会儿,这时品子也在思索着什么。

"朝鲜的崔承喜怎么样了?"

"崔承喜?"

"那人也是革命的孩子啊。据说朝鲜战争爆发前,她到北朝鲜去了,说不定成了革命的母亲。品子观看崔承喜的舞蹈会,同塔玛拉·淘玛诺娃在上海观看安娜·巴甫洛娃的舞蹈时约莫一样的年纪吧。"

"是啊,那是昭和九年①、十年的事吧。妈妈当时震惊了。无言的舞蹈中,能够感受到朝鲜民族的叛逆与愤怒。那舞蹈粗犷激昂,如同喑哑嘶鸣,又似奋力挣扎。"

"品子记得最清楚的,应该是崔承喜声名显赫以后的事吧?她立刻就走红了……不过,参加在歌舞伎座和东京剧场内的表演会,如此阔绰的人可不多啊……"

"她从美国到欧洲去演出了吧?"

"是啊。"波子点了点头,"据说崔承喜最初想成为声乐家。崔承喜的哥哥因被在京城公演的石井漠的舞蹈感动,便请石井漠将他的妹妹收为弟子。崔承喜跟随石井先生到日本时刚从女校毕业,大概十六岁……"

"正是我跟着香山先生四处演出的年纪啊。"

"也有这种看法,既是石井漠先生的弟子,就传承了先生的舞蹈。不过,我觉得在首次发表会上,崔承喜的舞蹈的确展现了被压迫民族的反叛精神,才让人震惊。她走红后,舞蹈也变得华丽明快起来,无法展露深沉的悲痛与愤怒,扭动身躯的力量都没有了……大概也有朝鲜的舞蹈大受欢迎,她就不怎么跳石井流派

---

① 即1934年。

舞蹈的缘故吧。不过，她是以朝鲜舞姬的名义到欧洲去的。在日本，她叫半岛舞姬。"

"剑舞、僧舞，还有《灵山舞》什么的，我也记得呀。"

"她舞动胳膊和肩膀的姿态真有意思。按崔承喜的说法，朝鲜是一个舞蹈匮乏的国家，舞蹈受人轻视……她从濒临消亡的传统中，发掘出那般新颖的舞蹈。光是其新意就令人高兴啊。所谓的民族，崔承喜已经深有体会了。一定……"

"民族？"

"谈到民族，我们便应该跳日本舞，不过，品子你不必考虑到那种地步……日本舞蹈的传统太丰富、太强烈，正因如此，新的尝试更加困难，容易倒退。不过，我觉得日本是世界的舞蹈王国。不是从芭蕾，而是从日本自古以来的舞蹈来看……的确，日本人是极富舞蹈才能的。"

"不过，日本的舞蹈同芭蕾舞正相反呢。日本的心灵与身躯的传统，完全是背道而驰的。日本舞蹈的动作是向内汇聚，内敛自身；而西洋舞蹈的动作是向外脱离，外放自我。感觉不同吧。"

"不过，品子打小就接受芭蕾舞的形体锻炼。在西洋，身高五尺三寸、体重十二贯左右是芭蕾舞女演员的理想身材。品子还算可以。"

品子本该在新桥同波子分别，到大泉芭蕾舞团的研究所去，不过，她坐过了站，一直坐到东京站，一道来了母亲的排练场。

"友子没有来吧。"

"她会来的。按她的性子，一定会来的。即便不留在妈妈这里，她也会好好地来告别……"

"是吗？……昨天她不是同您道别了吗？她昨晚没睡，说了那样一番话后再去见您，不好意思吧。"

"她不是不辞而别的人。"

波子确信这一点。

品子想，要是今天看不到友子的身影，母亲会寂寞的，便跟着母亲一起来了。

一下到排练场所在的地下室，便听到了《彼得鲁什卡》的音乐声。

"是友子啊。"

"你瞧。"

友子穿着练功服，却没有跳舞。她倚靠在横杆上，听着唱片。

排练场已经打扫得干干净净。

"先生，早上好。"

友子羞怯地停下唱片机，猛然望了望墙上的镜子。

"彼得鲁什卡？"

品子说着，又放上了唱片的同一面。这是第一场，狂欢节的热闹盛况。

波子和友子在镜中对视。

"友子，还没吃早饭吧？那之后你没有回家就来这里了吧？"

"是的。"

友子十分疲惫，眼皮成了双层，目光炯炯有神。

"友子来了，我就去研究所啦。"品子同母亲说罢，走到友子的身旁，把手搭她的肩上。

"我想着你会不会来，就和妈妈说着话，跟来瞧瞧了。"

狂欢节的音乐声激情高昂，友子的身体暖呼呼的，品子感觉内心被什么填满了。友子的体温，像是刚才一直在跳舞。

"而且，我们在电车上还谈到了民族相关的问题。"

《彼得鲁什卡》也蕴含了俄罗斯民族的节奏和音色。

这一出由斯特拉文斯基为佳吉列夫俄罗斯芭蕾舞团作曲的

舞剧首次演出时，由福金编舞，瓦斯拉夫·尼金斯基扮演丑角木偶。今早矢木听到《彼得鲁什卡》时，都说出了"尼金斯基的悲剧"。

《彼得鲁什卡》首次上演是在一九一一年，也就是明治四十四年，尼金斯基约莫二十岁。这出舞剧在罗马演出，继而在巴黎上演，引起大众狂热的追捧。

一九一一年，《彼得鲁什卡》首次上演，尼金斯基离开了俄罗斯，直到一九五〇年逝世，一生都未能返回祖国。

一九一四年，即大正三年，尼金斯基思念祖国，在巴黎打点好行装，买好了火车票，然而，八月一日爆发了世界大战。

他离开了战乱的巴黎，途中却在奥地利被当作敌国人民而遭到逮捕。他的神经遭受创伤，有时口中喃喃呓语"俄罗斯""战争"之类的。

好不容易获释后，尼金斯基辗转到美国，在首次公演《玫瑰幽灵》时，他一出现在舞台上，观众便一齐起立欢迎，人们投掷的玫瑰花似乎要将舞台淹没了。

然而，即便是在美国声名大噪，尼金斯基也常常陷入阴郁之中。他同诅咒战争、呼吁和平的和平论者及托尔斯泰主义者有来往。

一九一七年末，尼金斯基终究彻底精神失常了，从舞蹈界销声匿迹。彼时，他年仅二十八岁。

精神失常的尼金斯基在瑞士疗养期间，某天他在小剧场召集人群，要为大家表演即兴舞蹈。他用白布和黑布在舞台的地板上摆出了十字架，自己站在十字架的顶端，做出基督遭受钉刑的姿态，随后说道："这回，请各位看看战争。战争的不幸、破坏及死亡……"

一九〇九年，佳吉列夫俄罗斯芭蕾舞团首次在巴黎公演时，尼金斯基作为热门的芭蕾舞男演员，转瞬间被世界讴歌为天才。

不久后，他半疯了，依旧跳着舞。他的艺术生涯是短暂的。

一九二七年，即昭和二年，品子出生前的两三年，佳吉列夫俄罗斯芭蕾舞团在巴黎演出了《彼得鲁什卡》，并将完全发疯的尼金斯基带到了舞台上。因为二十三四年前首次演出时，尼金斯基出演了彼得鲁什卡，据说这样做或许能唤醒尼金斯基某些丢失的记忆，让他的精神恢复正常。

各个角色一齐出现在舞台上。首次演出时同他搭档的芭蕾舞女演员塔玛娜·卡萨文娜摆出曾经的舞女人偶的姿态，接近尼金斯基，同他接吻。尼金斯基羞赧地凝望着卡萨文娜。卡萨文娜用亲昵的爱称呼唤尼金斯基，然而，他却扭过脸不理睬她。

尼金斯基被卡萨文娜挽着胳膊，他那副失魂落魄的模样，被拍了下来。

品子也曾在某个地方见过那张戏剧性的照片。

卡萨文娜把可怜的尼金斯基带到了看台上。扮演彼得鲁什卡的谢尔盖·利法尔一登台，尼金斯基便打听是谁。

他嘟囔着："那家伙能跳吗？"

扮演彼得鲁什卡的谢尔盖·利法尔被称为尼金斯基再世，他是继尼金斯基之后的首席男舞蹈演员。尼金斯基见到他便喃喃自语，"能跳吗？"正是因为尼金斯基曾以卓绝的舞姿震惊了世界，才成了人们的谈资。

不过，发疯的天才的话语，可怜心酸也好，煞有介事也罢，能听便听一听罢了，因为他的话是谜。恐怕尼金斯基也不明白，舞台上上演着自己年轻时扮演的角色。或许只是昔日伙伴间的友情在戏弄尼金斯基这具行尸走肉吧。

尼金斯基辉煌的人生，落得那样悲惨和痛苦的下场，如今就像是被冰封的冬日之湖。或许敲碎冰层，探入湖底，那里已经空无一物了。

"妈妈告诉我，爸爸今早对她说，'品子她们不至于考虑尼金斯基的悲剧吧。'"品子对友子说道。

友子一言不发,波子应答似的说:"矢木害怕战争和革命,才想起了尼金斯基啊。"

"不过,战争期间,尼金斯基也奔波在世界各国演出吧。即便是发疯了,他也是世界性的舞者啊。他曾将疗养地迁移到瑞士、法国和英国。爸爸和我们,一发生了什么,无论做什么,都会被撵到日本的纸帷幔后面去。我们可没法和他相提并论啊。"

"因为我们不是世界的天才……也不会发疯吧。"友子说道。

"不过,友子你昨晚的话有些奇怪啊。我听了你说的话,头脑似乎都变得糊涂了。"

"品子。友子的事,由妈妈和她商量……"

"是吗?要是她听您的就好了……"

品子不看友子,收拾着唱片。

"哎呀,我来吧。"

品子碰了碰慌张赶来的友子的肩膀,说道:"拜托你了,请留在妈妈身边。明年春天,举办妈妈的弟子发表会时,咱们两个一起跳佛手舞吧。"

"春天?几月份?"

"几月还没考虑,不过会尽快的。是吧,妈妈。"

波子点了点头。

"要迟到了。品子,快去吧。"

品子从地下室出来后,低垂着脑袋走路,在东京站的附近,她短暂地伫立了一会儿,抬头仰望着钢筋水泥的建筑工程。

爱情的力量

打进入十二月以来,连日好天气。

舞蹈家们的秋季表演会大致结束了,这个月只剩下吾妻德穗、藤间万三哉夫妇的《长崎踏绘》和江口隆哉、宫操子夫妇的《普罗米修斯之火》。

吾妻德穗和宫操子都与波子年龄相仿。

波子年轻时,也就是十五或二十年前起,就一直观看这些人的舞蹈。吾妻德穗跳日本舞,宫操子跳所谓的新舞蹈,同波子她们跳的古典芭蕾舞不同。然而,夫妻俩长年累月地坚持跳舞,这让波子有所感动。

波子同这些人一样,也经历了日本的舞蹈时代的潮流。

江口、宫夫妇留学德国时的告别舞会以及回国的第一次表演会,波子都观看了。这让她回忆起往日的印象。那是昭和十年以前的事了。

当时宣称"舞蹈时代来临",众多舞蹈家任意举办表演会,舞蹈会的观众甚至多过音乐会的观众。

正是在那时,西班牙舞蹈家阿根廷娜和特雷西娜、法国的萨查罗夫夫妇、德国的克罗伊茨伯格、美国的露丝·佩吉等舞蹈家接踵而来。

依旧是那时,波子听到传闻称,自佳吉列夫俄罗斯芭蕾舞团成立之初就担任编舞师而广为人知的米哈伊尔·福金也想来日本。还有传言说,福金将为宝冢①和松竹②的少女歌剧团编排芭蕾舞蹈。

西洋的舞蹈家们来是来了,却没有一个人跳古典芭蕾,为此波子期盼着福金的到来,然而不过是停留在传言罢了。

波子一次也没看过真正的芭蕾舞,不过是继续跳着芭蕾样式的舞蹈。古典芭蕾舞的基本练习,动作的正确性到达了何种程度,是否切实掌握了练习的动作,这些连波子自己也不甚明白,她就这样跳到现在。

摸索、怀疑和绝望,随着年龄的增长一同加深了。

战争结束之后,在日本,芭蕾舞风行起来,如今《天鹅湖》和《彼得鲁什卡》等俄罗斯芭蕾舞的代表作品已经可以由日本人演出了,波子却怯懦了。

---

① 宝冢歌剧团,前身是1913年小林一三创立的"宝冢歌唱队",作用是提供"温泉地的余兴节目"。宝冢歌剧团的成员皆为未婚女性,男角亦由女性反串演出,以华丽、细腻的视觉效果为主,同时坚持"清纯、端庄、优美"的座右铭,形成了一种独特而富有魅力的演剧文化与女性文化。
② 松竹歌剧团是一家于1928年至1996年间在日本活跃的舞台剧和歌舞剧剧团,表演者以女性为主的"少女歌剧团",以松竹为母体,以东京浅草为根据地。20世纪30年代作为东京第一的歌舞剧剧团,与以兵库县宝塚市为根据地的宝冢少女歌剧团(即宝冢歌剧团)属同一派系。

波子有时对让女儿学习芭蕾舞，自己教授芭蕾舞这件事感到落寞踌躇。

友子不在排练场后，波子更加丧失了教学的自信心。或许是友子的献身，一直支撑着波子的自信吧。

波子不知怎么累着了，有些伤风感冒，四五天没有到排练场去。

"妈妈，我暂时去日本桥排练吧。"品子挂念着母亲，"友子回来之前，我帮您不行吗？"

"她不会回来了。不过，她说会回到我身边，说不定有朝一日她就回来了……"

品子说着："我想去见一见友子的那个相好，不过，那人的名字、地址，友子都没告诉我。怎么才能知道呢……"

波子有气无力地应道："是吗？"

"去问友子的妈妈，不好吧？"

"不好啊。"

波子有气无力地应答着，心想：友子的母亲会和往常一样，在年末或是正月的时候来问候寒暄吧。那时该说什么才好呢。

友子的母亲，丈夫早丧，靠出租四五间房子来抚养友子，然而，由于战争，房子被焚烧殆尽了。友子到波子的排练场帮忙以后，她的母亲就在附近的商店干活。波子因为没能养活她们两个人，总是于心不安。波子本想在不久的将来能实现。然而，友子的离别，比波子所想的"不久的将来"，来得还要早。

"不久的将来"，大概不只有友子的事吧。波子郁闷消沉，若有所失。

波子本想着，就算是卖掉宝石，转卖偏房，也要帮助友子。不过，友子知道波子的生活情况，不愿再让波子费心，断然拒绝了。波子毫无办法，她与友子似乎在性格的差异、生活的差异上，都相互碰撞着。

"品子，你不要冒冒失失地和友子的母亲见面啊，她母亲或许一无所知。"波子说道，"还有，即便友子不在日本桥的排练场，我也能干啊。你用不着担心。品子还是不要考虑教学的事了。"

波子担心自己心头的阴影会映照在品子身上。

波子没去排练场期间，东京绸缎店的两人和京都绸缎店的一人到她家，找她谈失窃的事。

东京绸缎店的其中一人在拥挤的电车上被人划破了皮包，丢了一大笔钱；另一个人把行李放在电车的网架上，被人拿走了。

京都绸缎店那个人，在乘国营电车前往大阪的途中，被人抢走了放在膝盖上的行李。在车门关闭的瞬间，小偷抢走行李，冲下了车。

"周围的人大声呼喊道，'喂！'被抢的人反倒愣住了，一声也没吭。"绸缎商站起身来，厌恶地指手画脚，"那人就这样，一只脚使劲站在车门处，摆好跳车的架势。"

波子把这事当作年关的险恶同矢木谈起。

"是嘛。净是一路货色。他们都到你那里去，果然是物以类聚。你不清不楚地同情他们，又买了些什么吧。"

矢木这么一说，波子一时语塞。

她从京都的绸缎商那里，买了一件自己穿的短外褂。她心里还盘算着，也买那两个东京人的什么东西。没能买成，她总觉得过意不去。

波子看到了结城产的上等十字形碎花纹布，想为矢木买下来。要是以往，即便是勉强丈夫，也要让他穿上，想到这里，她更觉得过意不去。

十字形碎花纹残存在波子的眼中，她本想把那件事告诉矢木，矢木却给她当头一棒。

"年关的时候，没人会带着一大笔钱去挤电车吧。"

"就算你这么说……"

"既然关车门时被抢劫的事都屡见不鲜了,别坐在出口附近不就行了嘛。"

矢木还在心平气静地继续说着,波子却焦躁不安。

"不是很可怜吗?就说咱们家,也受过人家帮助……他们帮我们卖了相当多的旧衣物啊。"

"那是做买卖吧。"

"有些也不只是买卖。我们是他们的老主顾了,我和品子去,他们都会为我们费心挑选,希望我们能穿上适合的衣物。战争以前收藏的上等布料里,也有绸缎商难以割爱的,他们却恳切地卖给我们了,多悲伤啊……"

"悲伤?"矢木反问道,"悲伤什么?……你的声音在颤抖吗?"

要是平常,那算不了什么事,今天波子却有了反应。

战争以前,三位绸缎商都各自经营着具有相当规模的店铺。京都的绸缎店疏散到福井,遭遇了地震。战争过后五六年了,他们至今还没有店铺,三人因为年关失窃,摆出一副悲惨的面孔,一并聚到波子这里来了。

波子遭矢木一番嘲弄,心想:要是拜托来日本桥和自家排练的姑娘们,十反[①]、二十反的衣料是不愁卖的。于是她赶忙打扮一番,到东京去了。

排练场内,只有学生一如往常练习着基本功。两位老手替代了波子和友子,她们走出队列,似乎在教授大家。

"哎呀,老师,您已经好了吗?"

"您的脸色很差啊。"

学生们靠了过来,围住波子,支撑着她坐到椅子上。

[①] 反,日本布料单位,一反即是指一件和服所需的布料。

"谢谢。这些日子没来，实在对不起。我虽然看着虚弱，但不曾卧病在床呢。"

波子抬起头，想看看周围的姑娘们，却咳嗽不止，咳得眼泪都出来了。

有少女用手帕给她擦拭眼睛。

"没事的。大家继续排练吧。我休息一会儿……"

波子走到小房间里，望了望桌上的台式电话，然后打给了竹原。

竹原来到排练场时，波子孤身一人坐在暖炉旁的椅子上，一边的手肘搭在横杆上，脸伏在上面。

"谢谢你给我打电话。电话里的声音不同以往，我本想立刻赶过来，可还有购买小型相机的客人在，是出口生意。"

竹原站在波子面前，将帽檐插入横杆和墙壁的间隙里。

波子眼泪汪汪地仰望着竹原，她的额头上还残留着袖口的印痕，眼睫毛也有些杂乱了。

"对不起。"波子说道，"我有点伤风感冒，所以排练也暂停了。"

"是吗？你好像还很疲惫啊。"

"累人的事太多了。"

竹原依旧站在那儿，他俯视着波子，突然把视线移开了。

"一进这房间，我就闻到了瓦斯味，不是有毒吗？"

"嗯，排练后立马热起来了，就把它关掉了，不过……"波子转身照了照镜子，"呀，面色苍白……"

波子用指尖揉了揉眉毛，好像让人看见了睡醒的脸感到难为情。

竹原望着那边："壁镜也还没挂上啊。"

拥有这个排练场之初，波子就说想在一面墙壁上铺满镜子。

如今，墙壁上仅仅安着两片合起来的西服裁缝店的穿衣镜。

"这怕不是镜子啊。"

波子嫣然一笑，映照在镜中憔悴的面容让她担心起来。

头发也有四五天没有好好拾掇了，只用发梳拢上去了。

以这样的姿态见竹原，波子感到豁达率直，内心涌起了对竹原怀念的亲密之情。

"今天打算在家休息的，不过突然心血来潮，就出来了。"

竹原点了点头，坐在椅子上。

"听到电话里的声音，我还想你怎么了呢。我没想到这里只有你一个人，就进来了，不过，你那副样子，像是在思考什么。"

"你说是什么呢……"波子吞吞吐吐地，眼中蒙上了一丝哀愁，"我还想起了无聊的事：护城河畔的那一尾白鲤鱼……"

"鲤鱼？"

"嗯。日比谷十字路口附近，护城河的角落里，有一尾白鲤鱼吧？我看那鲤鱼，不是遭你训斥了吗？"

"是呢。"

"后来我问品子，她说那儿有鲤鱼，才不是什么稀罕事啊。

"你不是说过吗？一尾小鲤鱼漂浮在护城河的角落里，谁也不知道这事就走了过去。这种东西，只有我会留意到，我就是这样的性格。"

"我说过。鲤鱼和波子都是孤独之身，同病相怜啊。你探着身子张望护城河，我真想从后面冲你背上狠狠地打一下。"

"你斥责我说：那样的性格，该改掉了。"

"看着看着，我难过起来了啊。"

"不过，即便谁也没觉察到它，鲤鱼还是照样活在那里。那时我是这么想的。为此，我后来同品子说了这事。"

"你说了是跟我一起看的？"

波子轻轻地摇摇头："品子跟我说，那里是鲤鱼聚集的地方。可能是到了傍晚，才只剩下一尾。她还说，带着孩子来日比谷公园的人，回去的时候会在那里将盒饭剩下的面包碎屑和米粒丢到河里喂它们。那儿是鲤鱼聚集的地方，有一尾鲤鱼在那里不是什么稀罕事呢。"

"是吗。"竹原应答着，露出了反问般的目光。

"我问品子，她的口气和竹原你训斥我的时候一样，我为自己感到可悲起来。我切身感受到，那时候，小鲤鱼不同寻常地选择了这个寂寞的地方，孤零零一尾在那里。"

"是啊。"竹原领会了，"那样的事，波子常有啊。"

"我也是这样想的。对着不值一提的鲤鱼，生出了怜悯……虽然和你在一起，看到了那样的东西，却不由得感到寂寞……"

说罢，波子突然眼睛闪闪发亮，垂下了头。她的眼帘微红，脸颊也染上了一片绯色。

波子说了一声"对不起"，似乎想缓和紧张的气氛。

竹原望着波子。

"白鲤鱼什么的，你没法不看吧。"

波子眨了眨眼睛，左肩稍稍倾斜。在竹原看来，那肩膀上像是压着什么重担，变得僵硬了。

竹原站起身来，离开波子两三步，又靠拢过来。

波子将右手搭在左肩上，一闭上眼睛，就这样向前倒了下去。

"波子。"

竹原从旁边支撑着波子，就这样绕到她身后，搀扶似的抱住了她。

他将自己的右手搭在波子的右手上，轻柔地握住它。波子的右手在竹原的掌心里，手指没了力气，从肩膀上滑落下来，那冰冷滑腻的触感，渗透到竹原整个身体里。

竹原躬下身来。

"太晚了。"波子将脸背过去。

"太晚了？"竹原重复着波子的私语，而后坚决地说道，"不晚。"

然而，竹原这样否定之后，心里头一次领会到波子这句话的意思。

竹原的身体一动不动，似乎在犹豫着什么。

竹原的下颔抵着波子的头发，可以看见她的耳垂，波子的脖颈微扭，发际洁白。

今天她没有戴耳饰。

由于感冒了，波子没有洗澡，为此出门以前她比往常多喷了些香水。卡朗黑水仙的香味中，夹杂着些许焦糊的枯草般的头发味。

竹原的右腕依旧搭在波子的右腕上。波子将右手从左肩上放下，就成了竹原温柔地拥抱着波子的姿势，她的心脏剧烈地跳动着。即便没有触碰到波子的胸口，竹原依旧能感受到她心脏的跳动。

"波子，不晚啊。"

波子轻轻地摇摇头，把脸扭过来，面对着竹原。

竹原用胸膛支撑着波子，将嘴唇贴近她的眼帘。方才竹原也打算先触碰波子的眼帘。

波子闭上眼睛，她的眼帘像在说话似的。眼帘比嘴唇更温和悲哀地倾诉衷肠。

不过，在竹原触碰以前，她的眼眶里盈满了泪水，濡湿了睫毛。濡湿的睫毛使得双眼皮的线条更柔美了。

转瞬间，泪水从眼梢滑落下来。

竹原将嘴唇朝向落泪的方向。

"不要。可怕啊。"波子摇了摇肩膀，"可怕啊。有人在看。"

"在看？"

竹原抬起眼睛。波子也抬起眼睛。

透过对面的采光窗,能看到道路上行人的腿。

细长的窗户比马路稍稍高一些,只能看见来来往往的行人们的小腿。看不见膝盖,也看不见鞋子。

地下室亮得晃眼,行人们步履匆匆,城镇里天色已经暗下来了。

"可怕啊。"

波子想要站起来,便动了动身子,竹原的胳膊冷不防地松开了,波子散架似的往前踉跄。

"放开……"

波子就这样踉踉跄跄地走了。

竹原望着波子离开,如同还拥抱着波子似的。

"从这里出去吧。"

"嗯。稍微等我一会儿……"

波子一看见镜子,就害怕自己,便离开了壁镜。

那天晚上,波子回到家时还不到九点,比品子还早。品子还要编舞,所以回家晚。不知怎么,波子松了口气,心想,好解释了。

她推开丈夫房间的隔扇,抓着拉手的手指还使着劲儿。

"我回来了。"

"回来了。这么晚啊。"矢木从桌旁转过身子,"你在外头没出什么事吧?"

"嗯。"

"那就好。"矢木摇了摇锡制的茶叶罐让波子看,"这已经空了。"

波子来到茶室,她想将碗里的玉露茶装到茶叶罐里,手却不太利索,将茶叶撒落在草席上。

她拿着玉露茶进来的时候,矢木已经伏案写作了,他没看波子。

"今晚要写到很晚吗?"

波子本想默默地退下，最后还是问了一句。

"不会。天冷，马上就睡了。"

波子回到茶室，将撒落的玉露茶叶丢到火盆里烧掉了。

烟雾消散，茶香犹存。

波子想在房间里轻轻地来回踱步，却又悄悄地克制住了。她本想一到家就直接去排练场弹钢琴，也没办成。

乘坐电车回家的时候，波子听到了贝多芬的《春日奏鸣曲》。那首曲子里蕴含着她和竹原的回忆。遥远的往昔回忆，通过音乐，似乎成了遥远的梦，又似乎成了近在咫尺的现实。

"品子一回来就危险了啊。"波子喃喃自语。

为了不让品子看穿自己无法掩饰的喜悦之情，波子只得躲进了被窝。她有些感冒，早点就寝，矢木和品子应该不会起疑。

波子从日本桥的排练场出来之后，应竹原的邀请去了西银座的大阪料理店，但她总惦记着回家的时间。然而，在新桥同竹原告别之后，波子反倒落入了倾泻泛滥的思绪当中。

回到丈夫身边，她反倒不如在竹原身旁时那般惧怕丈夫。

波子自己拾掇床铺，差点儿"啊"地叫出声来。

在护城河畔，在日本桥的排练场里，和竹原在一起的时候，她突然发作了可怕的恐怖症，实际上这不正是爱情的发作吗？波子感到似乎有闪电穿过身体。

波子放下褥子，坐在了上面。

"哪能有那种事呢？"

波子坚决地否定了，即便她躺在床铺上已经平静了下来，但还是惧怕那闪电一般，双手合十。

她正逐一回想《大日经疏》中合掌的十二种礼法的时候，矢木进来了。

其中有双手的手指和掌心都紧紧贴合在一起的坚实心合掌，双手掌心间稍稍留出缝隙的虚心合掌，掌心微穹呈蓓蕾形态的未敷莲合掌，双手拇指与小指相碰、其余六指散开的初割莲合掌，双手掌心相合、十指相叉的金刚合掌或称归命合掌。至此为止，均是典型的合掌，易记难忘。

然而，剩下的七种礼法，比如两掌并仰、指头稍屈如掬水状的持水合掌，掌背相合、十指相绞的反叉合掌，拇指相接、掌心向下的覆手合掌，这类不像合掌的合掌，波子实在记不住。即便能摆出手势，也叫不出名字。

她想回忆起这些礼法，便从头开始反复做了两三次，做到归命合掌的时候，就听到矢木问："怎么样？睡着了吗？"

矢木拉开隔扇，在一片昏暗中窥视波子的睡姿。

波子吓了一跳，将合掌的双手按到胸前。

归命合掌是死人的合掌，却也是身体蜷缩、战战兢兢的手势。这还是请求宽恕罪孽的手势以及乞求怜悯的手势。

波子交叉的手指使着劲，紧紧地按住胸口。

波子以为矢木察觉到了竹原的事，是来责备她的。

"说要出门去，还是受累了吧。"矢木把手抚在波子的额头上，"什么，没发烧啊。"

矢木说着，将自己的额头贴到波子的额头上。

"我更热呢。"

波子像要避开他似的，将放在胸前的手按在自己的额头上，吓了一跳。

"哎呀，真讨厌。我没有洗澡……六天都……"

波子抑制住了战栗。

她也竭力隐藏起绝望。

一碰上绝望，她似乎从不贞的恐惧以及罪恶感当中摆脱出来，得到了解放。

波子流下眼泪。

不一会儿，矢木在茶室高声问道："喝些热柠檬水吧。"

"好啊。"

"要加砂糖吗？"

"多加些……"

"今晚要写到很晚吗？"

波子想起回家时对矢木说的这句话。这听起来大概像是邀请吧。波子咬紧了嘴唇。

波子口里噙着果汁，听见了品子回来的脚步声。

"妈妈呢？"品子一走进茶室便问道。

矢木像是要让波子听到似的说："去了东京，累了，在睡觉呢。"

"哎呀，妈妈出门了呀？"

品子正要去波子的寝室，矢木叫住了她。

"品子。"

品子像是坐在了父亲面前。

波子竖起耳朵来听矢木打算说些什么，她躺在床上翻来覆去，捋起凌乱的头发。

波子察觉到矢木叫住品子，不让品子来自己的寝室，大概是为了让自己有足够的时间整理仪容，她那忙碌的手指突然无法动弹了。

"爸爸，那是热柠檬吗？"见父亲一言不发，品子便问道。

"嗯。"

"我也要喝。"

波子听见了往杯子里添开水及搅和的声音。

矢木像是在看着品子手的动作。

"品子。"矢木又叫了一声，"我看了高男的日记。里头是这么写的：一个哥哥和一个妹妹，这世上没有比这更亲密的了。"

这话太过突然，品子大概在望着父亲。

"那是尼采寄给妹妹的信当中的话。"矢木接着说，"品子，你怎么想？品子和高男，不是一个哥哥和一个妹妹，而是一个姐姐和一个弟弟，同尼采的话正相反。不过，高男觉得这是佳句，将它写在日记里了。即便上与下的关系相反，依旧是一男一女、两个亲姐弟……这世上没有比这更亲密的了。大概是佳句吧。"

"是佳句啊。"

"高男希望如此啊。要是品子也在某个地方写下尼采的这句话就好了。"

"好。"

波子听见了品子率直的回答。

然而，品子像想起什么似的说："爸爸，您家是一个哥哥和一个妹妹吧。"

品子无意的一句话，波子却惊出一身冷汗。

矢木和他的妹妹，早已变成了陌生人，如今已经断绝了来往。

矢木的妹妹靠着波子娘家的扶助，从女子高等师范学校毕业以后，同矢木的母亲一样，成了女教师。随着年龄的增长，她同兄嫂完全疏远了。这是矢木的缘故、妹妹的缘故，还是波子的过错呢？恐怕都有吧。大概也是自然的演变。然而，波子与丈夫的妹妹在生活以及性格上都有所不同，姑嫂不合倒是事实。波子一见到这位小姑子，就感觉到婆婆和丈夫与自己是不同世界的人。

品子提到了妹妹的事，波子等着听矢木如何回答。

"这么说来，有段时间没见姑母了吧。过年的时候也给她寄一张集体祝福的贺年片吧。"

不过，品子似乎并不在意父亲装糊涂。

"爸爸，今天早上您提到尼金斯基的事了吗？您说尼金斯基啊，尼采啊，他们是发疯的天才。尼金斯基小的时候，哥哥去世了，家里就留下一个哥哥和一个妹妹吧。"

今天晚上，高男很晚回家，矢木同品子谈了高男的事。侧耳探听的波子感觉这些话似乎是说给自己听的。

矢木是不是已经看出波子去见了竹原，在拐弯抹角地劝诫身为母亲的波子呢？一个姐姐和一个弟弟，一个父亲和一个母亲，这世上再没有比这更亲密的了……

品子似乎也认为父亲的话有道理，然而，她提及矢木的妹妹，将尼采说成疯子，将波子都甩开了。即便品子无意讥讽，波子在背地里听到她的话，都吓出一身冷汗，有些失神了。

"妈妈。"品子呼唤着她。

波子无法回答。

"睡着了呢。"

品子问父亲："妈妈也喝了热柠檬吗？"

波子不自觉地说出口："哎呀，真讨厌。"

她的身体战栗着。

"这孩子。"

波子察觉到，品子已经具备女人的直觉了，这东西潜藏在女人心底，令人厌恶，卑劣不堪。

"妈妈也喝热柠檬了吗？"品子的亲切关怀，不过是口头说说罢了。

波子深深地吐了口气，令人厌恶的，不就是自己吗？只有自己可憎的姿态，残存在脑中。她感觉触及了自己的丑恶，引发了意想不到的憎恶。

波子感觉自己丑态毕现，就像一个丑陋女人的身姿横卧在自己面前。

大概是她心中有愧，回家时才引诱丈夫吧。抑或是她惧怕罪恶的气息，才一反常态，放纵自己沉溺于浪潮当中吧。那份罪恶的感情，对丈夫和情人来说，都是双重的。然而，倒不如说似乎正是因此，增添了双重的愉悦。如此一来，或许对丈夫和情人都积累了不可理喻的罪恶。

波子竭力将厌恶、悔恨和绝望巧妙地隐藏起来，然而今天，她的身躯焕然一新了。

为什么呢？或许是因为没有拒绝竹原？

竹原看见了波子的恐惧，没有亲吻她的嘴唇。但波子并未因为害怕而拒绝他。

那恐怖的发作，实际上不正是爱情的发作吗？这种感觉犹如闪电般掠过。放下褥子的那一刻，正是波子的命运之时吗？

那道闪电仿佛照出了波子的真面目。

或许波子用恐惧的假面，欺骗了竹原，也欺骗了自己。

吾妻德穗、藤间万三哉夫妇的舞蹈剧《长崎踏绘》在帝国剧场上演四天。最后一天，波子去观看了。

五点开演，波子两点从北镰仓出发，顺道去了银座的金铺，卖掉了戒指。这是准备送给友子的戒指。

戒指换成了钱，送多少给友子呢？波子走在路上，犹豫不定。

"那时候友子要是收下戒指就没事了呀。"

友子曾为波子跑腿去过金铺，她大概也在同一家店卖掉了首饰吧。

那之后没过几天，波子为自己卖掉了戒指。她心想，要是把钱拿回家，分给友子的那份，又要变少了。

波子决定委托信使将钱送到友子家，自己折回了新桥站。

波子在信使的休息站前数着千元钞票，突然"哎哟"一声回过头。她以为是竹原的手碰到了自己的肩膀。

然而，是其他客人的行李碰到了她的肩膀。一名年轻的小伙子站在她身旁，手上拿着一件细长的行李。他和竹原毫不相像。

"对不起。"

"没事。"波子害羞了，胸口热热的。

一万日元，她重数了一次，然后用手帕裹上，在手帕上面写下友子的地址。

"啊呀，把钱包在手帕里送出去吗？"办事员很惊讶，"这里有口袋。给您一个吧。"

"您给我吧。"

波子手忙脚乱地，一下子想起用手帕来包钱，尽管这样做很可笑，她却没意识到。

她一离开那个令自己难为情的地方，"扑哧扑哧"的轻笑声便涌向她。

波子一边走，一边想着送给友子的金额。路上的服装店随处可见，橱窗里的男士服装映入她的眼帘，她心里想着，这些衣服适合竹原吗？仿佛只有适合竹原的商品才能存在这个城镇似的。是商品在等待，呼唤着波子。波子的脑海里又立马浮现出穿戴上这些服饰的竹原的身姿。

友子的事姑且告一段落之后，店铺里的男士服装愈发鲜色生动。波子一看见橱窗里的围巾，就感到手仿佛触碰到了围着它的竹原的脖颈。波子被吸引了，她走进商店，买下了那条围巾。

"啊，真舒服。不过这东西像是友子买来的。是你的临别赠礼吗？"

波子喃喃自语，又买了一条毛织领带。

她穿过曾和竹原一同漫步的护城河畔，来到帝国剧场。她来得太早了。

登上二楼，看见休息室的柱子和墙壁上悬挂着林武和武者小路实笃等人的画作。波子心想，这是怎么了？原来是设置了名为"花与和平之会"的小卖场，这里有诗人和作家的彩色折纸，画作也是这个会的。

波子倚靠在舒适的椅子上，凝望着林武的彩色粉笔画作《舞姬》。

"波子夫人。"有人拍了拍她的肩膀，"您看得出神了啊。"

那人说话的同时把手搭在了波子肩膀上,波子心想这回肯定是竹原。但她还是吓了一跳。

"久违了。"沼田又说了一句。

"好久不见。在这样的好地方碰着您了。"

沼田落座以前,回头看了看那幅《舞姬》。

"好画啊。嗯。拿着扇子……"

沼田说着走近那幅画。

波子心想,要是被他纠缠到回家,该怎么办呢?

笨重的沼田在旁边一坐下,长椅就塌陷下去,波子的身体也倾斜过去,她悄悄地离远一些。

"上个月我见过矢木先生了……"

"是吗?"波子不知道。

"我收到他从京都寄来的信,他约我到幸田屋,我以为有什么事,跑去一看,什么事也没有。我原以为准是关于波子夫人您的事,不过先生大概是想从我这里打探些什么吧。竹原的事、香山的事啦……"沼田望了望波子的脸色,"我搪塞过去了。我们还谈论了波子夫人的青春呢……"

波子微微一笑,想蒙混过去,面颊却变得绯红。

"今天看到您,我吃了一惊。您像一朵突然绽放的花朵,娇艳美丽。"

"您别说笑了……"

"不,真的像绽放的鲜花。"沼田又重复了一遍,"我还劝矢木先生,让夫人您重返舞台……"

"哪里的话。我还在想,排练场的活是不是也不干了……"

"为什么?"

"我没有自信。"

"自信?夫人,您觉得在东京有多少芭蕾舞培训所。有六百所呢,六百……"

"六百?"波子吓了一跳,惊愕地说,"啊,可怕。"

"据说有好奇的人调查过。大阪有四百所。"

"大阪有四百所?真的吗?令人难以置信啊。"

"地方各处城镇的数目加起来,那数量可不得了呀。"

"有人曾写过,芭蕾舞不是义务教育。的确,如人们所说的那样,如今是芭蕾舞的狂热时代。像流感似的,女孩们都患上了舞蹈病。据说有位舞蹈家遭了税务局的嘲讽,他们说近些日子能赚钱的,大概就数新兴宗教和芭蕾舞吧。"

"不至于吧……"

"我总觉得这次的芭蕾舞热潮非同小可啊。古典芭蕾舞不适合日本人的生活和体格,基础靠不住呀。敷衍地编排舞蹈就举办演出会,这话虽是在发牢骚,不过,全国各地的女孩都跃呀,跳呀,转呀,实在可怕。也就是说,牺牲者会越来越多。在这之中,会诞生新事物。为此,不得不让废物堆积成山。招摇撞骗的老师多,就随它去吧。不成器的芭蕾舞女演员多,也随它去吧。事物兴盛起来,大概就是这么一回事吧。我是非常乐观的,日本的芭蕾舞前景有望,我的事业也大有前途。"

沼田得意忘形了。

"东京的芭蕾舞培训所即便从六百所变成了一千所,也不值得惊讶。劣质的培训所层出不穷,夫人的排练场自然就突显出来了。"

"您的话有些奇妙。"

"总之,如今不是打退堂鼓的时候。波子夫人也以芭蕾舞谋生吧。"

"谋生?"

"就是谋生啊。强调赢利心就称其为职业,这失礼吗?不过,近些日子,学习芭蕾舞的女孩,很多人想以此为职业,或是成为专家。"

"是啊。就是这样,我才觉得吃惊。"

"不这样不行呀。令爱将其视为爱好,这……夫人您自负费用的时候,我受到您相当多的照顾。这回为了报答您,无论做什么我都会为您效劳。首先举办一场波子夫人的演出吧。早春时节,是一马当先的好时候。矢木先生那边,我同他协商,没有问题的。先前我也同矢木先生说过,要鼓动您去做。"

"矢木怎么说的?"

"他说四十岁的女人就算是跳舞,也不过到下次战争前短暂的时间。哼,二十多年来靠您过活,这时间可不短啊。算什么啊,那种人……光说什么'我的表从来都没差过一分钟',把妻子都逼疯了,还说什么表啊?"

"我疯了吗?"

"疯了。不过不像矢木先生那样,没出息……夫人,恋爱吧,用恋爱来为自己重新上弦。"

沼田的大眼睛目不转睛地盯着波子。

"也快要到可以离婚的时候了吧。因为可以跳舞的时间是短暂的。您今天很美,像绽放的花朵似的……"

"你怎么了?"

"我想向您打听些事。夫人,昨晚您和竹原在银座散步了吧。有人瞧见了呢。"

难道被沼田看见了吗?波子大吃一惊。

"我同他商量了一些排练场的事。"

"你们详谈,或是怎么样都行。您要是有意背叛矢木先生,我会站在您这边。就拿排练场来说吧,在日本桥的正中央,离东京站又近,靠夫人您的操持,会有惊人的发展的。让我助您一臂之力吧?"

"嗯,不过……比起这个,我这边的友子,您知道的吧,要是有什么赚钱的法子,还请您帮个忙。"

"那孩子很好。不过,她一个人可不叫座啊。让她同品子小姐搭档,您觉得如何?"

"品子就算了,她是大泉芭蕾舞团的成员。"

"考虑看看吧。"

开幕铃响了。

沼田紧随波子之后,笨重地站起身来。

沼田的口气一如往常,有些夸张,听来很可疑,他说发现自己同竹原两个人在一起。那也无可奈何。今天晚上也同竹原相约在这里见面,该如何逃脱沼田的耳目呢?波子束手无策。

波子知道竹原会晚到,却不时张望着客席,还回头看着门扇,心神不定。

正如沼田所说,他无疑会站在波子这一边。即便作为管理人,与其说波子被沼田利用,倒不如说她利用了沼田。再者,沼田长期耐心地纠缠波子,伺机钻空子。连她的女儿品子,他都妄图视为工具加以利用。沼田见波子如此坚定,不落入他的圈套,便等待着下一次的机会。也就是说,他企图等波子同其他男人恋爱,感情破裂的时候,他便趁机俘获波子的心。

波子对沼田既不顾虑,也不会放松警惕。

这两三年,波子尽量避开沼田。自然,沼田也疏远了她。可一见面,沼田就说矢木的坏话,甚而让波子的心离开矢木,这反倒令波子生厌。

《长崎踏绘》是长田干彦创作的五幕七场的舞蹈剧新作,是一出殉教成了悲恋、悲恋成了殉教的故事。

这部舞台剧由大仓喜七郎(听松)作曲,大和乐团演奏。舞台剧中也使用了西洋乐器,但依旧是日式音乐。其中出现了清元调,也有圣歌合唱。

第一景是诹访神社的秋祭。这部舞台剧之所以是神社祭日的节目,或许是因为它同被禁止的基督教有着对立的色彩,或许也因为它是祭祀的舞蹈。

休息的时候,沼田说:"看过《彼得鲁什卡》的狂欢节之后,日本的节日就显得很寂寞啊。"

"日本的悲哀就是那样。"

由于被沼田纠缠,波子决定下一次的幕间休息以后,不到走廊去了。

昨天,她已经把门票给了竹原,由于是相隔的席位,波子更加心神不定。

临近尾声,在第六景之前,竹原终于来了。他站在门口,用目光搜寻下面的座席。

"这儿呢。"波子呼喊似的站起身,走了上去。

"啊,我来迟了。"

"我还以为你不来了呢。"

波子突然抓住了竹原的手。她意识到之后立马松开了,手里还抓着竹原的一只手套,像是帮忙摘下手套似的。

"西猯?"

波子把手套拿起来瞧了瞧,然后放进了竹原的口袋里。

"西猯是?"

"野猪的皮。"

"我不知道呢。"

"沼田来了。他说,昨天晚上在银座看见了我们……"

"是吗?"

"我不想在这儿又被他看见。我想出去。"波子要朝座位的方向走下台阶,"哎呀,脚不太利索。等你的时候,大腿使劲儿了。"

她松了松肩膀,然后离开了。

帷幕升起,是处刑的场景。

殉教者们被凄惨地拖走。一个名叫清之助的手艺人也被处以磔刑。他的恋人小市在夜晚偷偷来到刑场，望着被钉在十字架上的清之助纯洁的遗容，跳起舞来。

波子被吾妻德穗的舞蹈感动得落泪了。竹原来了，她便沉浸在舞蹈当中。这份感动坦率，鲜活，无穷无尽，波子自己都被它打动了。

然而，帷幕落下，波子骤然起身，呼唤竹原似的走了出去。竹原也望向波子这边，被她吸引过来了。

"还有一场踏圣像的舞蹈，不过，我们逃出去吧？"

"逃出去？"

"不是很可怕吗？我再也不说可怕了。"

竹原本以为波子只是不想被沼田发现而逃出去，然而波子却说再也不害怕了。竹原听到她那发自心底的娇媚的声音，突然吓了一跳。

"难得来一趟，却只能看一场。"

不如说，波子是愉悦地说出口的。

"我好像也只看过一场呢。不过，吾妻的舞蹈一定有魔力。我心神不宁，猛地一睁眼，就看见她在舞台上舞蹈。服饰也很漂亮。胭脂红的天鹅绒上带着银色的波纹，黄色的天鹅绒上绣有花草，两种都是天鹅绒的衣服。"

波子给竹原看她手里的纸包："这条围巾看起来很衬你，我就买下来了。"

"给我的？"

"要是不合适就麻烦了。"

"合适呀。彼此长久地陪伴，彼此的形象都印刻在心上，肯定合适呀。"

"啊，那太好了。"

不过，波子心事未了似的，开始谈起友子的事来。她谈到自己卖掉戒指，把钱送给友子，还买了这条围巾。

在结婚之前,波子同竹原之间时而亲近,时而疏远,这样的关系保持了二十多年,她事事都向竹原倾诉,这样的谈话并非始于今日。

波子有些踌躇,终究还是把矢木秘密存款的事说出来了。

"竟然有这回事?"竹原稍稍沉思了一阵,"总觉得很可怜,不是吗?"

"矢木?"

"不过,或许不能用可怜这种话来简单地形容吧。"

两人避开日比谷的电车道,在昏暗的马路上行走,到了"昴座"前方的明亮处,波子无意中回过头,就看见高男站在那里。

高男注视着母亲。

"妈妈。"高男叫了一句,从"昴座"的售票处走了下来。

"嗯,你怎么来啦?"波子使劲踩了踩脚。

高男应答说是和朋友一起来买门票的。

波子简短地说了一句:"这个时候?"

"嗯,我和松坂一起。我想给您介绍松坂……"

高男说完,也同竹原打了招呼。他态度坦率,波子也稍稍平静下来。

"这是松坂。他是我近来最亲近的朋友。"

波子看了看站在高男身旁的松坂,他给波子的印象如同碰见梦境中的妖精。

"找个地方歇歇吧。高男也一起吧?"竹原说了一句,不是对着波子,也不是对着高男。

他们来到银座,走进了欧沙鲁饭店。

入口处,竹原要寄存帽子时,波子从后面取出了装着围巾的纸包。

"回去的时候,把这个也带上……"

山的彼岸

品子带着四个新加入研究所的少女去了银座的吉野屋。

这些十三四岁的女学生来自同一个班级,四个人同时投师波子,这的确少见。她们都梦想成为芭蕾舞女演员。

她们说要立刻去买芭蕾舞鞋。品子劝她们说:"你们没法一下子就穿舞鞋站立的。"然而,在少女们看来,芭蕾舞鞋是她们憧憬的舞蹈的开端。

品子领她们去了鞋铺。

一进吉野屋的店铺,少女们就因购买芭蕾舞鞋而感到自豪,她们眼神轻蔑地看着购买普通鞋子的女客人。

带着男伴来购物的女客人们表情丰富,神态各异。有一位独自购物的女客人,不知该做何选择,陷入苦思,头昏脑胀。品子在远处观望着她们,仿佛看见了一个奇妙的世界。

品子说，接下来要顺道去母亲的排练场，然后去帝国剧场观看《普罗米修斯之火》。少女们闹腾着要跟去这两个地方。

"真想大伙能立马在排练场穿上芭蕾舞鞋站起来试一试呀。可以吗？"

一位少女在银座的大街上，抬起女学生鞋的后跟站立起来。

"不行啊。大泉研究所的人在别人的排练场穿上芭蕾舞鞋，哪能做这样的事。"

"那是令堂的排练场，她又不是外人啊。"

"因为是家母的排练场，所以更不行呀。说不准我还会被训斥呢。"

"只是参观排练可以了吧？好想看看呀。"

"参观学习也不行……你们刚进入大泉，参观别的地方什么的……"

"那，我们把你送到门口也不行吗？"

观看完《普罗米修斯之火》以后，夜色已深。品子想让少女们回家，便说江口舞蹈团与古典芭蕾的技巧不同，一个少女说道："可以参考呀。"

"参考？"品子笑了起来。

少女们的希望和好奇围绕着品子，直至来到波子的排练场。

品子带来的少女们，用认真的目光注视着排练完毕后从地下室回家的少女们。因为这些是穿着芭蕾舞鞋的同伴，不是穿普通鞋子的女人。

品子同少女们分别，下到排练场里。

波子同五六个学生一起在小房间里更换衣物。

品子等待的时候，打开了小桌上的唱片机。是贝多芬的《春日奏鸣曲》。

这首曲子里包含着母亲对竹原的回忆，品子也知道这回事。

"让你久等了。"

波子出来了，她对着这里的镜子重新看了看头发。

"品子，高男的朋友，那个叫松坂的孩子，你见过吗？"

"那位朋友的事，我曾问过高男。虽没见过，不过他是非常俊俏的人吧？"

"很英俊呀。说是英俊，却有着不可思议的美，像妖精一样……"波子如同追逐幻影似的说，"昨天晚上，从帝国剧场回家的途中，高男给我们介绍了他。"

波子心想，品子知道自己去观看了《长崎踏绘》，她同竹原会面也被高男碰见了，反正品子会知道的，她便说出了这事。

"我心里想，还有这样的人吗？仿佛不是地上的人，也不是天上的人。不像日本人，也没有洋人的派头。肤色是黑种的，却不是黢黑的，也不是棕色的，皮肤上似乎还有一层微妙的光泽。像女孩，又像是男性……"

"是妖怪，还是佛呢？"

品子轻声说着，诧异地望着母亲。

"大概是妖精吧。我甚至觉得，同那样的人交朋友的高男很奇怪。"

波子从松坂那里得到了不吉利的天使的印象，这是事实。

波子同竹原一起漫步的时候，高男突然现身，波子惊得两腿发软，眼前变得一片灰暗。在这片灰暗之中，松坂站在那里，像一道朦胧的异光。松坂给波子留下了这样的印象。

他们被沼田发现，又被高男发现了。波子感到前途无望、气数已尽的时候，松坂意料不到地出现了。

走进欧沙鲁饭店，波子一边啜饮红茶，一边似看非看地观察松坂。这仿佛是她同竹原之间最后一次会面，并且落得悲惨结局的时刻，波子心情压抑。与他们毫不相干的松坂出现在这样的场合，美丽得如同妖精。波子心想，这也许是命运的某种暗示。

高男同朋友在一起，不觉得事情奇怪，大概是松坂的美起到了不可思议的作用。

　　里面的座位同大厅交界的地方，挂着薄薄的帷幕。松坂的脸浮现在浅蓝色的帷幕上，透过帷幕，隐隐约约可以看见大厅。波子只能同竹原分别，和高男一道回家。

　　时至今日，松坂的影象还残存在波子心中，如同自己的身影一般。

　　"高男什么时候同他成为朋友的？"

　　"不是最近的事吗？好像非常亲密呢。"品子答道，"妈妈，后面的唱片也播吧？"

　　"好啊。放吧。"

　　《春日奏鸣曲》唱片第一张的背面是第一乐章，以快速的节奏结束。

　　品子一边收拾唱片，一边问道："什么时候拿来这里的？"

　　"今天。"

　　波子心想，今天见不到竹原。

　　波子连着两天去帝国剧场。

　　今天是江口隆哉、宫操子公演的头一晚，前来观看的舞蹈家、舞蹈批评家、音乐记者等宾客当中，波子有不少熟人，她没再邀请竹原。昨天晚上她学到了教训。

　　况且，今天是品子邀请了波子。母亲昨晚同竹原见面的事，品子也从高男那里听说了。不过，她没有估计到，今天母亲也想见竹原。

　　波子打算等学生们不在时给竹原去个电话。然而，品子来了，电话打不成了。

　　依恋父亲的高男发现了她同竹原在一起，然而从昨天晚上到今天早晨，矢木什么话也没说，什么事也没有。不过，波子想把这些事告诉竹原。大概听见竹原的声音她才能心安吧。

没能打成电话,波子感到难过。

"近些日子连舞蹈会都没什么兴趣看了。"

"为什么?"

"大概是不想被以前的老熟人看见吧……对方不知如何打招呼才好,我也不知怎么办才好,很为难啊。时代变了呀。已经没有我的一席之地了吧。他们一副见到了被遗忘之人的表情。"

"哪有这种事啊。这是妈妈自己说的吧?"

"是啊。战争时期被抛弃也是事实。也许是自己造成的。战前的人,战后感到厌世。在这世上有很多这样的人,精神脆弱就……"

"妈妈的精神可不脆弱呀。"

"是啊。我曾被人忠告说,我这样会使得自己的孩子变得软弱。"

波子朝着皇宫的护城河畔走去的时候,受到了来自竹原的忠告。

穿过京桥到马场先门的电车道、国有铁路的高架桥,高大的街树叶落殆尽,皇宫的森林上空,悬挂着一轮纤细的夕月。

倒不如说,波子心头摇曳的朝气蓬勃的火焰,令她终于说出了相反的话。

"果然,不在舞台上跳舞是不行的呀。宫操子她们实在是了不起呀。"

"宫操子的《苹果之歌》?还有《爱与斯克兰》?"

品子说出了舞蹈的名字。

《苹果之歌》是伴随诗的朗诵,跳起潘潘女郎[①]的舞蹈。《爱与斯克兰》是退伍军人的群舞,男演员穿着褪了色的、汗迹斑斑

[①] 潘潘女郎,特指在战后为驻日美军做风月生意的女人。其中有无数因战争失去家人的妇女、从日本各地买来的少女,还有许多被诱骗至此的日本女性,她们成为"欢乐街"的服务人员,主要工作就是为美军官兵提供卖春服务。

的军服或白衬衫黑裤子，女演员穿着连衣裙翩然起舞。

首先这在古典芭蕾舞里是没有的，战后生活的面貌被融入舞蹈当中，栩栩如生。这样的舞蹈，品子曾观看过，至今仍记忆犹新。

"战前的人舞蹈出色的，不止宫操子一人呀。妈妈您也跳吧。"

"跳跳试一试吧。"波子也这么应答。

六点开演，她们提前了二十分钟到剧场。波子避人耳目般在座位上一动不动。今晚的座位也在二楼。

品子谈到了四个女学生的事。

"是吗？四个人相约？"波子嫣然一笑，"不过，品子在她们那个年纪的时候，已经在舞台上跳得很出色了。"

"嗯。"

"近些日子，也有四五岁的孩子来妈妈这里，说是要学芭蕾舞，成为芭蕾舞女演员……这不是孩子的意志，而是母亲希望她这么做呀。有的孩子四五岁开始学习日本舞，西洋舞蹈也不是没有这种情况，不过我还是拒绝了。我说至少等孩子上了小学再来。不过，我不能笑那位母亲。从品子生下来起，我就想让你学习舞蹈了。这不是孩子的意志……"

"是孩子的意志呀。我四五岁的时候就已经想跳舞了。"

"母亲在跳舞，在舞蹈会上，这样年幼的孩子……"波子将手掌举在膝盖前，"因为是我牵着品子的手带你去的……"

然而，器乐的神童似乎也是父母培养出来的，尤其是日本的技艺，有师门、流派、名字、父业子承等诸多规矩，孩子仿佛被命运所束缚。

有时波子也会把品子和自己的事放到这种程度来思考。

"这么小就开始……"

这回是品子把手伸到了前面。

"我想像妈妈一样跳舞呀。我们一起登台演出的时候，我高兴极了。这已经是多少年前的事了。妈妈，再次舞动吧。"

"是啊。在妈妈还跳得动的时候，在舞台上给品子当个陪衬吧。"

昨天沼田也劝波子举办春季表演会。

然而这笔费用该如何筹措呢？波子如今没了任何依靠。竹原的身姿还留存在她的心中，波子担心这事会同竹原联系在一起。

"女学生来了吗，我去找找看。我说技巧不同，让她们回去，可她们却说可以做参考，真令人惊讶。"

品子站起身走了。开幕铃声响起，她又折回来了。

"好像回家了，也许在三楼的座位……"

前面是短暂的舞蹈，《普罗米修斯之火》在第三部分。

《普罗米修斯之火》由菊冈久利创作，伊福部昭作曲，东宝交响乐团演奏。

这是一出描绘古希腊神话中的普罗米修斯的四景舞台剧。自序幕的群舞起，就与古典芭蕾舞不同，品子被吸引了。

"哎呀，裙子连在一起呢。"品子惊讶地说。

约莫十位女演员表演了序幕的舞蹈，她们的裙子连在一起。数位女演员在连成一片的裙子里起舞。她们翩翩起舞，舞裙如同汹涌的浪涛般翻滚，时而扩展，时而收缩。色彩暗淡的舞裙看起来是某种象征性的前奏。

第一景是没有火焰的人类黑暗的群舞。第二景是普罗米修斯用干枯的芦苇盗取太阳火焰的舞蹈。第三景是获得火种的人类欢喜的群舞。

盗取火种赐予人类的普罗米修斯，在尾声第四景当中，被捆缚在高加索山的巨石上。

第三景的火焰舞是这场舞台剧的高潮。

黑暗的舞台正面，普罗米修斯之火正熊熊燃烧。这把火焰，在人类的手中不断传递。获得火种的人们立即占满了舞台，跳起欢庆的舞蹈。五六十个女演员加上男演员，手中都举着燃烧的火把，他们舞动着，火焰照亮了舞台。

波子和品子都感到舞台上的火焰在自己的心中燃烧蔓延。

演员们衣着朴素，昏暗的舞台上，赤裸的手和脚的舞动栩栩如生。

这种神话的舞蹈里的火焰意味着什么呢？普罗米修斯意味着什么呢？

演出结束后，品子追忆着残留在脑际的舞蹈，这样思索起来。她想，似乎包含着各种意义。

"人类的火焰舞之后便是普罗米修斯被捆缚在高山的岩石上啊。"品子对波子说，"黑鹫啄食他的肉和肝脏……"

"是啊。舞台剧的四景结构也很好。场景之间的转换清楚分明，让人印象深刻。"

二人慢悠悠地走出了剧场。

四个女学生等待着品子。

"哎呀，你们来了吗？"品子望着少女们，"我找过你们啦，没找着，我以为你们已经回家了……"

"我们在三楼。"

"是吗？有意思吗？"

"嗯，很好，对吧？"一名少女询问同伴，"不过，有些不愉快，有些地方很可怕，是吧？"

"是吗？你们快回家吧。"

然而，少女们还是跟在品子身后。

"有个舞蹈家坐在三楼的席位吧？"

"你说舞蹈家？谁？叫什么名字？"

"好像叫香山。"那名少女又询问地看了看同伴。

"香山？"品子停下了脚步。

"你怎么知道他叫香山？"品子转过身，注视着少女。

"我们旁边的人说的呀。他们说'香山来了''那是香山吧'……"

"是吗？"品子神色柔和地问，"那个说香山来了的，是什么样的人？"

"说话的人？……我没细看，是一个约莫四十岁的男人。"

"叫香山的那个人，你也看见了吗？"

"嗯，看见了。"

"是吗？"

品子的心口发堵。

"旁边的人看着那个叫香山的说了些什么，我们也只是望了望那边。"

"说什么了？"

"那个叫香山的，是舞蹈家吧？"少女探询地看了看品子，"谈论了他的舞蹈，他们说'那人如今怎么样了？不跳舞了实在可惜……'"

十三四岁的女学生们并不知晓香山。战争结束后，香山就不再跳舞了。他被埋没了。

香山出现在帝国剧场的三楼，这事令人难以置信。品子对波子说："真的是香山吗？"

"也许是吧。"

"香山来看《普罗米修斯之火》吗？"品子说。她的声音低沉，比起问波子，更像是询问自己。

"去了三楼，大概是不想被人看见吧？"

"也许是吧。"

"即便销声匿迹也想来观看舞蹈，香山的心情变化了吗？特意从伊豆赶来了吧？"

"哎？或许是来东京办什么事，顺道过来的吧。只是在某个地方瞧见了《普罗米修斯之火》的宣传画，过来稍微看一看吧？"

"他可不是顺道来看看的人。香山来观看舞蹈，一定是有什么想法。一定是的。说不定他也会悄悄来看我们的公演。"

波子感到品子正浮想联翩。

"香山观看舞蹈的时候专注吗？"品子询问少女。

"我不知道呀。"

"他什么样子？"

"西服？我没细看呢。"

少女和同伴面面相觑。

"那位来东京不通知我们一声？还有这样的事？"品子悲伤地说，"况且，我们在二楼，他在三楼，我却没察觉到。为什么啊？"

品子突然把脸凑近波子。

"妈妈，香山一定还在东京站。我去找他行吗？"

"是吗？"波子安慰似的应道，"既然香山是悄悄过来的，让他就那样隐藏着不好吗？他大概不想被人发现。"

品子却焦躁不安。

"已经放弃了舞蹈的香山，为什么又来观看舞蹈呢？光是这件事，我就想问问他啊。"

"那你赶紧去问问吧？不知道他是否还在车站……"

"好。我先过去看看，妈妈您随后再来……"

品子一边加快脚步，一边对四个女学生说："你们快回家吧。"

波子冲她的背影喊了一声："品子，在车站等我……"

"好，我在横须贺线的站台上等您。"

品子小跑着，她回头看见母亲的身影渐渐远去，就快步跑了起来。

她跑得越快，就越觉得香山一定在东京站，而且觉得他就要离开了。

品子的呼吸渐渐急促，她心潮澎湃，仿佛一团团的火焰在随波摇曳。

《普罗米修斯之火》舞台上，人群在舞蹈时举起的焰火，她看到它就在自己的身体里。

一团团火焰的对面，香山的脸庞时隐时现。

道路两旁古老的洋楼几乎都被占领军占用了，幸好昏暗的道路上行人稀少，品子继续奔跑。

"图尔朗（旋转）三十二次、三十二次……"品子喃喃自语，以此排解痛苦。

《天鹅湖》的第三幕里，恶魔的女儿化身成白天鹅，单脚站立，一圈一圈地旋转、舞动。她旋转了三十二次，或是更多。优美地持续这个舞蹈动作，是芭蕾舞女演员的骄傲。

品子还没跳过《天鹅湖》的主角，但她总是进行增加旋转次数的练习，因此"三十二次"是她在痛苦时发出的助威声。

来到中央邮政局前，品子放慢了脚步。

她四处张望，走上横须贺线的车站，湘南电车停靠在那里。

"一定是这趟电车。啊，赶上了。"

品子的呼吸刚平稳下来，她就一个一个车窗往里瞧。她心里依旧记挂着看过一遍的客车中站立的人群里，有没有香山的身影。

她还没走到车尾，发车铃响了。品子瞬间跳上了车。

"啊，妈妈……"

她这才想起自己同母亲约好在这个站台会面。

"在大船站下车就好了。"

品子站在客车厢的通道上，环视了一圈车上的乘客。品子心想，香山一定在这趟车上，每一个地方都要找找。

在新桥站，电车更加拥挤了。

电车到达横滨之前，品子找遍了所有客车厢。

然而，不见香山的踪迹。

"下一趟是火车，还是电车呢？"

香山很久没来东京了，他或许会去银座附近逛逛。

品子犹豫不决，要不要在横滨站换乘下一趟火车呢？

不过，她还是觉得香山在这趟电车上。是不是一时半会看漏了？到了大船站，下车时，品子还这么想。

品子走在月台上，逐一把车窗窥探了一番。电车发动了，她才停下脚步。

随着车窗里的人迅速流逝，品子仿佛被这趟电车吸引了。

电车开往沼津，因此香山要在热海换乘伊东线。要是品子也乘坐这趟电车，在热海站或是伊东站冷不防地站在香山面前……

品子久久地目送电车离去。

电车消失了，夜晚的田野上，仿佛浮现出普罗米修斯的身影。

被捆缚在高加索山的岩石上的普罗米修斯。他的肉体和肝脏被黑鹫啄食，他的身躯被雨打风吹。一头白色的母牛经过山麓。由于主神的王后朱诺的忌妒，美丽的少女伊娥被变幻成母牛。普罗米修斯对母牛伊娥说，往南方走，再到遥远的西方，去到尼罗河畔吧。在那里，母牛伊娥变回了少女的姿态，成了国王的妃子，她的血脉会诞生出勇士海格力斯，他将斩断普罗米修斯的锁链。

母牛伊娥由宫操子扮演。这场舞蹈如诉如慕，神秘悲痛，不知怎么，品子觉得自己是伊娥，香山是普罗米修斯。

品子换乘横须贺线，没一会儿就在北镰仓下了车，等待母亲。

"啊，品子，你坐到哪里去了？"

波子松了口气。

"我乘湘南电车来的。我急急忙忙赶到东京站时,湘南电车正好发车。我想香山一定在这趟车上,就上车了。"

"那香山在吗?"

"他没坐这趟车。"

二人走出车站,朝圆觉寺的方向走,直到穿过铁路,她们都沉默不语。

波子看着洒落在小路上的樱花影子,说:"你不在东京站。我还以为你和香山去哪儿了呢。"

"要是我在车站见到了香山,就会在那里等您了。"品子的声音很不安。

今天晚上,香山在帝国剧场这件事让品子感到他愈发迫近了。

她们两个回到家,就看见矢木和高男面对面地坐在茶室的暖炉旁。

高男的神色有些尴尬。

"您回来了。"高男抬起头望了望波子。

"今天我见到松坂了,他让我代他向您问好呢。"

"是吗?"

矢木好像不高兴,一言不发。他和高男两个人像是在谈论波子的传言。

波子感觉喘不上气来。

"松坂也对您的美丽感到惊讶呢。"高男说。

"我才被他的美丽震惊了呀。他是高男的什么朋友?"

"您说什么朋友?"高男眼神迷蒙,突然羞涩了,"我和松坂在一起,就感到幸福。"

"是吗?那孩子让你感到幸福?不知道为什么,妈妈觉得他看起来像妖精一样……大概男人有从少年转变为青年的时期吧。

有些人突然转变，有些人的转变并不起眼，各式各样啊。不过，那个人在变化的转折点上出现了。"

"高男也在变化的转折点呢。"矢木从旁边插话，"你要重视呀。"

"是……"波子望了望矢木。

"今天晚上也和竹原在一起吗？"

"不是。和品子在一起……"

"是嘛。今天晚上和品子在一起？"

"嗯。品子到排练场邀我……"

"是吗。同品子在一起很好，不过这些日子，你有同高男在一起过吗？除了和竹原散步时碰到高男，你们在一起那次以外。"

波子一声不吭地克制着肩膀的颤抖。

"你要同高男分离吗？"

"哎？……在高男面前，你都说些什么呢？"

"不要紧。"矢木平静地说，"高男出生已经二十年。在这期间，家族不过只有四个人，应该互相珍惜着过日子呀。"

"爸爸。"品子喊了一声，"要是您珍惜母亲，我们大家也会互相珍惜的。"

"是吗？我想到了品子会这么说。不过，品子你不明白呀。在品子眼里，母亲大概成了父亲的牺牲品。然而并不是这样。多年的夫妻，一方让另一方成为牺牲品，没有这样的事啊。他们大都一同垮掉了。"

"一同垮掉？"品子目不转睛地盯着父亲，"要是垮了，不能相互扶持起来吗？"

这回是高男插嘴了："那个呀……女人由于自己的原因垮下来了，却认为是丈夫使自己垮掉的。"

"认为是丈夫使自己垮掉了，想依靠别人的手将自己扶起来——即便是自己的原因垮下来的。"矢木重复了相同的话，还插入了"别人的手"这样的词语。

"无论是爸爸还是妈妈，都不会垮掉的。"品子双眉颦蹙。

"是吗？那么，妈妈受人诱惑了吧。品子，你虽是偏袒妈妈的，不过妈妈同竹原继续保持这种奇妙的来往，你觉得可以吗？"

"我觉得可以。"品子直截了当地回答。

矢木平静地微微一笑："高男你觉得怎么样？"

"我不想被人问这种问题。"

"那倒也是。"

矢木点了点头，高男却穷追不舍："不过，妈妈受人诱惑了，这是事实。爸爸也看到了吧。咱们家的日子越发艰难了，爸爸您却视而不见。这让我很难过。"

矢木背过脸去，不看高男，抬头望了望波子头上的匾额。匾额上是良宽书写的"听雪"二字。

"这里头也有历史。高男不知道这二十年的历史呀？"

"历史？"

"嗯，我不大想提起，不过战前咱们家也……唉，也过着奢侈的日子啊。不过能过上奢侈日子的是你妈妈，不是我。我从没有过奢侈日子的想法呀。"

"可是，咱们家家境变得艰难并不是由于妈妈奢侈的关系。是战争害的呀。"

"那是当然。我不是那个意思。我说的是，咱们家过着奢侈的生活，即便是这样，我一个人在心理上一直过着穷苦的日子。"

高男受挫般说："啊？"

"这一点，品子不用说，高男你也是妈妈奢侈的孩子啊。也就是说三个富人养着一个穷光蛋。"

"您这么说……"高男结巴了,"我不太明白,但总觉得,我对您的尊敬被损害了。"

"我曾担任过波子的家庭教师,高男你不晓得那段历史。"

波子认为矢木的话句句在理。

然而,波子不明白丈夫为何一反常态说这些话,听起来像是吐露了内心积攒的憎恶。

"说不定你妈妈会觉得遭我伤害了二十年呢。然而,事实又是怎么样的呢?如果果真如你妈妈所想的那样,品子和高男的出生不就成了坏事吗?你们二人要为此向妈妈赔罪吗?"

波子感到冷漠直直贯穿到她的灵魂深处。

"您说让我们两个给妈妈赔罪?说生下我们是坏事?"品子反问矢木。

"是的。如果你妈妈后悔同我结婚……说到底,不就是那么回事吗?"

"只向妈妈道歉,不向爸爸道歉,这样也行吗?"

"品子。"波子厉声喝住品子,然后对矢木说,"你怎么能对孩子说这么无情的话?"

"打个比方……"

"是啊。"高男插嘴了,"生下来了,说这讲那的,那样的事我们即便听了也体会不到。就是爸爸也体会不到,不过说说罢了。"

"打个比方啊。两个人的孩子都二十岁了,即便是这样,你妈妈依旧对我不满,女人的空想力如此根深蒂固,实在让我惊讶。"

波子遭人猛击似的,不知如何是好。

"竹原那种人,不就是凡夫俗子吗?这男人的可取之处,就是没有同波子结婚吧。总之,是空想的人物。"矢木淡淡一笑,"射入女人胸膛的箭,拔不出来了吧。"

波子不明白那是什么意思。

"两个孩子都二十岁了。"矢木把话重复了一遍,"从姑娘的时候起再过个二十年,大致就是女人的一生了。你却让它在无聊的空想中流逝了,事到如今已是追悔莫及了。"

波子垂下脑袋。

她几乎无法揣摩丈夫的真意何在,虽有在理的地方,却没有一以贯之的联系。

矢木明明在责备竹原,却平静地嘲弄他,波子怀疑矢木是在愚弄自己。

然而,波子觉得,她也能看见矢木自身的空虚和绝望。矢木从未像这样崩溃失控,争论不休。

波子从未见过矢木在孩子面前暴露自己的耻辱。

矢木似乎想让孩子们承认,要是波子受伤了,矢木也受伤了;要是波子垮掉了,矢木也垮掉了。然而,这种说法对品子和高男会有怎么样的影响呢?

"如果你说希望四个人互相珍惜的话……"波子的声音颤抖,说不出后面的话。

"品子和高男也好好想想吧。按妈妈的做法,不久就要把这个家卖掉,一家人变得一无所有了。"矢木发泄般说。

"好呀,请妈妈把一切都尽快丢弃吧。"

说罢,高男耸了耸肩。

这栋房子没有大门,也没有围墙。小山环抱着庭院,山的缺口自然地成了入口。这里是山间洼地,冬天很暖和,是个太阳地儿。

入口的左右两边是小偏房。右边的偏房虽说是别墅看管人的住处,却能看出波子的父亲爱好建筑,设计颇具匠心。战后也曾将它租借给竹原。现在是高男住在里面。波子打算卖掉的,就是这间偏房。

品子一个人住在左边的偏房。

"姐姐。我能去你那里待一会儿吗?"

一走出正房,高男就说道。

品子拿着炭火铲子和火种,在黑暗的庭院里,火光映照在大衣的纽扣上。

品子低头往火盆里添木炭,手打着哆嗦。

"姐姐,爸爸和妈妈的事,你是怎么想的?事到如今,我不惊讶,也不悲伤了。因为我是男人……无论是家庭还是国家,我都不抱希望。即便没有父母的爱情,一个人也过得下去。"

"有爱情呀。无论母亲还是父亲……"

"是的。不过,父亲和母亲之间的爱情,要是汇聚在一起倾注到孩子身上就好了,然而它却是分别倾注过来的。理解父母双方的感情让我疲惫不堪。对于活在当今不安定的世界,尚在不安分的年纪的我们来说,我虽不认同父亲的说法,可相伴二十年的夫妻间的不安是什么呢?孩子生下来是坏事的话,假使要道歉,也是向自己道歉,向时代的不安道歉吧?绝不是父母所理解的那样。如今的孩子的不安,不能指望父母来平息。"

高男越说越激昂,胡乱地吹着火盆里的火。

炭灰扬起来了,品子抬起了脸。

"妈妈说像妖精的那个松坂,他看到妈妈后说:'你的母亲在谈恋爱啊……在谈凄惨的恋爱。'松坂说,看到妈妈的样子,会生出人间乡愁一般的感受。看到妈妈谈恋爱的姿容,就感受到了爱情……与其说他喜欢妈妈,不如说他喜欢妈妈的恋爱。松坂是虚无的,如同娇艳的、濡湿的花朵一般虚无……也许我被松坂的魔力附体了,我也不觉得妈妈的恋爱是不纯洁的。妈妈是不是憎恶我帮着父亲监视她呢?"

"憎恨什么的……"

"是吗。的确,我在监视妈妈啊。我偏袒爸爸,必定尊敬爸爸。然而，我尊敬的，是受到妈妈照顾的爸爸。遭到妈妈背叛的爸爸，是一种幻灭。"

品子被高男的话震惊了，她望着高男。

"不谈这些啦。姐姐，我或许要去夏威夷的大学念书。爸爸在替我张罗呢。爸爸说，事情办成之前要对妈妈保密。"

"啊？"

"爸爸自己为了去美国的大学任教正忙活呢。"

高男去夏威夷、爸爸去美国的事虽然都还没落定，可矢木竟蓄意向波子和品子隐瞒这些事，品子震惊了。

"撇下妈妈和我？"

品子喃喃自语。

"我觉得姐姐也去法国或者英国就行了。这个家，和妈妈的东西，一件件卖掉……反正总归是要这样变卖得一样不剩……"

"一家离散？"

"即便是住在一起，不也是四分五裂吗？因为渐渐下沉的船里，大家都各自挣扎……"

"照你刚才说的，岂不是要把妈妈一个人留在日本吗？"

"是那样吧……"

高男的声音，同父亲相似。

"不过，妈妈或许也想被解放。一生当中，哪怕只有短短的一段时间，让妈妈完完全全一个人待着，会怎么样呢。她照料我们三个，得有二十多年了吧？如今她发出悲鸣……"

"是吗？你的话怎么那么冷漠？"

"爸爸似乎觉得把我留在日本很危险。如同过去的人一样，我们不为国家自豪，也不指望靠国家过活。爸爸的见解很新颖，我很喜欢。我不是为了出人头地和学习到外国去。在日本，我将会堕落、会破灭，为了避免这样的危险，我会被赶出日本吧。爸爸有个朋友在夏威夷的本愿寺，虽说是他邀我过去的，但我将在那边工作。我和爸爸一致认为,不回日本也好。成为世界人才,这事像是希望,又像是绝望。爸爸想给我实施麻醉呢。"

"麻醉?"

"想想这事,爸爸要把儿子丢弃在国外,爸爸的心理也有可怕的地方啊。"

品子看着高男纤细的手。他攥紧拳头揉擦着火盆的边缘。

"妈妈太天真了。"

高男撂下一句话。

"然而,姐姐要搞芭蕾的话,要是不尽快走向世界的话,这一生不就虚幻缥缈,无为而终了吗?到世界的任何地方,有一年是一年。近些日子,我这么一想,就对这个家毫无留恋了。"

高男说,爸爸筹划去美国或南美,大概是因为畏惧下一次的战争。

"姐姐,假使咱们家四个人分别生活在世界的四个国家,我们回忆起日本的这个家时,会萌生怎样的爱呢?我感到寂寞时,也会这样幻想。"

高男回对面的偏房去了,只剩品子独自一人,她擦掉脸上的香粉,把脸凑近镜子,低头看了看自己的眼睛。

爸爸和弟弟,男人内心深处的想法总是有点可怕。

然而,她一闭上映照在镜子当中的眼睛,就看见了被捆缚在山岩上的普罗米修斯,她觉得他是香山。

那天晚上,波子拒绝了丈夫。

漫长的岁月里,她从未公然拒绝过,更未公开地主动要求过,波子觉得这事不可思议,打从这时候起,大抵如同女人的象征一样,她的心就死了一半了。可是,一旦拒绝了,也就算不了什么了。不过是当下的趋势罢了。

猛然间,不知怎的,波子被弹起似的一跃而起,她扯拢睡衣的领子，坐了下来。

矢木吓了一跳，他以为波子身体哪个地方疼，睁开眼睛看了看。

"好像有根棍子戳到了这里。"

波子说着，直直地从胸脯往下抚摸到心窝。

"请别碰我。"

波子被自己突然拒绝丈夫的行为震惊了，面色通红。她抚摸胸口的手势也透着孩子气。

她看上去像是害羞极了，蜷缩着身体。

因此，矢木没有察觉到波子吓得毛骨悚然。

波子灭掉了枕边的灯，一躺下来，矢木就从后面轻柔地抚摸她那"有根棍子戳进去"的胸脯。

波子背脊上的肌肉绷得紧紧的。

"这里吗？"矢木说着，按了按她僵硬的肌肉。

"没事了。"

波子扭过胸脯，想要远离矢木时，矢木的胳膊用力地将她拽了过去。

"波子，刚才我说了二十年、三十年，可这二十多年来，除了你这个女人，我从未触碰过其他女人。我只倾心于你。在男人的生涯里，这是不可思议的例外，为了你这个女人……"

"这个女人之类的，请您别说了。"

"我没想过还有别的女人，所以才说这个女人的。你这个女人大概不懂得忌妒吧。"

"我懂。"

"你忌妒谁？"

如今波子虽忌妒竹原的妻子，可她说不出口。

"没有不忌妒的女人。即便是看不见的东西，女人也会忌妒的。"

听见矢木的呼吸声，波子像要避开他的气息似的，用手捂住了耳朵。

"生下品子和高男是坏事，要是我们是这样想的……"

"嗯。打个比方啊，不过说说罢了。不过，生下高男以后就再没生过孩子，这是为什么呢？再生一个也很好啊。一回想起来，你沉迷于舞蹈之后，就再没有生孩子啊。是这样吧？曾有基督教的牧师说过，舞蹈的创始者是恶魔，舞蹈的行列是恶魔的行列……如果你不再跳舞，往后也许还会生一两个孩子。"

波子又感到毛骨悚然。

时隔二十年再生孩子这事，波子想也没想过。矢木这么一说，听起来像是坏心眼儿，惹人嫌恶。

然而确实不见得没有这样的错误，波子感到恐怖。

波子同竹原在一起，有时恐怖症会突然发作，而今天晚上同矢木在一起，也受恐怖症袭扰了。

观看完《长崎踏绘》以后，波子曾对竹原低声私语："我再也不说可怕了。"之所以这样说，是因为波子自己领悟到，过去恐怖的发作，其实并不是爱情的发作，她同竹原倾诉了这种剧烈的变化。

然而，同矢木在一起时感到的恐怖，并不能想成爱情的发作。如果硬是要和爱情扯上关系，那大概是丧失爱情的恐怖吧。或者是在没有爱情的地方描绘爱情，那种虚幻消逝的恐怖吧。

波子甚至深切醒悟到，人与人之间的厌恶当中，没有比夫妻之间的厌恶更让人体味到切肤之痛，更让人毛骨悚然的了。

假使它变成了憎恶，那一定是最丑陋的憎恶吧。

不知怎的，波子回忆起一些无聊的事。

那是同矢木结婚后不久的事。

"小姐连洗澡水都不知道怎么烧吧。"矢木说，"盖上锅盖，就能节省煤炭了。"

于是矢木破开了一个啤酒箱，亲手做了一个锅盖。

照着热水烧开的势头添减柴火的事，他都十分细致地教她。

波子泡澡的时候，粗糙的锅盖漂浮在热水上，她觉得很脏。

矢木做锅盖足足花了三四个小时。波子站在后面呆呆地看着，矢木那时的姿态，至今记忆犹新。

今晚矢木所说的话当中，最打击波子的是他那一番告白：咱们家过着奢侈的生活，即便是这样，我一个人在心理上一直过着穷苦的日子。听到这些话，波子的脚都站不住了，她被推落到黑暗的深渊。

二十多年来，他依靠着波子过活，这简直是根深蒂固的憎恶或复仇。矢木同波子结婚，是矢木的母亲一手策划的，然而矢木似乎在坚韧顽强地实现母亲的阴谋。

矢木使出惯用的伎俩，温柔地引诱她，波子仍旧拒绝了他。

"你说那样的话，品子和高男会怎么想呢？我放心不下，去看看就来。"

说着她起身走了出去。

真的走到庭院时，她抬头仰望星空，波子感到自己无处可去。

天空中悬浮的白色云朵几乎要碰到后山，它的形状如同日本画当中的惊涛骇浪。

佛界与魔界

品子走进爸爸的房间,矢木不在房内,壁龛内挂着不常见的独行条幅。

佛界易入　魔界难进

大概是这样读吧。
靠近去看,是一休的印鉴。
"一休和尚?"
品子感到些许亲近。
"佛界易入,魔界难进。"
这回她读出声来。
禅僧的话内之意她不甚了解,然而所谓的"佛界易入,魔界难进",似乎是相反的。她看到这样书写的文字,用自己的声音读过之后,顿时领悟到了什么。

这句话似乎回荡在空无一人的房间里。一休的大字像眼睛,从壁龛里怒视着一切。

房间里还残存着父亲方才还在的迹象,温热的屋子反倒有些寂寥。

品子静静地坐在父亲的坐垫上,心情却无法平静。

她用火筷子拢了拢煤灰,冒出了小小的炭火。这是备前烧的手炉。

桌角的笔筒旁边,立着一尊小小的地藏菩萨。

这尊地藏菩萨是波子的物件,不知什么时候放在矢木的桌上了。

木像七八寸高,据说是藤原时代制作的。脏成黑黢黢的颜色。光秃秃的和尚头的圆度,是佛的圆度。一只手拄着高过身体的拐杖。这拐杖也是老物件,线条笔直,纹路清晰。

从大小来看,是一尊可爱的地藏菩萨像。然而,久久地端详一阵之后,品子不由得害怕起来。

品子心想,爸爸今天早晨也是这样坐在桌旁,时而观看地藏菩萨,时而欣赏一休的条幅吗?她又望向壁龛。

开头的"佛"字是用恭谨的正楷写的,到了"魔"字,就成了缭乱的行书。品子不由得感受到了"魔",这也令人惧怕。

"可能是在京都买下的吧……"

爸爸是偶然发现了一休的书画,还是喜欢一休的话就买下来的呢?

以前挂在壁龛旁边的卷轴被收起来了。

品子站起身,走过去看了看,是久海书卷的断片。

波子的父亲曾在家里放了四五幅藤原的诗歌断片,然而都被波子变卖了,如今只剩久海断片。传说久海断片是紫式部的手笔，因此矢木无法割舍它。

品子走出父亲的房间。

"佛界易入，魔界难进。"

她再一次喃喃自语。

这句话大概有某些地方与父亲心意相通吧。话语本身的意思，品子也思虑万千，确实捉摸不透。

品子想同父亲谈谈母亲的事，她待在排练场里，直到母亲去东京以后她才来父亲房里。

一休的书法，大概替父亲回答了什么吧。

大泉芭蕾舞团的研究所内，有二百五十多名学生。

这里并不像学校那样有固定的招生人数和入学时间，随时都可以加入。并且，有人接连缺席，也有人不再过来，始终有学生进出。因此，无法把握确切的人数，不过从未少于二百五十人。而且统计起来，人数不断在增加。

可以说，除了大泉芭蕾舞团外，东京主要的芭蕾舞团大抵都有二三百名学生。

然而，数量众多的学生并不是经过严格的考核进去的。同学习其他技艺的弟子一样，只要想学芭蕾舞，就能轻易加入。投师门下时，它们并不深究少女适不适合跳芭蕾舞，有没有前途，有没有希望登台演出。

在东京有六百所芭蕾舞教习所，要是大型教习所里有三百名学生的话，建立一个成系统的舞蹈学校，从中挑选资质好的学生，正规、严格地加以训练教导，该多好啊。然而似乎还没有这样的计划。

大泉研究所内，大多是女学生。她们在放学回家的路上去排练。

女生班有五组。

下设了小学生的儿童科。

女生班上面有两个班，她们的年龄大些，技术也更好。再往上是精英班。

精英班一如其名，班上的成员精通芭蕾舞。研究所所长大泉时常指导他们，和他们共同学习，他们是这个芭蕾舞团的主要舞者，只有十个人。

其中有八名女性，两名男性。品子也是其中之一。她的年龄最小。

精英班的成员担任助理教师，分别负责低水平班级的教学。

除了这些班级外，还有名为专科的组。这是为职员设置的班级，成员的年龄也各不相同。芭蕾舞团公演的时候，妨碍工作的将不能登台演出。

品子每周上三次精英班，再加上担任助理教师的排练日，几乎每天都要去研究所。

研究所设立在芝公园里面，从新桥站步行到此也需要十分钟。

今天品子心情沉重，她没有乘车，而是精神恍惚地步行过来了。研究所的入口处，站着一位母亲，她带着一个像是小学五六年级的女孩子。

"您好，请问可以让我们参观一下吗？"

"当然，请进。"

品子应答后，看了看少女。

大概是孩子央求着想学习芭蕾舞，母亲就跟来了吧。品子打开房门，请这对母女先进去，这时里面有人喊她。

"品子，你来得正是时候，等着你呢。"

呼唤品子的是野津，他是舞团的首席男演员。

野津是芭蕾舞女主角的男舞伴，也就是说，他作为扮演公主的女芭蕾舞蹈演员的搭档，扮演王子的角色。他的身姿高贵典雅，与角色相称。从紧绷的腰部到修长的腿脚，身体的曲线看上去很梦幻。他的身形同芭蕾舞服样式的古典白色舞衣十分般配，这在日本人当中是很少见的。

不过，排练的时候他穿着黑色舞衣。

"今天太田没来。我想你来了，那就拜托你弹钢琴吧。"

野津说话时不时掺杂着女人的腔调。

"行吗？"

"好。"

品子点了点头。

"钢琴的话，谁都能弹呀。"

太田是为他们的舞蹈练习伴奏的女钢琴师。

即便没有钢琴伴奏，依靠教师用嘴或手打拍子，也是可以完成芭蕾舞的基本练习的。许多教习所是没有伴奏的。然而，这里使用了切凯蒂的练习曲，有音乐伴奏和无音乐伴奏大不相同，习惯了钢琴伴奏练习的学生们，缺了钢琴就感到锐气受挫了。

品子对来参观的母女说："请到这边来。"

她请她们坐在门口旁边的长椅上，自己走到了火炉旁边。

"品子，你的脸色很差啊？"野津小声问她。

"是吗？"

品子站着一动不动。

"我拜托你弹钢琴，你不高兴了吗？"

"不是的。"

野津头上扎了一条波点花纹的绀色细缎带，没有结扣，收束得十分精妙。虽然只是为了防止头发散乱，可在这些地方能看出野津是好打扮的。

"虽然有人弹练习曲，不过还是……"

野津从火炉前的椅子上半转过头，抬头看了看品子。他的额头被绀色丝绸包裹着,眉毛整洁漂亮。

他大概是在夸赞品子的钢琴技术吧。

品子幼年时起,母亲就教她弹钢琴了。

到了如今的年纪,波子觉得钢琴教师更加轻松,她积累了正统流派的排练经验。二十年前,波子还年轻的时候,她就是个行家了。

品子也能弹大部分的舞曲。切凯蒂的练习曲被创作出来以教授芭蕾舞的基本动作,当然很简单。况且,几乎每天都来来回回地听,自己弹了太多次也已习惯了,曲子全都记在了脑子里。

品子弹奏时无意中走了神,野津走过来问她:"你怎么了?节奏快了些,和平时不一样。"

这时候排练的是女学生班上面两个班当中的B班,这个班被称为高等科。在公演的舞台上,她们都是群舞演员。

B班的人可以晋升到A班,跳得更好的,还可以被提拔到品子她们的精英班。

用芭蕾舞的术语来说,群舞当中有跳四方舞的,也有跳领舞的。领舞在群舞的前面跳。

然而,精英班的独舞演员有时也跳领舞,领舞演员有时也被选中跳独舞。

大泉芭蕾舞团二百五十多人当中,能够登台公演的,约莫五十个人。

谈到高等科B班,班里的成员都练习多年,舞蹈技巧娴熟。她们也熟识这个研究所的风格和教学方法。

何况握住横杆的热身练习,来来回回总是一个动作,因此练习进展顺利,品子弹奏钢琴不过是同往常一样动一动手指罢了。

她这副样子被野津责备了。

"对不起。"品子向他道歉,"你说节奏快了些?……是吗?"

品子的表情一副出乎意料、掩饰难为情的样子，好像在说"不可能吧"。

"我只是这么觉得罢了。你心不在焉地弹琴，我有些焦躁……"

"啊，对不起。"

品子面颊绯红，看着白色的琴键。

"没事啦。不过，品子是不是有什么麻烦？"野津悄声说，"跳舞也是这样啊，时不时感到沉重，跳着跳着就喘不上气来了。"

他这么一说，品子真的感觉自己呼吸变得急促，心扑通扑通直跳。

野津的汗臭味让她的呼吸更不顺畅了。

野津靠过来，品子恢复意识，清醒过来之后，感觉汗臭的气味非常刺鼻。

两个人一起跳舞时，野津的汗臭有时还好，现在的似乎是陈年汗臭。

野津经常换洗练功服，大概是因为现在是冬天，洗得不勤了吧。

"对不起，我会注意的。"品子讨厌臭味，她噘着嘴说了一句，"后面就……"

野津离开钢琴。

"那就拜托你了。"

品子用力弹起钢琴，合着学生们的脚步声，自己也晃动起来，节奏一致了。

离开把杆练习了。

如同音乐使用了意大利语一样，芭蕾舞使用了法语。

野津用法语不断地命令学生变换舞步，他的法语伴随着品子的钢琴声，似乎变得悦耳了。品子也似乎被野津的声音牵引着弹奏钢琴。

野津甜美的声音变得高昂清亮，不断重复着"曲膝""立脚尖"，他的发音对品子来说，也回荡在轻柔的梦乡。

野津时而用手打拍子，时而用嘴数拍子。

这些声音听起来是梦境的回响，品子感觉学生的脚步声突然远去了，她说了一句："不行。"看了看乐谱。

排练原是一个小时，因为野津热心，延长了快二十分钟。

"谢谢。辛苦你了。"

野津走到钢琴旁边，擦了擦额头。

品子闻到了一阵强烈的新汗臭味。她的鼻子如此敏感，大概是真的疲惫不堪了。

"排练场会空置一个小时吧？歇一会儿，一起练习吗？"野津对品子说。

品子摇摇头："今天不练了。我弹钢琴。"

一个小时以后，继女学生班之后，应该是职员班排练。

品子回到火炉旁边，两个坐在门旁边长椅上参观学习的女学生站起身，走了过来。

"我们想要守则……"

"好的。"

品子把守则连同申请书一起递给了她们。

带着小学生的那位母亲也对品子说："也请给我一份。"

野津独自一人在镜子前练习跳跃的动作。

野津跃起身体，双脚在空中互相拍击，做出击腿跳和拍打的动作，野津的拍打十分优美。

暖炉前，品子靠坐在椅子上，呆呆地望着地面。

负责下个班级的助教老师们也来到了排练场，各自练习着。

品子正想着野津不在，他就更换了着装，从里面走了出来。

"品子，今天回家……我送你……"

"可是没有伴奏了呀。"

"没事的，会有人弹的。"

野津将抱着的大衣穿上，他边穿袖子边说："从对面的镜子看见品子的身影，就知道你很痛苦。"

品子以为野津只观看自己在镜中的舞蹈，没想到他竟然留意到自己从远处映照在镜中的脸色。

他们的车子往御成门的方向开去，下了坡道，品子说："我想顺道去家母的排练场看看……"

野津说："我也有些日子没见到令堂了。我也去可以吗？"

他停下了车。

"前些日子，我碰见令堂了，是什么时候来着？我们谈了芭蕾舞女演员是结婚好还是不结婚好的事情，令堂说不结婚好，我说恋爱好……"

不知哪一天，指导双人舞时，品子曾听野津若无其事地说出这番话：舞蹈如此合拍的两个人，是结为夫妇好呢，还是成为恋人好呢，又或是彼此毫无关系才好呢？

专心跳舞的品子突然在意起来，身体变得僵硬，动作也不灵活了。她一拘谨，就将身体托付给男伴，没法跳舞了。

芭蕾舞女演员以所有的姿态将身体完全托付给男演员来舞蹈。他们拥抱、托举、坐肩，男演员还要接住飞身而来的女演员。用男女的身体，在舞台上描绘爱的模样。

芭蕾舞男演员甚至被称为"芭蕾舞女演员的第三条腿"，他们扮演着骑士的角色。反过来，芭蕾舞女演员扮演恋人的角色，同男演员融合在一起，将"第三条腿"当作自己身体的一部分。

品子还不是大泉芭蕾舞团的热门女演员或者首席芭蕾舞女演员的时候，野津就喜欢选她做双人舞的搭档。

旁人都认为他们二人恋爱、结婚是自然而然的事。

野津或许比未来的结婚对象还了解她的身体，品子多少算是野津的所有物了。

然而有些地方品子感受不到野津是男人。

大概是跳舞习惯了吧，又或许是因为品子是姑娘吧。

因为是姑娘，品子的舞蹈很难展露出女人的风韵。野津这么一说，她的身体突然僵住了。

两人一同乘车，比两人一同跳舞更让品子觉得别扭。

何况今天她不想让母亲见野津。

她不愿让野津瞧见母亲忧郁的面容和苦恼的样子。况且，她惦记着母亲的事，想一个人过去。

"真是位好母亲啊。然而，谈到芭蕾舞女演员结婚、恋爱的事，令堂脑中立刻浮现出品子的事，若有所思……"

野津说的话，让品子感到厌烦。

"是吗？"

波子的排练场没有开灯，门却敞开了。

波子不在里面。

还未到傍晚，然而地下室是昏暗的，只有墙上的镜子发着暗淡的光，沿着对面的马路，高高的长窗上映照着城镇的灯光。

空荡荡的地板冷冰冰的。

品子打开了灯。

"不在吗？回去了吧？"野津说。

"嗯。不过……没上锁啊。"

品子走到小房间看了看。波子的练功服挂在那里。她一摸，冰凉凉的。

排练场的钥匙由波子和友子保管。大都是友子先到，把门打开。

友子离开后，母亲把友子的钥匙交给谁保管了呢？品子心不在焉地忘记了排练场钥匙的事。然而，友子离开带来的不便，竟波及钥匙上？

即便是这样，一丝不苟的母亲为什么忘记上锁就走了呢？品子感到不安。

今天是古怪的日子。她到父亲房间去，父亲不在。她来母亲的排练场，母亲也不在。这些事赶在一起，品子越发不安了。

就像那个人刚刚离开，他的气息还残留着，反而更加空虚了。

"妈妈，您去哪儿了？"

品子照了照那边的镜子，她觉得母亲刚才还在镜中。

"啊，惨白……"

品子被自己的脸色吓到了，可是野津在对面，她不好补妆。

品子她们排练时会出汗，几乎不搽白粉，口红也只是抹薄薄一层。她们很少化妆来掩盖脸色。

品子来到排练场，打开了煤炉。

野津靠在横杆上，目光追随着品子："用不着点炉子了。品子不也要回去了吗？"

"不，我要等妈妈。"

"会回来吗？那么，我也……"

"我不知道她会不会回来。"

品子把水壶搁在炉子上，又到小房间里把装有咖啡的容器拿出来。

"不错的排练场。"野津环视着四周，"有多少学生？"

"六七十个吧。"

"是吗？前些日子我问过沼田，他说令堂也要举办春季表演……"

"还没定呢。"

"要是品子的母亲，我们也想帮一把呀。这里没有男演员吧？"

"嗯，没有招男弟子……"

"可是，表演会上没有男演员的话，不觉得寂寞吗？"

"嗯。"

品子心里不安，不想说话。

她低头倒咖啡。

"排练场都用成套的银器？"野津很稀奇似的，"只有女人的排练场就是整洁呀。令堂真是心思周密呀。"

这么说来，成套的银器很相称，收拾得整洁利索。可却没有大泉研究所那样的活力和生气，墙壁上都装饰着大泉芭蕾舞团公演多次的芭蕾舞剧的海报，非常华丽。这边的墙壁上只装点了些外国的芭蕾舞女演员的照片。就连《生活》杂志上剪下来的照片，波子都整整齐齐地装在画框里。

"我是什么时候观看了令堂的舞蹈呢？战争刚开始的那时候吧？"

"大概是吧。战争形势严峻之后，母亲就不再登台演出了。"

"和香山一起跳的吧。"野津想要回忆起当时波子的舞蹈，"如今想来，香山那时相当年轻啊，正好是我这个年纪？"

品子只是点了点头。

"他和令堂年龄相差很大，却看不出来啊。"野津压低声音，"听说香山也常和品子一起跳舞？"

"你说一起跳舞？那时我还是孩子，一起跳舞什么的，哪谈得上啊……"

"品子多大的时候……"

"最后同他跳舞？十六岁呀。"

"十六？"野津玩味似的重复了一遍，"品子忘不了香山吗？"

品子直截了当地回答："嗯，忘不掉啊。"

连她自己都没有想到会回答得如此干脆。

"是吗？"

野津站起身，双手插进大衣的口袋里，在排练场上来回走动。

"也许是吧。我是这么想的。我很清楚。可是，香山已经不是我们的世界里的人了，对吧？"

"没那回事。"

"那么，品子你同我跳舞，也认为是同香山跳舞吗？"

"没那回事。"

"两次的回答都一样啊，没那回事？"

野津从对面直直地向品子走来。

"我等你好吗？"

品子像是惧怕野津靠近似的，摇了摇头，"等我什么的……"

"可是我在等你，这事品子应该知道的，老早以前就……况且，香山不是品子的恋人，什么也不是，不是吗？"

野津说香山不是品子的恋人，或许是那样吧。

然而，品子纯洁的爱意同野津的那番话正相反。

野津来到品子的身旁之前，品子一下子站了起来。

"香山先生即便什么也不是，也没关系啊。我对别人的事……"

"别人？……我也是别人吗？"

野津小声地自言自语，转变了方向，朝旁边走去了。

品子看着映照在镜子当中的野津的背影，格纹围巾的红线在他的脖颈后侧。

"品子还在做着少女的美梦吗？"

品子在镜中追寻着野津的身影时，她感到自己的眼睛闪烁着光辉，不是为了野津，不如说是涌起了拒绝野津的力量。

这也是战胜自己内心的寂寞的力量。

到底是什么寂寞呢？品子感觉到，紧紧束缚着自身的寂寞就在某个地方。

"我已经下定决心了，直到母亲说我的舞蹈已经毫无希望之前，我不会考虑结婚的事。"

"直到令堂说品子的舞蹈已经毫无希望之前？同香山也？"

品子点了点头。

野津一直走到对面的墙边，回头看了看，瞧见品子在点头。

"是梦啊，真像个大小姐……不过，这么一来，我和品子跳舞，不就成了阻碍品子结婚吗？小姐这种人给男人分派了不可思议的任务啊。"

说着，他走了过来。

"你说谎。你心里记挂着香山，才说那种话……"

"不是谎话啊。我想和母亲在一起。家母在我的舞蹈上，倾注了二十年的心血啊。"

"品子的舞蹈，由我来保护……"

品子对此似乎也点了点头。

"那么，我相信品子的话。你同我跳舞的时候，没想过要同香山结婚？"

品子双眉颦蹙，凝视着野津。

"我爱品子，品子爱香山。然而，你同我跳舞的时候，两个人的爱都被克制了。这样做，品子同我跳的双人舞是怎样的幻影呢？两个人的爱徒劳地流逝吗？"

"并不是徒劳的啊。"

"总觉得像脆弱的梦啊。"

野津被品子眼里的光辉打动了，和刚才截然不同，神色生气勃勃。扑面而来的美貌当中，只有眼帘带着愁绪。

"我边跳舞边等你啊。"

品子眨了眨眼睛，微微摇了摇头。

野津将手搭在品子肩上。

品子回到家，高男的偏房里亮着灯。

"高男，高男。"

品子呼喊着他。

防雨板里传来了高男应答的声音。

"姐姐？你回来了。"

"妈妈呢？回来了吗？"

"还没呢。"

"爸爸呢？"

"在呢。"

品子听到高男开门的声音，逃跑似的说："行了，行了。等会儿……"

庭院已是一片夜色，品子不想让高男瞧见自己不安的样子。

门的声音安静下来。

然而，高男似乎站在走廊上。

"姐姐，你曾谈起过崔承喜吧？"

"嗯。"

"12月3号的《真理报》上有崔承喜撰写的稿子呢。"

高男像在谈论着大事件似的。

"是吗？"

"还写了她女儿逝世的事。写到她女儿到苏联公演时，在莫斯科大受欢迎……崔承喜的教习所里好像有一百七十名学生。"

"是吗？"

崔承喜给苏联的报纸撰稿的事，品子并不像高男那样乐此不疲地喋喋不休。

冬日凋零的梅树枝影，朦胧地映照在防雨板上，品子不安的眼神注视着影子。

"爸爸吃过了吗?"

"嗯,和我一起吃的。"

品子没回自己的偏房,她朝正房去了。

品子想起今天晚上自己没见到母亲就同父亲见面,总觉得内心不安。

"爸爸,白天我来过您的房间,我以为您在……"

"是吗?"

矢木从桌旁回过头来,将身体转向手炉的方向,等待着品子。

"爸爸,一休的条幅里的佛界、魔界是什么意思呢?"

"这个吗?这话很有意思。"

矢木平静地望着壁龛里的墨迹。

"您不在的时候我独自一人观赏了一阵,有些害怕啊。"

"是吗?为什么?"

"佛界易入,魔界难进,是这样读吗?所谓的魔界,是指人的世界吗?"

"人类世界?魔界?"矢木很意外似的反问道,"也许是那样吧。那也蛮好的。"

"像人一样活着,为什么是魔界呢?"

"虽说像人一样,人什么的,在哪儿呢?也许净是魔鬼。"

"爸爸您就是抱着这样的想法,观赏这幅墨迹的吗?"

"不至于……这里书写的魔界,依旧是魔界吧,是可怕的世界。因此才说比佛界难入。"

"爸爸,您想进去吧?"

"你问我想进魔界吗,你这么问是什么意思呢?"矢木一脸温和的表情,温柔和蔼地微笑着,"要是品子决意妈妈入佛界的话,我入魔界也是可以的……"

"哎呀。不是那样的。"

"'佛界易入，魔界难进'这句话使我想起另一句'善人尚成佛，何况恶人乎'。然而不尽相同啊。一休的话是排斥感伤主义的，不是吗？排斥妈妈和品子这种人的多愁善感……排斥日本佛教的感伤和抒情……也许这是严酷的战斗话语。对了对了，十五日会展展出《普贤十罗刹图》的时候，品子也去了吧。"

"去了。"

北镰仓一个名为住吉的古美术商的茶室，每月十五日会举行例会。古董商和茶道爱好者轮流烧茶，成了关东的一种主要茶会。

主人住吉担任了东京美术俱乐部的社长，是美术商里的元老人物。然而，他有些地方像禅宗和尚，淡泊脱俗，有些地方比茶道师傅更为精通。十五日的茶会，全靠这位住吉老人的人格支撑着。

因为离得近，矢木有时一时兴起就去看看。这幅《普贤十罗刹图》曾挂在益田家的壁龛里，可以参观的时候，矢木也邀波子和品子来观赏过。

"那是你妈妈的喜好吧。十罗刹围绕着骑白象的普贤菩萨，她们都是身着十二单衣的美人。她们的姿态与当时宫廷中的女人一样。是藤原时代华美感伤的佛画。大概可以看出藤原的女性趣味与女性崇拜吧。"

"可是，妈妈曾说，普贤菩萨的脸只是美丽，并不尊贵。"

"是吗。普贤原是个美男子，却被描绘成美女的样貌。连阿弥陀如来佛自西方净土来迎的《来迎图》也是藤原式憧憬的幻影，也写有满月来迎的话。藤原道长逝世时，阿弥陀如来的手里垂着一根丝线，藤原握住了丝线的一头。《源氏物语》诞生在藤原道长的时代，我年轻时似乎曾听你妈妈谈到，调查了源氏，发现他却是野蛮的穷人的儿子，同藤原的风雅与悲哀毫无缘分，他是粗俗卑劣的。这让她非常不痛快。"

说着，矢木看着品子的脸。

"《来迎图》里，迎接凡人灵魂的佛祖们身着华服，手持乐器，摆出舞蹈一样的姿态。女人的美，在舞蹈中达到极限，所以我没有阻止你妈妈跳舞。然而，女人不靠精神跳舞，只用肉体舞动罢了。我长期观看你妈妈的舞蹈，她也是这样啊。比起成为尼姑，女人还是跳舞更美。仅此而已。你妈妈的舞蹈，不过是她的感伤罢了，日式感伤……品子的舞蹈也是青春的虚无幻想画，不是吗？"

品子反驳了他。

"要是魔界里没有感伤，我选择魔界。"矢木不管不顾地说。

正房里只有矢木的书斋、波子的起居室、茶室、储藏室和女佣房。

只得将波子的起居室用作夫妇的寝室。

这房子还是波子娘家的别墅时，这间六叠榻榻米大小的房间就建得像女佣房，墙壁的下半部糊着古旧的和服布料。

虽说古旧，也不过是元禄以后江户时代的裲裆长罩衫，或是什么别的布料。

近来，波子一躺在床上欣赏这些用彩线绣成的古老的花纹图样，心里就空落落的。这些古旧的布料太女性化了。

拒绝矢木后，波子躺在床上很痛苦。

打那以后，矢木就不想再要求波子了。

矢木是早睡早起的人，大都是波子在他之后就寝，不过，即便是这样，波子来睡觉之前，他总要睁眼说些什么，方才入眠。

深夜，品子的偏房里，母女二人相谈正酣时，波子也说："爸爸这会要睡了。"

她折回了正房。

难以入眠的丈夫等待着她，惦念着她。长年的习惯铭刻在心。

即便是波子，人到寝室，矢木却没作声的话，也会深思他怎么了。

可是如今这个习惯好像也成了对波子的威吓。矢木在床上说些什么，波子就吓一大跳，身体紧紧缩成一团似的钻进被窝。

"我不是罪人啊。"

波子心里嘟囔着，却无法平静下来。她似看非看地窥视矢木有没有入睡，自己究竟是犯了什么罪啊？

波子没法翻身，自己在等待什么呢？等矢木入睡，还是等矢木要求自己？

自己被要求的话，或许又会拒绝吧，波子害怕那种争斗。然而矢木不要求，她又觉得害怕。

矢木入眠之前，波子无法入睡。

今晚波子在品子的偏房内闲谈，到了丈夫睡觉的时间，她也没回正房。

"听爸爸说，你对壁龛里挂着的条幅挑毛病？"

"啊？挑毛病什么的，爸爸说的吗？"

"嗯。他说品子不喜欢，两三天前就换了一幅……"

"啊？我不过是问他条幅是什么意思呀。爸爸说了许多，我不太明白。他说妈妈和我的舞蹈多愁善感，这话令我很懊恼啊。"

"多愁善感？"

"爸爸是这么说的呀。他说舞蹈这事，本身就是感伤的……"

"是吗？"

波子回想起，十五年前曾听矢木说：跳芭蕾舞会锻炼女人的身体，这会令丈夫高兴的。

矢木同波子说二十多年来，"除了你这个女人以外"，他没碰过任何女人时，她想避开丈夫的胳膊，或许是由于这个缘故，他的话听起来非常黏糊，不过是让人感觉像被纠缠住了。

不过，后来再想，的确如矢木所说的那样，作为男人，他或许是"不可思议的例外"。

"这个女人"波子，竟然会得天独厚地获得这例外的姻缘吗？

波子不曾怀疑过丈夫的话。她相信是真的。

然而，如今她无法感受到这是幸福的，总觉得心情沉重。

这不是矢木性格异常的象征吗？波子凝视着丈夫，决定离开他。

"要说我们的舞蹈是多愁善感的，那我和你父亲共同生活这事也是感伤的吧？"说着，波子歪了歪脑袋，"近些日子我感觉很累，不到春天振作不起来吧。"

"是爸爸让您操劳了。爸爸从魔界望着您呀。"

"从魔界？"

"一同爸爸说话，不知怎的，我好像都失掉活动能力了啊。"

品子用丝带绑起的长发，又散开了。

"爸爸是吞食妈妈的灵魂活下来的呀。"

波子似乎对品子的话感到惊讶。

"总之，是妈妈背叛了爸爸。对此，妈妈也要向品子道歉……"

"爸爸在等大家都累垮，不是吗？"

"怎么会……不过，我决定再过不久，就卖掉这栋房子。"

"要是能早点卖掉，在东京修建一个排练场就好了啊。"

"修建感伤的排练场？"波子喃喃自语，"可是爸爸反对呀。"

深夜两点以后,波子回到了正房。

矢木已经熟睡了。

波子在黑暗中穿上了冰冷的睡衣。

尽管躺下了,眼皮到额头这一块还没暖和起来。

"妈妈,您在我这里睡吧。爸爸已经睡了吧。"品子说。

"正因如此,爸爸才笑话我们多愁善感……"

波子回正房就寝,她感到孤寂,像个年轻姑娘似的想着:和品子一起,两个人一直待到明天早晨多好啊。

她难以入眠,身子一动不动的,好像害怕吵醒矢木。

早晨,波子睡醒时,矢木已经起来了。这事从未有过。

波子吓了一跳。

深刻的过去

波子同竹原去四谷见附不远处的旧宅废墟时,正刮着风。

波子拨开高过膝盖的枯草,边找寻当年的排练场的地基石边说:"钢琴就摆在这附近呢。"

她说得好像竹原理应知道似的。

"搬家的时候,要是把它运到北镰仓多好啊。"

"事到如今还说什么呢。连六年前的事都……"

"不过,施坦威这样的大型钢琴,如今的我可没法买啊。那架钢琴也充满了回忆啊。"

"小提琴一只手提着就能带出去,可连它也被我烧掉了。"

"是加他尼牌的吧?"

"是加他尼牌。弓是茨鲁特的,想想真可惜啊。买它的时候,日元很值钱,美国的乐器公司为了获取日元,把乐器带到日本来了。为了把照相机售到美国而碰上麻烦时，我也会回想起这些往事。"

竹原压了压帽檐，背朝风站着，像保护波子似的。

"我一碰上麻烦，就想起那首《春日奏鸣曲》。一站在这里，我就听见钢琴的废墟上传来了那首曲子。"

"是啊，同波子在一起，连我都好像听见了那首曲子。两个人用来弹奏《春日奏鸣曲》的两件乐器全都烧光了。不过，小提琴即便在大火中得救，我也不能再摆弄它了。"

"我对弹钢琴也没把握了……不过，如今连品子都知道《春日奏鸣曲》里，有我和你的回忆呀。"

"品子出生以前吧。是深刻的过去啊。"

"要是春天能举办我们的表演会，在充满我和你的回忆的乐曲中起舞，我也想跳跳看。"

"在舞台上跳得正酣时，恐怖症又发作就麻烦了呀。"竹原玩笑似的说。

波子的眼睛亮闪闪的。"我不再害怕了。"

枯草看起来冷飕飕的，随风摇曳，夕阳的光辉也随之摇荡。

波子的黑裙上也晃荡着发亮的枯草。

"波子，就是找到了旧基石，也不再建从前那样的房子了。"

"嗯。"

"我找个熟识的建筑家来看看地皮吧。"

"拜托你了。"

"新家的设计你也想想吧。"

波子点了点头。

"你说深刻的过去，是指被枯草深深地埋藏？"

"不是那么回事。"

竹原一副想不出言语来形容的样子。

波子回头看着断壁残垣，走到了马路上。

"那墙壁也不能用了，建新房以前得把它拆掉。"

竹原也回头看了看。

"大衣下摆沾上了枯草籽呢。"

波子抓住大衣的下摆，转过来看了看，先掸了掸竹原的大衣。

"朝后面看看。"

这回是竹原开口了。

波子的衣摆没有留下枯草。

"不过，修建排练场这事，你下了很强的决心啊。矢木答应了吗？"

"还没有……"

"那可真难办啊。"

"嗯。在这里修建排练场，建成的时候，我们不知会变成什么样子啊。"

竹原一言不发地走着。

"我同矢木一起生活了二十多年，孩子也长大了，可那并非我的一生。我自己也很吃惊。仿佛自己有多个分身。一个我同矢木生活，一个我在跳舞，还有一个或许在思念你。"波子说。

西风从四谷见附高架桥的方向猛烈地吹过来。

往圣依纳爵教会的旁边一拐，外护城河的河堤遮挡了一些风，然而河堤上松涛怒吼着。

"我想变成一个人。我想将自己的多个分身融为一体。"

竹原点了点头，望了望波子。

"竹原，你能不能对我说一句：'同矢木分开吧。'"

"就是这事……"竹原接着说道，"我啊，从刚才就在想，要是我同你不是老相识，而是近些日子初次相遇的话，会怎么样呢？"

"啊？"

"我说深刻的过去,大概也是因为脑子里有那样的想法吧。"

"如今同竹原初次相遇……"波子诧异地回头看了看竹原,"很讨厌啊。我对那种事……我没法想象啊。"

"是吗?"

"很讨厌啊,年过四十才初次遇见你……"波子的目光很悲伤。

"年龄不是问题呀。"

"我不愿这样啊。"

"深刻的过去是问题啊。"

"可是,要是如今初次相遇的话,竹原大概压根不会理睬我吧。"

"波子,你是那样想的吗?……我或许是相反的。"

波子心口被刺似的站住了。

他们来到了幸田屋的大门附近。

"那件事,留待以后再请教吧。"

波子想进旅店,却装作若无其事的样子。

"这副样子不心虚吗?"

长廊的半道上,有个装饰架,里头陈列着鲁山人的陶器,还有志野烧和织部烧的仿制品。

幸田屋使用的全套餐具,都是鲁山人的作品。

波子站在装饰架前,观赏着仿九谷烧的碟子,在那里的玻璃上,她隐约看见了自己的脸,眼睛清晰地映照在上面,像是闪烁着光芒。

花匠在长廊尽头的庭院里铺满干枯的松叶。

波子从那里向右拐,又向左拐,穿过汤川博士住过的竹居,来到了庭院里。

波子问女佣:"听说矢木来时,是在那间房里?"

他们被领到了偏房。

"矢木什么时候来过这儿？"竹原边取大衣边问。

"好像是从京都回来的时候顺道过来了，我听高男说的。"波子的手从脸颊摸到脖颈，"给风一吹，粗拉拉的……我先失陪一下。"

波子在盥洗室洗了脸，坐到休息室的镜子前。她麻利地化着淡妆，想着，要是如竹原所说的那样，二人如今才初次相遇……然而，波子无论如何也没法那么想。

二人来到旅馆深处的偏房，并未显露出不安的样子，大概是因为他们是老相识，关系亲密，又或许是因为这是家熟悉的旅馆吧。

竹原的房间里传来火炉瓦斯的气味。

矢木也曾来过隔着竹林的庭院的对面房间，波子的脑海中浮现出这件事，同竹原在一起的不安情绪，平静了下来。

然而，矢木来到这家旅馆以后，一段短暂的时间里，波子被罪恶的恐惧所追逐，身体却像火焰一样燃烧。如今，这也结束了。

想起这些，波子的脸颊绯红。她再一次打开粉盒，扑上厚厚的白粉。

"久等了。"波子回到了竹原身边，"瓦斯的气味都传到对面了呢。"

竹原看了看波子的妆容，"变漂亮了……"

"你说还是初次相遇好……"波子莞尔一笑，"我想接着方才的事，请教一番。"

"你是说深刻的过去？就是说，要是我们初次相遇，我会不加思索地将波子夺过来……"

波子低下头，感到内心波涛汹涌。

"再有，我从前不能同你结婚，也非常悲伤啊。"

"对不起。"

"不，我已经没有怨恨和愤怒了。相反，波子同别人结婚二十多年后，我们还能这样相见，想到这些，深刻的过去……"

"深刻的过去，你说多少回了？"波子抬起眼睛。

"大概是过去使我成了古板的道德家吧。"竹原这样说道，又重新考虑似的说，"我的感情从深刻的过去起就没有消逝，一直流存至今，这感情束缚了我。彼此都同他人结了婚，并且还这样相会，似乎是不幸的，但或许又是幸福的。"

波子好像直到现在才想起竹原也已经结婚了。竹原的婚姻同波子的婚姻不同吧。大概竹原不想搅乱自己的家庭吧。

或许竹原也害怕在婚姻中幻灭，害怕在两人的感情中陷得太深，幻灭就到来了。

波子好像只能接受被竹原抛弃的命运。然而，即便没有过去的回忆，两人是初次相遇，竹原那像是感知到爱的口吻，仍会拯救当时的波子。

"打扰了。"女佣走入房间里，"风很大，我把防雨板拉上吧。"

这间偏房没有玻璃窗。

女佣依次拉出防雨板的空当，波子望着庭院，低矮的竹子摇曳着，叶片都翻过来了。

"已到傍晚了吧。"竹原将双肘撑在桌上，"我的话让你伤心了吗？"

波子微微点头。

"我没想到会这样。不过波子同我在一起的时候，常常恐怖症发作吧。"

"我说过，我不再害怕了。"

"看见你害怕的样子，我也很痛苦，我像是醒悟过来了，不能这样啊……"

"不过，我意识到那不就是爱情的发作吗？"

"爱情的发作？"竹原凝视着波子问道。

波子好像感受到真实的爱情发作，如今再次贯穿全身，她的身体颤抖起来。她腼腆羞赧的样子非常娇媚。

"就是说，正相反。那样的话，我说'相反'的心情，你应该明白吧。请你也想想看吧。我曾经让波子同别的男人结婚。即便不是我让你这样做，是你自己这样做的，从我的立场也可以那样说。因为我没有把你夺过来，而是远远地观望……我过分尊重你，没有使你幸福的自信。这是年轻男人常犯的错误，但错也错得正合适，时至今日，通过深刻的过去，我看见了光明……我想在别的事上，我不会如此胆小，也不会如此卑鄙，竟会那样暗中爱惜你。"

"你爱惜我，我是非常明白的。"

波子温和地应答他。她半敞心扉，感到踌躇。即便是完全敞开了，竹原或许也不会进来吧。

"真奇怪啊。这样坐在一起，我总觉得好像曾经的某个时候，已经同你结婚了。"

"哎呀。"

"这样的亲密渗透到我的身体当中了。"

波子用目光肯定了他。

"到底还是深刻的过去的缘故啊……"

"我的错误的过去？"

"未必是那样啊。因为我们没有忘掉彼此……是去年吧，你曾在信上写了和泉式部的和歌。"

波子羞赧地问："你还记得？"

     相思空自苦，望彼无因缘。
     二者两相权，安知孰为胜。

波子在《和泉式部集》里找到了这首和歌。

"不过这首歌净是些大道理……"

"然而,你说是否要同矢木分开,都说了二十年了。结婚真是可怕的事。"

波子的脸色变了。竹原似乎在说她生了两个孩子。

"你在欺负我?"

"听起来像是欺负你吗。"

"我如今可没什么气度了。我赤身裸体地在颤抖啊。竹原你很从容,才观察到了深刻的过去。"

波子总觉得竹原在戏弄自己,这种怀疑使得她心生嫌隙。

竹原似乎在等待波子哭泣或投身怀中。因为这个缘故,波子没有哭泣,也没有抱住他。然而,看见竹原的从容,波子更加焦躁和苦闷了。

恋人说自己赤身裸体地在颤抖,为什么他不抱一抱她呢?

然而波子并未失去辨别能力。

今天同竹原碰面,确实是有要事相谈,要同他商量卖掉房子,修建排练场的事。竹原也来看了旧地皮,二人自然就去附近的幸田屋吃了饭。

况且,竹原有家室,波子也没同矢木分开。

在这家熟悉的旅店内犯下错误,这样的事,波子一开始就没想过。

恐怕波子不会拒绝竹原吧。波子感到自己已经随时随地任凭竹原摆布了。

"你说我很从容?"

竹原反问她。

晚饭过后,波子在削苹果的时候,教堂的钟声传来了。

"是六点的钟声啊。"

钟鸣响的时候,波子停住了手上的动作。

"到了晚上，风势也平息了啊。"

波子把削好的苹果放到竹原面前。

竹原说："我必须去见见矢木。"

波子感到出乎意料："为什么？"

"不论是修建排练场地，还是同矢木分开，波子自己都没法做到吧？"

"不行，那不行啊……你不能去见他……"波子摇了摇头，"我来办吧。"

"不要紧，我作为波子的旧友去见他……"

"那也不行。"

"波子，你需要代理人吧。我觉得这些事很难办。我也有意要会一会矢木，瞧瞧他的真面目。那个人究竟是怎么想的？"

"矢木要是固执己见……"

"嗯？北镰仓的房子，在谁的名下？"

"我从父亲那里继承来的，在我名下。"

"没有瞒着你更名过户吧？"

"矢木？不至于到那种地步……"

"为了慎重起见，还是查一查吧。我不清楚矢木的为人……不过，我觉得，我为了波子同矢木较量的那一天总会来的。如今是不是那样的时候，我还没从波子那里弄清楚……"

"你说弄清楚……"

"你问我为什么不说'同矢木分开吧'，真的能分开吗？"

"已经分开了啊。"

波子像被套话了似的，突然羞得面颊通红。

竹原好像猛然醒悟了，反驳似的说："话虽如此，今天光去你家也……"

波子依旧低垂着脑袋，轻轻地摇了摇。

竹原喘不上气来似的，沉默了许久。

"可是,我想作为你的朋友同矢木会面啊。作为情人,就没法开口了。"

波子抬起脸,凝望着竹原。

那双大眼睛噙满了泪水,她就那样眼泪汪汪地望着竹原。

竹原站起身,搂住了波子的肩膀。

波子做出离开竹原的动作,可一碰到竹原的胳膊,她的指尖就突然颤抖起来,随后她将麻木的双手,轻柔地滑落到竹原的手上。

竹原要回去了,波子仍旧留在幸田屋。

"我一个人没法回家。得把品子叫来,我同她一起回去。"

波子说着,给大泉研究所去了个电话,品子还在那里。

竹原说:"我在这里等到品子来吧?"

波子稍加思索,说道:"今天别见她了吧……"

"连品子也不能见吗?"

竹原边笑边怜悯似的望着波子。

波子将竹原送到大门口,望着他的车子开动,她冷不防地想追上去。

为什么不同竹原一道离开这里呢?

波子觉得回不去矢木那里了,方才竹原回家这事,她感到很奇怪,但这会儿似乎又把这件事忘记了。

她独自一人在房间里无法平静下来,便听从女佣的建议,到旅馆的澡堂去了。

"深刻的过去?"

她重复着竹原的话,泡在温热的洗澡水里。纵使自己如今已年过四十,可触碰到竹原的手时的那份欢喜,与自己还是年轻小姑娘的时候没什么不同。波子闭上了眼睛,像是一动不动地抱住了同年轻姑娘一样的自己似的。

"小姐来了。"

女佣来通报了。

"是吗？我马上就去，让她在房间里等吧。"

品子穿着大衣，侧身坐在火炉前。

"妈妈？……我以为您怎么了，过来一看。听说您去洗澡了，这才安心。"

品子说罢，抬起头看着波子。

"妈妈，您一个人吗？"

"不是，竹原刚才也在。"

"是吗？已经回去了吗？"

"我给你打了电话后没多久……"

"那时候还在吗？"品子诧异地问，"您只说让我来这里就立马把电话挂断了，我很担心啊。"

"我们谈了修建排练场的事，还请他看了地皮呢。"

"哎呀。"品子很快活，"因为这个，您精神了许多呢。我也想去看看啊。"

"住一宿吧，明天再去看？"

"在这里留宿？"

"倒是没打算住在这儿，不过……"波子吞吞吐吐地，她避开了品子的视线，"妈妈一个人回家太痛苦了，想喊品子一起回去……"

"妈妈，您不愿一个人回家吗？"

品子轻声反问波子，话音落下，她就双眉颦蹙，目光严肃。

"与其说不愿意，倒不如说是痛苦，总觉得不可饶恕似的……"

"爸爸？"

"不，是我自己。"

"啊？对爸爸来说？"

"是啊。或许也是对自己。然而，自己是不可饶恕的，是不是真有此事，妈妈也不知道……看似在责备自己，实际是找借口为自己辩解啊。"

品子好像在重新思考什么似的。

"往后妈妈来东京的时候，我和您一起回家。"

"妈妈倒像个小孩子呢。"

波子笑了笑。

"品子。"

"妈妈觉得回家是痛苦的，我没想到竟到了这种程度。"

"品子，妈妈也许要同爸爸分开了。"

品子点了点头，克制住内心的不安。

"品子，你是怎么想的？"

"我觉得很悲伤。不过，我从以前就想过这事，并没有那么惊讶。"

"妈妈难以理解你爸爸那种人啊，打从一开始就不理解。即便不理解，却还能在一起生活，这样的日子，大概结束了吧。"

"理解了也没用了，不是吗？"

"不知道啊。同不理解的人生活在一起，自己也变得什么都不理解了。妈妈同你爸爸那样的人结婚，总觉得或许是同自己的幽灵结婚了。"

"我和高男都是幽灵的孩子？"

"那不一样。孩子是活生生的呀，是神的孩子。爸爸不是说过吗？'要是妈妈的心像现在这样离开他的话，生下品子和高男不是成了坏事吗？'这是幽灵的话啊。对我们是不适用的吧？释苦消愁，排忧解难，生存下去，也许这就是人的一生。可是这样过下去，妈妈也会被当成幽灵吧。虽说是同你爸爸分开，却不只是两个人的事，还连同品子你们的事一起啊……"

"我没什么，倒是高男他……高男想去夏威夷，等他离开日本再……"

"是吗？就那样吧。"

"不过，爸爸一定不会放您走的。我是这么想的。"

"妈妈好像也让你爸爸相当痛苦啊。你爸爸同我结婚，是你奶奶的意志。你爸爸至今一直努力用自己的意志，去贯彻你奶奶的意志。"

"因为妈妈爱竹原，才会这样想吧？

"妈妈同爸爸分开，爱别的男人，我作为女儿，觉得这事难以承受啊。爸爸问我'妈妈同竹原继续保持这种奇妙的来往，你觉得可以吗？'时，我回答说可以。我这样回答是因为爸爸的问法太残酷了。高男说'我不想被人问这种问题'，他到底是个男子汉啊。"品子放低了声音，"竹原是个好人，然而……我虽然觉得意外……不过，认同妈妈的爱，我似乎就进入魔界了。所谓魔界，是强行靠意志活着的世界吧。"

"品子……"

"妈妈同竹原会面，还将品子喊来。这样的事，我是无所谓的。倘若同母亲疏远了，我也会想起今晚妈妈喊我过来的事。"

品子眼里噙着泪水。她无法问妈妈，同竹原在一起，妈妈也会寂寞吗？

"为什么喊我过来呢？"

波子一时无言以对。大概是为了排解同竹原在一起时那种逼迫而来的情绪，她才给品子去了电话吧。

波子同竹原，就这样待在一起，不愿分离，也不愿回家，在拥抱一般的喜悦中，蕴含着痛苦的悲愁，似乎无法支撑住自己。或许是某种无地自容的心绪，使得她把品子喊过来了吧。

要是竹原没有拥抱波子，波子的脑海中或许不会浮现出品子吧。

"我想同品子一道回家呀。"波子只是这样应答，"回家吧。"

到东京站时,横须贺线的火车刚刚发车,她们等了约莫二十分钟。

她们坐在月台的长凳上。

"就是同爸爸分开了,妈妈也无法和竹原结婚吧。"品子说。

"是啊……"波子点了点头,"同品子两个人生活,妈妈也只能跳舞……"

"是啊。不过,我想爸爸不会放妈妈离开的。高男也许能去夏威夷,可爸爸要离开日本这事,怕是空想吧。"

波子沉默不语,她凝望着对面月台的火车发动。

火车开走了,可以看见八重洲口那边城镇的灯光。品子回想起来,她开始谈论在波子的排练场里同野津会面的事了。

"我拒绝了。不过,同野津舞还是要跳的。"

翌日是周日,波子下午在自己的家里排练。

午饭后,女佣来通报说:"竹原先生光临了。"

"竹原?"矢木严肃地看了看波子,"他来做什么?"

矢木转过身朝女佣说:"你去同他说,夫人不想见他。"

"是。"

品子和高男紧张得大气都不敢出。

"这样说行吧?"矢木同波子说,"要见就在外头见,那样不是更自由吗?哪能厚颜无耻地跑来咱们家呢?"

"爸爸,我觉得这不是妈妈的自由。"

高男结结巴巴地说。他放在膝盖上的手在颤抖,纤细的脖颈上凸起的喉结微微颤动着。

"是嘛。就算是你妈妈,只要留下自己行为的记忆,就不是自由的吧。"

矢木冷言冷语地讽刺波子。

女佣又折回来了。

"竹原先生说他不是来见夫人的,他是来见老爷您的。"

"来见我?"矢木又看了看波子,说,"要见我,那更要拒绝了。你告诉他,我没必要见他,我们没有约定今天会面。"

"是。"

"我来说。"

高男一下子拢起长发,走到大门口去了。

品子把视线从父母身上移开,望着庭院。

庭院里几乎都是梅花。这些梅花树远离房子,靠着山林栽种。檐头只栽了一两株。

种在品子偏房边上的瑞香,细细一看,长着坚硬的骨朵儿。梅花是什么样呢?

品子似乎听见了母亲的呼吸声,她心里堵得慌,像要叫喊起来。她打算出门,穿上了西服套装,不知怎的,却解开了扣子。

高男迈着响亮的步子,走了进来。

"他回去了。他说要去学校见您,问了您上课的时间呢。"

高男说着,盘腿坐了下来。

矢木问高男:"他有什么事?"

"我不知道。我只让他回去。"

波子无法动弹,好像身体被紧紧地捆住了。她感觉随着竹原的脚步声渐渐远去,矢木的目光逼近了。竹原这两天就来了,她怎么也没想到这事。

品子悄悄地看了下手表,一声不吭地站起身来。她收拾好了,便匆匆离开了家。

电车每隔半小时来一趟,竹原一定还在车站。

竹原低着头,在北镰仓站的长站台上来回踱步。

"竹原先生。"品子在木栅栏外喊他。

"啊。"竹原惊讶地停下了脚步。

"我现在到您那儿去,电车还有一会才来……"

品子赶忙从小路走过去,竹原也随之从轨道对面的站台朝检票口走来。

然而,品子站到竹原面前,却哑口无言了。她面颊绯红,身体僵住了。

品子拎着一个口袋,里头装着练功服和芭蕾舞鞋。

竹原以为品子有什么事才追上自己。

"去东京吗?"

"嗯。"竹原边走边答,没有看品子,"方才我去府上拜访了,你知道吧?"

"知道。"

"我想拜见令尊,不过没能见到……"

上行的电车驶来了。竹原让品子先上车,两人面对面坐下了。

"能代我给令堂捎个口信吗?就说名义到底还是变了……"

"好。名义?……什么名义?"

"你这么说她就明白。"

竹原没答品子的问题,然而,转念一想,说:"反正品子早晚要知道的。是房子的名义。我是为了这事来同令尊谈话的。"

"啊?"

"品子是站在令堂一边的吧?无论发生什么事……令堂的人生,还长着呢,同品子的人生还在今后一样啊。"

电车到了下一站大船。

"我在这里告辞了。"

品子突然站起身来。

开往伊东的湘南电车,同这趟电车交错进站了。

品子目不转睛地看着,纵身跳上了车,不安的心绪立马平静下来了。

刚才竹原到大门口时,爸爸和妈妈坐在茶室里,品子难以忍受那令人窒息的气氛。她感受到了母亲的心情，象要从痛苦中喷出鲜血似的。

因此品子才出来追赶竹原，然而，她一见到竹原，首先感到了拘束和羞涩。她本想替母亲转达些什么，却说不出话来。

为什么要来呢？品子坐立不安，在大船站下了车。

乘上湘南电车这事是品子突然决定的，然而，想到要去见香山，她踏实地放下心来。

伤残军人在大矶一带募捐，品子心不在焉地听着他带刺的演说腔调。

"请大家不要给伤残军人捐款，捐款是被禁止的……"

另一个声音说。

乘务员站在入口处。

伤残军人停止了演说，伴着金属假肢的脚步声，同品子擦身而过。白色衣服里伸出来的一只手，也是金属的骨架。

品子在伊东站坐上了东海一号巴士。到下田得花三个多小时，她心想，路上就要日落了。

（昭和二十五年—昭和二十六年）